SANS COUP FERIR

(UNE ENQUETE DE RILEY PAIGE—TOME 9)

BLAKE PIERCE

ISBN : 978-1-64029-648-0

PROLOGUE

Le colonel Dutch Adams baissa les yeux vers sa montre sans ralentir l'allure dans la base militaire de Fort Nash Mowat. Il était pile 0500 heures. C'était une matinée d'avril fraiche et sombre au sud de la Californie. Tout était en ordre.

Il entendit une voix de femme annoncer sa présence.

— Le commandant de la garnison est là !

Il se retourna juste à temps pour voir une section se mettre au garde-à-vous sur les ordres du sergent instructeur. Le colonel Adams répondit à leur salut et poursuivit son chemin, un peu plus vite qu'avant, dans l'espoir de ne pas attirer l'attention d'autres instructeurs. Il ne voulait pas interrompre l'entrainement des différentes sections.

Il n'avait pas pu s'empêcher de sursauter. Après toutes ces années, il n'avait toujours pas l'habitude d'entendre des voix féminines hurler des ordres. Parfois, même les sections mixtes l'étonnaient encore. L'armée avait beaucoup changé depuis qu'il s'était engagé à l'adolescence. Ça ne lui plaisait pas.

Sur son chemin, d'autres sergents instructeurs, des hommes et des femmes, ordonnèrent à leur section de se mettre en formation.

Ils n'ont plus de mordant, pensa-t-il.

Il n'oublierait jamais les mauvais traitements que son propre sergent instructeur leur avait infligés, à lui et à ses camarades. Invectives, obscénités et insultes adressées à la famille ou aux ancêtres des jeunes recrues.

Il esquissa un sourire. Ce bâtard de sergent Driscoll !

Driscoll était mort il y a des années, se rappela le colonel Adams – pas au combat, ce qu'il aurait préféré, mais d'un AVC dû à l'hypertension. A cette époque, une pression artérielle trop élevée faisait partie des risques du métier pour les sergents instructeurs.

Le colonel Adams n'oublierait jamais Driscoll et, selon lui, c'était comme ça qu'il fallait que ça se passe. Un sergent instructeur devait laisser une empreinte indélébile sur l'esprit d'un soldat. Il devait incarner l'enfer qu'un soldat pouvait être amené à traverser. Le sergent Driscoll avait laissé cette empreinte indélébile sur le colonel Adams. Les instructeurs qui formaient les nouvelles recrues sous son commandement, ici, à Fort Nash Mowat, laisseraient-ils la même empreinte sur les soldats ?

Le colonel Adams en doutait sérieusement.

Ils sont trop politiquement corrects maintenant, pensa-t-il.

On avait même inscrit la douceur dans les manuels d'entrainement.

« Le stress généré par les mauvais traitements est contre-productif. »

Il étouffa un rire dédaigneux en y pensant.

— Quelle bêtise, marmonna-t-il.

Mais l'armée prenait un nouveau chemin depuis les années 1990. Il fallait s'y faire. Mais il ne s'y ferait jamais.

Heureusement, il n'en avait plus pour longtemps. Il ne lui restait plus qu'un an avant la retraite. Sa dernière ambition était de devenir général de brigade.

Adams fut tiré de ses pensées par un étonnant spectacle.

Les recrues de la section numéro six tournaient en rond. Certains faisaient des exercices physiques, tandis que d'autres bavardaient par petits groupes.

Le colonel Adams s'arrêta net et hurla.

— Soldats ! Où est votre sergent ?

Surpris, les recrues se mirent eu garde-à-vous et saluèrent.

— Repos, dit Adams. Quelqu'un va-t-il répondre à ma question ?

Une femme prit la parole.

— Nous ne savons pas où se trouve le sergent Worthing, monsieur.

Adams n'en croyait pas ses oreilles.

— Comment ça, vous ne savez pas ? demanda-t-il.

— Il n'est pas venu, monsieur.

Adams grogna entre ses dents.

Ce n'était pas le genre du sergent Clifford Worthing. En fait, Worthing était le seul sergent instructeur qui servait à quelque chose. C'était un dur à cuire de la vieille école. Du moins, c'était ce qu'il voulait être. Il venait souvent se plaindre des nouvelles règles dans le bureau d'Adams.

Worthing contournait les règles autant que possible. Parfois, les recrues se plaignaient de sa rigueur et de ses invectives. Ce n'était pas pour déplaire à Adams.

Mais où était Worthing ?

Adams passa entre les recrues dans la caserne, puis entre les rangées de lits et frappa à la porte du bureau de Worthing.

— Worthing, vous êtes là ?

Pas de réponse.

— Worthing, c'est le commandant de la garnison qui vous parle. Si vous êtes là, vous feriez bien de répondre.

Encore une fois, pas de réponse.

Adams tourna la poignée et poussa la porte.

Le bureau était bien ordonné et il n'y avait personne.

Mais où est-il passé, bon sang ? se demanda Adams.

Worthing était-il seulement venu à la base ce matin ?

Puis Adams remarqua le panneau sur le mur : INTERDIT DE FUMER.

Le sergent Worthing fumait.

Le sergent instructeur était-il sorti pour s'en griller une ?

— Pas possible, grommela Adams à voix haute.

Cela n'avait pas de sens.

Pourtant, Adams sortit de son bureau et se dirigea vers la porte du fond.

Il l'ouvrit et plissa les yeux devant la lumière.

Il n'eut pas à chercher longtemps.

Le sergent Worthing était accroupi, le dos au mur de la caserne, une cigarette brûlée au coin de la bouche.

— Worthing, mais qu'est-ce que… ? grogna Adams.

Mais il sursauta.

Il y avait une tache sombre et humide sur le mur, à hauteur des yeux.

Cette tache avait dégouliné jusqu'à l'endroit où Worthing était accroupi.

Ce fut alors qu'Adams vit la tache noire au milieu de la tête de Worthing.

C'était une blessure causée par une arme à feu.

La balle était entrée en faisant un petit trou, mais elle était ressortie en faisant exploser l'arrière du crâne. L'homme avait été abattu alors qu'il fumait une cigarette dans la matinée. Le coup était si propre que le sergent instructeur était mort sur le coup. Même la cigarette n'avait pas glissé du coin de sa bouche.

— Jésus Marie Joseph, marmonna Adams. Encore.

Il regarda autour de lui. Un grand terrain vague s'étendait derrière la caserne. Le coup avait été tiré d'assez loin. Ce devait être un tireur d'élite.

Adams secoua la tête avec incrédulité.

Il savait que sa vie allait devenir beaucoup plus compliquée – et très pénible.

CHAPITRE UN

Riley Paige regardait par la fenêtre de sa maison. C'était une belle journée de printemps, comme on en voyait dans les livres d'images, avec des oiseaux en train de chanter et des fleurs en train de s'ouvrir. L'air était frais et propre. Pourtant, une obscurité familière trainait dans son esprit.

Elle avait l'étrange et désagréable impression que toute cette beauté ne tenait qu'à un fil.

C'était pour cette raison qu'elle gardait les bras le long de son corps, comme si elle se trouvait dans un magasin de porcelaine et qu'un faux mouvement pouvait à tout moment briser quelque chose d'exquis et de cher. C'était comme si ce bel après-midi de printemps n'était qu'un rideau de papier et qu'un geste de la main révèlerait…

Révèlerait quoi ? se demanda Riley.

L'obscurité d'un monde terrifiant et malveillant ?

Ou bien l'obscurité familière qui trainait dans la propre tête de Riley – l'obscurité de bien des secrets enfouis ?

Une voix de fille interrompit ses pensées.

— Qu'est-ce que tu fais, maman ?

Riley se retourna. Pendant un instant, elle avait oublié qu'elle n'était pas seule dans le salon.

C'était Jilly qui lui parlait, la gamine maigrichonne de treize ans que Riley essayait d'adopter.

— Rien, répondit-elle.

Son séduisant ex-voisin, Blaine Hildreth, lui sourit.

— Tu avais l'air d'être perdue dans tes pensées, dit-il.

Blaine venait d'arriver chez Riley avec sa fille adolescente, Crystal.

Riley dit :

— Je me demandais juste où était April.

Elle était un peu inquiète. Sa fille de quinze ans n'était toujours pas rentrée de l'école. April avait donc oublié qu'ils voulaient tous aller diner au restaurant de Blaine après les cours ?

Crystal et Jilly échangèrent des sourires complices.

— Oh, elle sera bientôt là, dit Jilly.

— Elle va arriver d'une minute à l'autre, ajouta Crystal.

Riley se demanda ce qu'elles savaient qu'elle-même ignorait. Elle espérait seulement qu'April n'avait pas d'ennuis. Sa fille avait traversé une période difficile il y a quelques mois. Mais elle semblait aller beaucoup mieux.

En regardant tour à tour ses invités, Riley réalisa qu'elle ne les avait pas bien accueillis.

— Blaine, Crystal, je ne vous ai pas proposé à boire. J'ai du soda au gingembre. Et du bourbon, si tu préfères, Blaine.

— Du soda, ça ira, merci, dit Blaine.

— Moi aussi, merci, dit Crystal.

Jilly se leva.

— Je vais en chercher, dit-elle.

— Oh non, ce n'est pas la peine, dit Riley. Je vais y aller.

Riley se dirigea vers la cuisine, ravie de s'en occuper. C'était plutôt Gabriela, la bonne guatémaltèque, qui servait les rafraichissements, mais elle profitait de son temps libre avec des amis. Gabriela donnait souvent à Riley l'impression d'être pourrie gâtée et c'était agréable de servir les boissons pour changer. Ça aidait aussi Riley à se concentrer sur l'instant présent.

Elle servit des verres de soda pour Crystal et Blaine, ainsi que pour elle-même et Jilly.

En portant le plateau dans le salon, Riley entendit la porte d'entrée s'ouvrir, puis la voix d'April qui discutait avec quelqu'un.

Riley distribuait les verres quand April entra, en compagnie d'un garçon de son âge. Elle parut surprise de voir Blaine et Crystal.

— Oh ! s'exclama-t-elle. Je ne m'attendais pas à…

Elle rougit d'embarras.

—Oh là là, j'avais totalement oublié ! On sort, ce soir ! Je suis désolée !

Jilly et Crystal gloussèrent. Riley comprit enfin la raison de leur amusement. Elles savaient qu'April avait un nouveau copain et que sa compagnie lui avait fait oublier le diner.

Je me souviens comment c'était, pensa Riley en se rappelant ses amours adolescentes.

Ravie qu'April ait amené son copain pour le lui présenter, Riley détailla le garçon du regard. Il lui plut immédiatement. Comme April, il était grand et dégingandé. Il avait des cheveux roux, des taches de rousseur, des yeux d'un bleu brillant et un grand sourire gentil.

April dit :

— Maman, c'est Liam Schweppe. Liam, c'est ma mère.

Liam serra la main de Riley.

— Ravi de vous rencontrer, Mme Paige, dit-il.

Il parlait encore avec la voix éraillée et haut-perchée des jeunes garçons, ce qui la fit sourire.

— Tu peux m'appeler Riley, dit-elle.

April dit :

— Maman, Liam est…

Elle se tut. Elle n'était visiblement pas prête à dire « mon nouveau copain ».

Au lieu de ça, elle dit :

— Il est capitaine de l'équipe de jeu d'échecs.

L'amusement de Riley ne fit que croître.

— Alors tu apprends à April à jouer aux échecs, je suppose, dit-elle.

— J'essaye, répondit Liam.

Riley ne put s'empêcher de pouffer. Elle jouait assez bien aux échecs et cela faisait des années qu'elle essayait d'initier April, mais celle-ci roulait les yeux au ciel en lui répétant que c'était un jeu ennuyeux pour les vieux et que ça ne risquait pas de l'intéresser.

Un garçon mignon venait de lui faire changer d'avis.

Riley invita Liam à s'asseoir avec les autres.

Elle dit :

— Je t'offrirais bien quelque chose à boire, mais nous allons diner.

— Le fameux diner qu'April a oublié, dit Liam en souriant.

— C'est ça, dit Riley. Pourquoi tu ne viendrais pas ?

April rougit.

— Oh, maman…, commença-t-elle.

— Oh, maman quoi ? demanda Riley.

— Je suis sûre que Liam a autre chose à faire.

Riley pouffa. Visiblement, elle était encore en train de faire un truc de vieux. April était prête à lui présenter Liam, mais c'était encore un peu tôt pour le diner en famille.

— Qu'est-ce que tu en penses, Liam ? demanda Riley.

— Ça serait super, merci, dit Liam. Où on va ?

— Blaine's Grill, dit Riley.

Le regard de Liam s'illumina.

— Ouah ! J'ai entendu de super bonnes critiques !

Ce fut au tour de Blaine Hildreth de sourire.

— Merci, dit-il à Liam. Je m'appelle Blaine. Je suis le propriétaire.

Liam éclata de rire.

— De plus en plus cool ! dit-il.
— Allez. Allons-y, dit Riley.

*

Peu après, Riley se délectait d'un délicieux diner en compagnie d'April, Jilly, Blaine, Crystal et Liam. Ils étaient installés dans le patio du restaurant pour profiter du beau temps en même temps que de la délicieuse nourriture.

Riley discutait avec Liam des différentes tactiques qu'on pouvait employer au milieu d'une partie d'échecs. Sa connaissance du jeu l'impressionnait. Elle se demanda ce qu'elle ferait contre lui. Elle perdrait probablement la partie. C'était une bonne joueuse, mais Liam était déjà capitaine de l'équipe de son école et il n'était qu'en deuxième année au lycée. Et puis, elle avait moins souvent l'occasion de jouer ces derniers temps.

Il doit être très doué, pensa-t-elle.

L'idée lui plut. Riley savait qu'April était plus intelligente qu'elle ne pensait. C'était une bonne chose que son petit ami la pousse à explorer son potentiel.

Tout en discutant avec Liam, Riley se demanda comment leur histoire allait évoluer. Il ne restait plus que deux mois avant la fin de l'année scolaire. Allaient-ils se séparer et s'oublier ? Riley espérait que ce ne serait pas le cas.

— Qu'est-ce que tu fais, cet été, Liam ? demanda Riley.

— Je vais jouer aux échecs en colo, dit Liam. En fait, je vais devenir coach. J'ai proposé à April de venir.

Riley jeta un regard à April.

— Pourquoi tu n'irais pas, April ? demanda-t-elle.

April rougit.

— Je ne sais pas, dit-elle. Je préfèrerais jouer au foot. C'est plus mon truc. Je ne serais pas à ma place dans la colo de Liam.

— Mais bien sûr que si ! s'exclama Liam. Il y a des joueurs de tous les niveaux, même des débutants comme toi. Et c'est ici, à Fredericksburg. Tu n'aurais même pas besoin de quitter la maison.

— Je vais y réfléchir, dit April. Pour le moment, je me concentre sur mes exams.

Riley était contente que Liam ne détourne pas April de ses études, mais elle aurait préféré que sa fille pense sérieusement aux échecs. Toutefois, elle savait qu'il était inutile d'insister, au risque de faire encore un truc de vieux. Mieux valait laisser Liam la convaincre, s'il le pouvait.

Cela faisait du bien de voir April heureuse. Grande jeune fille aux cheveux bruns et aux yeux noisette, comme sa mère, April semblait parfois tellement adulte. Riley avait choisi ce prénom parce que le mois d'avril était son préféré. Et c'était son mois préféré parce qu'on y passait de belles journées comme celle-ci.

Blaine leva les yeux vers Riley. Il dit :

— Alors, parle-nous de cette récompense que tu vas recevoir demain, Riley.

Ce fut au tour de Riley de rougir.

— Ce n'est pas grand-chose.

Jilly poussa un couinement de protestation.

— Bien sûr que si ! Ça s'appelle le Prix de la Persévérance. Elle va le recevoir parce qu'elle a résolu une affaire classée. C'est le grand patron du FBI qui va le lui remettre.

Blaine écarquilla les yeux.

— Tu veux dire Milner lui-même ? dit-il.

Riley était mal à l'aise. Elle étouffa un rire nerveux.

— Ce n'est pas aussi impressionnant que ça en a l'air, dit-elle. Ce n'est pas comme s'il venait de l'autre bout de la planète. Il travaille à Washington, tu sais.

Blaine resta bouche bée d'émerveillement. Jilly dit :

— Blaine, April et moi, on va sécher l'école pour y aller. Toi et Crystal, vous devriez venir aussi.

Blaine et Crystal semblaient prêts à accepter.

— Bon, d'accord, dit Riley avec embarras. J'espère que vous n'allez pas vous ennuyer. Et ce ne sera pas le seul grand événement de la journée. Jilly va être la star de son école demain soir. C'est beaucoup plus important.

Maintenant, c'était Jilly qui rougissait.

— Pas une star, maman.

Riley rit devant la timidité soudaine de Jilly.

— Tu joues quand même un des premiers rôles. Tu es Perséphone dans une pièce qui s'appelle *Déméter et Perséphone.* Pourquoi tu ne nous racontes pas l'histoire ?

Jilly commença à raconter l'histoire du mythe grec, avec timidité d'abord, puis avec un enthousiasme croissant. Riley était ravie. L'une de ses filles apprenait à jouer aux échecs et la seconde se passionnait pour la mythologie grecque.

Ça s'arrange, pensa-t-elle.

Malgré ses efforts, sa vie conjugale et sa vie de famille étaient mouvementées. Récemment, elle avait commis l'erreur de faire revenir son ex-mari, Ryan, dans sa vie et celle des filles. Ryan avait prouvé une fois encore qu'il était incapable de respecter ses engagements.

Mais maintenant ?

Riley se tourna vers Blaine. Elle se rendit compte qu'il la regardait en souriant. Elle sourit. Il y avait décidément quelque chose entre eux. Ils avaient même dansé et s'étaient embrassés le mois dernier. C'était le seul rendez-vous qu'ils avaient eu pour le moment. Malheureusement, ça s'était terminé de façon abrupte et maladroite : Riley avait filé pour reprendre son affaire en cours.

Blaine semblait lui avoir pardonné.

Mais qu'en était-il de leur relation ?

Une fois encore, dans l'esprit de Riley, l'obscurité remonta à la surface pour tout inonder.

Tôt ou tard, cette heureuse illusion de famille et d'amitié cèderait la place à l'ignoble réalité : les meurtres, la cruauté, les monstres.

Et elle sentit au fond d'elle que c'était pour bientôt.

CHAPITRE DEUX

Assise au premier rang dans l'auditorium de Quantico, Riley se sentait terriblement mal à l'aise. Elle avait affronté des tueurs et des psychopathes sans jamais perdre son sang-froid, mais elle était maintenant au bord de la crise de panique.

Le directeur du FBI Gavin Milner se tenait sur l'estrade, au milieu de la salle. Il parlait de la longue carrière de Riley, notamment de l'affaire classée pour laquelle on la récompensait, celle du fameux « tueur aux allumettes ».

Le ronronnement baryton de sa voix impressionnait Riley. Elle avait rarement l'occasion de discuter avec le directeur Milner, mais elle l'appréciait beaucoup. C'est un petit homme élégant et mince, à la moustache impeccablement taillée.

Riley n'écoutait pas ce qu'il racontait. Elle était bien trop nerveuse et embarrassée. Comme il semblait approcher de la fin, Riley tendit l'oreille.

Milner dit :

— Nous connaissons tous le courage, l'intelligence et le sang-froid de l'agent spécial Riley Paige. Elle a déjà été récompensée par le passé pour toutes ces raisons. C'est pour une autre qualité que nous l'honorons aujourd'hui : sa ténacité et sa détermination sans faille à ce que justice soit faite. Grâce à ses efforts, un tueur qui a fait trois victimes il y a vingt-cinq ans va enfin payer sa dette à la société. Elle mérite toute notre gratitude pour ses années de service et pour l'exemple qu'elle représente.

En souriant, il se tourna vers elle et ramassa l'écrin dans lequel reposait une médaille.

C'est à moi, pensa Riley.

Elle se leva sur des jambes flageolantes et s'avança vers l'estrade.

Elle s'approcha de Milner, qui suspendit la médaille autour de son cou par un ruban.

La médaille lui parut étonnamment lourde.

Bizarre, pensa Riley. *Les autres semblaient plus légères.*

Elle avait déjà reçu trois récompenses au cours de sa carrière – deux pour son courage et une pour service méritoire.

Mais celle-ci était plus lourde. Elle était différente.

Comme si Riley n'était pas censée l'avoir.

Elle ne savait pas pourquoi.

Le directeur de FBI Gavin Milner tapota Riley sur l'épaule en étouffant un rire.

Il lui souffla à l'oreille.

— Une de plus pour votre collection, hein ?

Riley rit nerveusement et serra la main du directeur.

Le public de l'auditorium applaudit à tout rompre.

Avec un deuxième petit rire, Milner lui souffla encore :

— A votre tour d'affronter le public.

Riley se retourna. Ce qu'elle vit la bouleversa.

Il y avait plus de monde qu'elle ne l'avait cru. Et tous les visages étaient familiers : des amis, des membres de sa famille, des collègues ou des personnes qu'elle avait aidées ou sauvées au cours de sa carrière.

Tous étaient debout et applaudissaient en souriant.

La gorge de Riley se serra. Des larmes lui mouillèrent les yeux.

Ils croient en moi.

Elle était à la fois reconnaissante et gênée. Et elle se sentait coupable.

Que penseraient tous ces gens s'ils connaissaient ses plus noirs secrets ?

Personne ne savait qu'elle était en contact avec un tueur sauvage mais brillant, échappé de Sing Sing. Ils ne se doutaient pas une seconde que ce criminel l'avait aidée à résoudre plusieurs enquêtes. Et ils n'imaginaient pas combien la vie de Riley était intimement liée à celle de Shane Hatcher.

Riley frémit en y pensant.

Pas étonnant que la médaille lui semble si lourde.

Je ne la mérite pas, pensa-t-elle.

Mais qu'allait-elle faire ? La rendre au directeur du FBI ?

Au lieu de ça, elle parvint à sourire et marmonna quelques mots de remerciement. Puis elle descendit avec prudence de l'estrade.

*

Quelques instants plus tard, Riley déambulait dans une grande pièce où l'on servait des rafraichissements aux invités. Presque toutes les personnes présentes pendant la cérémonie étaient restées. Riley était le centre de toutes les attentions et se faisait féliciter par tout le monde. La présence du directeur du FBI à ses côtés était rassurante.

Ses collègues furent les premiers à la féliciter : d'autres agents de terrain, des spécialistes, des membres du personnel administratif et des employés de bureau.

La plupart étaient heureux pour elle. Par exemple, Sam Flores, le geek qui dirigeait l'équipe d'analyse technique, lui adressa un pouce en l'air et un grand sourire, avant de passer son chemin.

Mais Riley avait également des ennemis et ils étaient là aussi. La plus jeune, c'était Emily Creighton, un agent sans expérience qui se prenait pour sa rivale. Riley avait corrigé une de ses erreurs de débutante quelques mois plus tôt et Creighton lui en voulait depuis ce jour.

Quand ce fut au tour de Creighton de féliciter Riley, la jeune femme esquissa un sourire forcé, les dents serrées, et lui serra la main en marmonnant « Félicitations », avant de s'éloigner.

D'autres collègues se succédèrent avant que ce ne soit le tour de l'agent spécial chargé d'enquête Carl Walder. Il s'approcha de Riley. Avec son visage et son comportement de gamin, Walder représentait aux yeux de Riley le parfait bureaucrate. Elle ne s'entendait pas avec lui. En fait, il l'avait suspendue et renvoyée plusieurs fois.

Elle s'amusa de le voir feindre le respect et la bienveillance. Comme le directeur était à côté d'elle, Walder n'osait pas montrer ce qu'il pensait vraiment.

Quand elle lui serra la main, elle constata que la sienne était moite, et de la sueur perlait sur son front.

— Une récompense bien méritée, Agent Paige, dit-il. Nous sommes honorés de vous avoir parmi nous.

Puis Walder serra la main du directeur.

— Quel plaisir de vous recevoir, monsieur le directeur.

— Tout le plaisir est pour moi, répondit Milner.

Riley observa le visage du directeur. Remarqua-t-elle un petit sourire en coin ? Elle n'était pas certaine, mais elle savait que Walder n'inspirait pas le respect au Bureau, ni celui de ses subordonnés, ni celui de ses supérieurs.

Après que son dernier collègue de Quantico lui eut présenté ses félicitations, d'autres s'approchèrent : des personnes que Riley avait rencontrées en faisant son travail – des proches de victimes ou des gens qu'elle avait secourus. Riley ne s'attendait pas à les voir ici, surtout si nombreux. C'était très émouvant.

Le premier était un vieil homme frêle qu'elle avait sauvé d'une empoisonneuse en janvier dernier. Il prit la main de Riley entre les siennes en répétant entre ses larmes :

— Merci, merci, merci…

Riley ne put s'empêcher de pleurer elle aussi.

Puis vinrent Lester et Eunice Pennington et leur fille adolescente, Tiffany. En février, la sœur ainée de Tiffany, Lois, avait été assassinée par un jeune homme malade. Riley n'avait pas revu la famille depuis qu'elle avait résolu l'enquête. Elle en croyait à peine ses yeux. La dernière fois, ils étaient désespérés et frappés par le chagrin. Maintenant, ils souriaient, heureux pour Riley et reconnaissants que justice soit faite.

En échangeant quelques mots et quelques gestes avec eux, Riley se demanda comment elle allait faire pour ne pas s'enfuir de la pièce en pleurant.

Paula Steen vint en dernier. C'était la mère d'une des filles qui avaient été assassinées il y a vingt-cinq ans – l'affaire de meurtres pour laquelle on récompensait Riley aujourd'hui.

Riley était bouleversée.

Elle discutait avec Paula depuis des années au téléphone, à chaque anniversaire de la mort de sa fille.

Riley ne s'attendait pas à la voir ici.

Elle prit les mains de Paula en essayant de ne pas éclater en sanglots.

— Paula, merci d'être venue, parvint-elle à dire entre ses larmes. J'espère qu'on restera en contact.

Le sourire de Paula l'illumina. Celle-ci ne pleurait pas du tout.

— Oh, je continuerai de vous appeler chaque année, je vous le promets, dit-elle. Tant que je serai de ce monde. Maintenant que vous avez arrêté le meurtrier de Tilda, je suis prête à tourner la page et à les rejoindre, ma fille et mon mari. Ils m'attendent depuis longtemps. Merci beaucoup.

Riley avait une boule dans le ventre.

Paula la remerciait de l'avoir aidée à trouver la paix – de l'avoir aidée à ne pas mourir sans savoir la vérité.

C'était trop difficile à encaisser.

Riley était muette d'émotion.

Elle embrassa maladroitement Paula sur la joue et la vieille dame s'éloigna.

Les gens commençaient à partir et la pièce était moins bondée.

Mais ceux qui comptaient le plus à ses yeux étaient toujours là. Blaine, Crystal, Jilly, April et Gabriela étaient restés en retrait pendant toute la cérémonie. Il était particulièrement agréable de lire tant de fierté dans le regard de Gabriela.

Les filles souriaient également. Blaine semblait muet d'admiration. Riley espéra que la cérémonie ne l'avait pas intimidé.

Trois autres personnes étaient également restées, pour son plus grand plaisir. Il y avait son partenaire de toujours, Bill Jeffreys, et Lucy Vargas, un agent prometteur et enthousiaste qui considérait Riley comme son mentor. Jake Crivaro était le troisième.

Riley était surprise de le voir. Il avait été son partenaire, mais il avait pris sa retraite depuis longtemps. Il s'était remis au travail pour l'aider à résoudre l'affaire du tueur aux allumettes, qui l'avait hanté pendant des années.

— Jake ! Qu'est-ce que tu fais là ?

Le petit homme au torse puissant étouffa un rire rauque.

— C'est comme ça qu'on dit bonjour ?

Riley l'enlaça en riant.

— Tu as bien compris ce que je voulais dire, dit-elle.

Après tout, Jake était rentré chez lui, en Floride, dès que l'affaire avait été résolue. Elle était contente qu'il soit de retour, même si elle ne s'attendait pas à le revoir de sitôt.

— Je n'aurais jamais raté ça, dit Jake.

Alors qu'elle étreignait Bill, Riley se sentit coupable.

— Bill, Jake… C'est injuste.

— Qu'est-ce qui est injuste ? demanda Bill.

— Que je reçoive cette médaille. Vous avez travaillé autant que moi sur l'affaire.

Lucy la prit à son tour dans ses bras.

— Mais si, dit-elle. Le directeur a parlé d'eux. Il a dit qu'ils avaient beaucoup travaillé.

Bill hocha la tête.

— On n'aurait rien fait du tout si tu n'avais pas insisté pour ouvrir le dossier.

Riley sourit. C'était vrai, bien entendu. Elle avait rouvert le dossier, alors que personne d'autre n'y croyait.

Soudain, une pensée lui traversa l'esprit.

Elle regarda autour d'elle, puis Bill, Jake et Lucy d'un air étonné.

— Tous ces gens… Comment savaient-ils ?

Lucy dit :

— C'était dans les médias, bien sûr.

C'était vrai, mais cela n'expliquait pas tout. La nouvelle était restée très confidentielle. Pour la trouver, il fallait savoir où chercher.

Puis Riley remarqua le petit sourire sur le visage de Bill.

C'est lui qui les a contactés ! comprit-elle.

Il n'avait peut-être pas appelé tout le monde, mais il s'était débrouillé pour ébruiter la nouvelle.

Elle fut surprise par les émotions contradictoires qu'elle ressentait.

Bien sûr, elle éprouvait de la reconnaissance : Bill s'était assuré que cette journée soit extraordinaire.

Mais elle était aussi en colère, à sa grande surprise.

Sans le savoir, Bill lui avait tendu une embuscade.

Il l'avait fait pleurer, ce qui était pire que tout.

Elle se rappela qu'il l'avait fait par amitié et par respect.

Elle lui dit :

— Toi et moi, nous allons avoir des mots.

Bill sourit et hocha la tête.

— J'en suis certain, dit-il.

Riley se tourna vers sa famille et ses amis, mais elle s'arrêta net en voyant son chef, Brent Meredith. Le grand homme aux traits noirs et anguleux n'avait l'air d'être là pour faire la fête.

Il dit :

— Paige, Jeffreys, Vargas. J'ai besoin de vous dans mon bureau.

Sans ajouter un mot, il sortit.

Le cœur de Riley se serra quand elle s'avança vers Blaine, Gabriela et les filles pour leur dire d'attendre un peu.

Elle pensa au pressentiment qu'elle avait eu pendant le diner, la veille.

C'est là.

Un monstre allait entrer dans sa vie.

CHAPITRE TROIS

En suivant Bill et Lucy dans le couloir vers le bureau de Meredith, Riley se demanda ce qui la troublait tant. Elle n'arrivait pas à mettre le doigt sur ce qui la dérangeait.

C'était en partie une sensation à laquelle elle était habituée – cette appréhension familière à l'idée de recevoir de nouvelles instructions.

Mais il y avait aussi autre chose. Ça ne ressemblait pas à de la peur ou à un mauvais pressentiment. Elle avait une trop longue carrière pour s'inquiéter comme ça sans raison.

C'était une émotion qu'elle reconnaissait à peine.

Et si c'était du soulagement ? se demanda Riley.

Oui, ce devait être ça.

La cérémonie et les félicitations qu'elle avait reçues avaient réveillé en elle des émotions trop fortes et contradictoires.

Marcher vers le bureau de Meredith pour recevoir des instructions, c'était quelque chose de beaucoup plus familier. Comme une échappatoire.

Mais sur quoi débouchait cette porte de sortie ?

Certainement sur un monde de cruauté et de malveillance.

Riley fut parcourue d'un frisson.

Quel genre de personne était plus à l'aise dans un monde cruauté qu'au milieu de ses amis ?

Elle préférait ne pas y réfléchir. Tout en marchant, elle fit de son mieux pour chasser ces noires pensées, qui pourtant s'accrochèrent.

Elle semblait de moins en moins à l'aise dans son propre corps ces derniers jours.

Quand Riley, Bill et Lucy atteignirent le grand bureau de Meredith, le chef d'équipe les attendait.

Quelqu'un d'autre était là également — une jeune femme afro-américaine aux cheveux courts et lisses et aux yeux immenses. Elle se leva en voyant Riley et ses compagnons.

Meredith dit :

— Agents Paige, Jeffreys et Vargas, je vous présente l'agent spécial Jennifer Roston.

Riley détailla du regard la jeune femme avec laquelle elle avait discuté au téléphone après avoir résolu l'énigme du tueur aux allumettes.

Jennifer Roston n'était pas grande, mais elle avait un corps athlétique et l'air compétent. L'expression sur son visage laissait entendre que c'était une femme sûre d'elle et de ses capacités.

Roston leur serra la main.

— J'ai entendu plein de belles choses sur vous, lui dit Lucy.

— Vous avez pulvérisé des records pendant votre formation, dit Bill.

Comme eux, Riley n'avait entendu que du bien sur l'agent Roston. La jeune femme avait déjà une excellente réputation et ne recevait que des louanges de ses supérieurs.

— Je suis honorée de vous rencontrer, dit Roston avec un sourire sincère.

Puis, en regardant Riley dans les yeux, elle ajouta :

— Surtout vous, agent Paige. Ça me fait plaisir de vous parler face à face.

Riley était flattée, mais aussi un peu inquiète.

Alors que tous s'asseyaient, Riley se demanda ce que Roston faisait là. Meredith allait-il leur confier la même mission ?

Riley n'était pas sûre d'aimer l'idée. Avec Bill et Lucy, elle avait construit une solide relation de travail. Une nouvelle venue ne risquait-elle pas de perturber leur équilibre ?

Meredith répondit à sa question.

— Je voulais que vous rencontriez l'agent Roston parce qu'elle travaille sur le dossier Shane Hatcher. Ça fait trop longtemps que ce type traine dans la nature. A partir de maintenant, ce sera notre priorité. Il faut l'arrêter. Pour ça, nous avons besoin d'un regard neuf.

Riley se retint de se tortiller.

Elle savait déjà que Roston travaillait sur le dossier Hatcher. En fait, c'était pour cette raison qu'elles avaient parlé au téléphone. Roston avait demandé à Riley de lui permettre d'accéder à ses dossiers sur Hatcher. Riley avait dit oui.

Mais qu'est-ce qui se passait ?

Meredith ne les avait pas tous fait venir pour travailler sur le même dossier. Riley ne savait pas exactement ce que Meredith devinait ou soupçonnait sur sa relation avec Hatcher. Elle aurait déjà été arrêtée si son chef savait qu'elle l'avait laissé partir en échange de son aide.

Elle savait parfaitement que Hatcher se trouvait sans doute caché dans les montagnes, dans le chalet qu'elle avait hérité de son père. Il vivait là avec l'accord tacite de Riley.

Comment pouvait-elle faire semblant d'essayer de le trainer devant la justice ?

Bill demanda à Roston :

— Comment ça se passe ?

Roston sourit.

— Oh, je ne fais que commencer. Je fais des recherches pour le moment.

Puis, en regardant à nouveau Riley, Roston ajouta :

— Je vous remercie de m'avoir permis d'accéder à vos dossiers.

— Je suis ravie de vous aider, dit Riley.

Roston plissa les yeux, l'air soudain curieux.

— Ça va beaucoup m'aider, dit-elle. Vous avez réuni pas mal d'informations. Même si… je pensais qu'il y aurait plus de choses sur les transactions financières de Hatcher.

Riley se retint de frémir en pensant à ce qu'elle avait fait sur un coup de tête juste après ce coup de téléphone.

Avant de donner l'accès à Roston à ces dossiers sur Hatcher, elle en avait supprimé un, intitulé « IDEES » – un dossier qui contenait des idées et des observations personnelles sur Hatcher, mais également des informations d'ordre financier qui pouvaient conduire à sa capture. Ou du moins qui pouvaient conduire à lui couper les vivres.

Qu'est-ce qui m'a pris ? pensa Riley.

C'était fait maintenant et elle ne pouvait plus revenir dessus, même si elle l'avait voulu.

Le regard inquisiteur de Roston la mettait mal à l'aise.

— C'est un personnage insaisissable, dit-elle.

— Oui, c'est ce que j'ai cru comprendre, dit Roston.

Mais son regard resta vissé dans celui de Riley.

Son malaise ne fit que croître.

Est-ce qu'elle sait quelque chose ? se demanda-t-elle.

Puis Meredith dit :

— Ce sera tout, agent Roston. Je dois discuter d'une autre affaire avec Paige, Jeffreys et Vargas.

Roston se leva et prit poliment congé.

Dès qu'elle fut partie, Meredith dit :

— On dirait que nous avons une nouvelle affaire de tueur en série dans l'état de Californie. Quelqu'un a assassiné trois sergents instructeurs à Fort Nash Mowat. Ils ont été abattus de loin par un tueur d'élite. La victime la plus récente a été tuée ce matin.

Riley était à la fois intriguée et surprise.

— Ce n'est pas plutôt une affaire pour la police militaire ? demanda-t-elle.

C'était le rôle de la Division des affaires criminelles d'enquêter sur les crimes et forfaits commis au sein de l'armée des Etats-Unis.

Meredith hocha la tête.

— Ils sont déjà dessus, dit-il. Il y a un bureau de la Division à Fort Mowat et ils y travaillent. Mais, comme vous le savez, c'est le grand prévôt général Boyle qui est à la tête de la Division et il m'a appelé pour demander un coup de main au FBI. C'est une affaire très sérieuse. Cela peut avoir des répercussions sur la réputation de notre armée. Ça fait déjà scandale dans la presse et ils reçoivent des pressions de la part des politiques. Plus vite ce sera réglé, mieux ce sera pour tout le monde.

Riley se demanda si c'était une bonne idée. Elle n'avait jamais entendu parler d'une affaire sur laquelle le FBI et la police militaire auraient travaillé ensemble. Ils pouvaient se gêner et cela ferait plus de tort que de bien.

Mais elle ne souleva aucune objection. Ce n'était pas son rôle.

— Quand est-ce qu'on commence ? demanda Bill.

— Dès que possible, répondit Meredith. Vous avez bien vos valises à portée de main ?

— Non, dit Riley. Je ne pensais pas repartir si tôt.

— Alors vous partirez dès que vous aurez fait vos valises.

Riley ressentit une pointe d'adrénaline et d'inquiétude.

La pièce de théâtre de Jilly ! pensa-t-elle.

Si Riley partait tout de suite, elle allait la rater.

— Chef…, commença-t-elle.

— Oui, agent Paige ?

Riley se tut. Après tout, le FBI venait de lui remettre une récompense. Comment pouvait-elle demander une faveur en de telles circonstances ?

Les ordres sont les ordres, se dit-elle fermement.

Il n'y avait rien à faire.

— Rien, dit-elle.

— Bon, dans ce cas, dit Meredith et se levant. Au travail, tous les trois. Réglez-moi cette affaire. D'autres dossiers vous attendent.

CHAPITRE QUATRE

Le colonel Dutch Adams regardait fixement par la fenêtre de son bureau. Il avait une bonne vue de la base militaire d'ici. Il voyait même le terrain vague où le sergent Worthing avait été assassiné ce matin.

— Bordel de merde, murmura-t-il entre ses dents.

Moins de deux semaines plus tôt, le sergent Rolsky avait été assassiné de la même manière.

Et une semaine avant, c'était le sergent Fraser.

Et maintenant Worthing.

Trois bons sergents instructeurs.

Quel gâchis, pensa-t-il.

Pour le moment, les agents de la Division des affaires criminelles n'avaient rien trouvé.

Adams se demandait…

Comment est-ce que j'ai fait pour échouer ici ?

Il avait eu une bonne carrière. Il portait ses médailles avec fierté — la légion du mérite, trois étoiles de bronze, des médailles pour service méritoire, une citation à l'ordre de la division et quelques autres.

En regardant par la fenêtre, il pensa à sa vie.

De quand dataient ses meilleurs souvenirs ?

Sûrement de son service en temps de guerre en Irak, pendant les opérations Desert Storm et Enduring Freedom.

Et ses pires souvenirs ?

Peut-être de la redoutable routine académique à laquelle il avait dû se soumettre pour obtenir le commandement d'une unité.

Ou peut-être des cours qu'il avait lui-même donnés.

Mais rien n'était pire que de commander cet endroit.

Rester assis derrière son bureau, remplir des dossiers et organiser des réunions – c'était ça, le pire.

Mais il avait eu des bons moments.

Il avait sacrifié sa vie privée à sa carrière – trois divorces et sept enfants adultes qui ne lui parlaient presque plus. Il n'était même pas sûr de savoir combien il avait de petits-enfants.

C'était normal.

L'armée avait toujours été sa vraie famille.

Mais maintenant, après toutes ces années, il avait parfois l'impression de ne plus être à sa place.

Qu'est-ce qu'il ressentirait en quittant enfin son service ? Son départ ressemblerait-il plus à une retraite bien méritée ou à un divorce difficile ?

Il soupira amèrement.

S'il atteignait sa dernière ambition, il partirait avec le grade de général de brigade. Mais il serait tout seul. C'était peut-être aussi bien.

Il pouvait peut-être simplement disparaître, comme un des vieux soldats proverbiaux de Douglas MacArthur.

Ou comme un animal sauvage, pensa-t-il.

Il avait chassé toute sa vie, mais il ne se souvenait pas d'avoir jamais trouvé la carcasse d'un ours ou d'un chevreuil ou d'un autre animal sauvage mort de cause naturelle. D'autres chasseurs lui avaient dit la même chose.

Quel mystère ! Où les animaux sauvages se cachaient-il pour mourir ?

Si seulement il le savait. C'est ce qu'il ferait quand son heure viendrait.

En attendant, il rêvait d'une cigarette. Quelle plaie de ne pas pouvoir fumer dans son propre bureau.

Ce fut alors que son téléphone sonna. C'était sa secrétaire. Elle dit :

— Colonel, j'ai le grand prévôt général au téléphone. Il veut vous parler.

Le colonel Adams sursauta.

Il savait que le grand prévôt était le général de brigade Malcolm Boyle. Adams ne lui avait jamais parlé.

— C'est à quel propos ?

— Les meurtres, je crois, dit la secrétaire.

Adams grommela.

Evidemment, pensa-t-il.

Le grand prévôt général à Washington était en charge de toutes les enquêtes criminelles. Il devait savoir que l'enquête piétinait.

— Bon, je vais lui parler, dit Adams.

Il prit l'appel.

La voix de l'homme lui déplut aussitôt. Elle était beaucoup trop douce. Elle ne claquait pas comme celle d'un officier haut-gradé. Cependant, l'homme était son supérieur et Adams était obligé d'au moins feindre le respect.

Boyle dit :

— Colonel Adams, je voulais juste vous prévenir. Trois agents du FBI de Quantico vont bientôt arriver pour vous donner un coup de main sur l'affaire de meurtres.

Adams ressentit une pointe d'irritation. Il avait déjà beaucoup trop d'agents sur l'affaire. Mais il répondit calmement.

— Monsieur, je ne suis pas sûr de comprendre pourquoi. Nous avons un bureau de la Division des affaires criminelles à Fort Mowat. Ils sont sur le coup.

La voix de Boyle se durcit.

— Adams, vous avez eu trois meurtres en moins de trois semaines. Ça me donne l'impression que vos gars mériteraient un coup de pouce.

La frustration d'Adams ne fit que croître. Mais il se garda de le montrer. Il dit :

— Avec tout le respect que je vous dois, monsieur, je ne comprends pas pourquoi vous m'appelez pour me prévenir. C'est le colonel Dana Larson qui dirige le bureau de la Division, ici, à Fort Mowat. Pourquoi ne l'avez-vous pas contactée ?

La réponse de Boyle le prit par surprise.

— C'est le colonel Larson qui m'a contacté. Elle m'a demandé d'appeler l'UAC pour les aider. Alors c'est ce que j'ai fait.

Adams resta bouche bée.

La garce, pensa-t-il.

Le colonel Dana Larson sautait sur la moindre occasion pour lui taper sur les nerfs.

Et qu'est-ce qu'une femme fichait à la tête de la police militaire ?

Adams ravala son écœurement.

— Je comprends, monsieur, dit-il.

Puis il raccrocha.

Le colonel Adams souffla avec colère. Il tapa du poing sur la table. N'avait-il donc aucun pouvoir dans cette base militaire ?

Mais les ordres étaient les ordres et il devait obéir.

Mais il n'était pas obligé d'approuver. Et il n'était pas obligé d'accueillir les agents du FBI comme ils le méritaient.

Il grommela.

Les meurtres, ce n'était rien à côté de ce qui l'attendait.

CHAPITRE CINQ

Alors qu'elle conduisait Jilly, April et Gabriela à la maison, Riley n'arrivait pas à avouer qu'elle devait repartir aussitôt. Elle allait rater un grand événement dans la nouvelle vie de Jilly, son premier rôle dans une pièce de théâtre. Les filles comprendraient-elles qu'elle avait des ordres ?

Même à la maison, Riley n'arrivait toujours pas à parler.

Elle était morte de honte.

Elle venait de recevoir une médaille de la persévérance et, par le passé, elle avait été récompensée pour son courage. Evidemment, ses filles étaient venues assister à la cérémonie.

Mais elle n'avait pas l'impression d'être un héros.

Les filles sortirent dans le jardin pour jouer et Riley monta dans sa chambre préparer ses affaires. C'était une routine familière. Il fallait remplir une petite valise avec juste assez de choses pour partir quelques jours ou un mois.

Pendant qu'elle jetait des affaires sur le lit, elle entendit la voix de Gabriela.

— Señora Riley, qu'est-ce que vous faites ?

Elle se retourna. Gabriela était dans l'entrée. La bonne portait dans ses bras des draps propres qu'elle allait ranger dans le placard.

Riley bégaya.

— Gabriela, je… je dois y aller.

Gabriela resta bouche bée.

— Y aller ? Où ça ?

— On m'a confié un nouveau dossier. En Californie.

— Vous ne pouvez pas partir demain ? demanda Gabriela.

Riley avala sa salive.

— Gabriela, l'avion du FBI m'attend. Je dois y aller.

Gabriela secoua la tête. Elle dit :

— C'est bien de chasser les assassins. Mais je crois que parfois vous en oubliez ce qui est important.

Gabriela disparut dans le couloir.

Riley soupira. Depuis quand Riley payait-elle Gabriela pour être sa conscience ?

Mais elle ne pouvait pas se plaindre. C'était un travail que Gabriela faisait à merveille.

Riley baissa les yeux vers sa valise.

Elle secoua la tête en murmurant…

— Je ne peux pas faire ça à Jilly. Je ne peux pas.

Toute sa vie, elle avait sacrifié ses enfants à son travail. Chaque fois. Elle n'avait jamais fait le contraire.

Et voilà, pensa-t-elle, ce qui n'allait pas dans sa vie. Voilà ce qui nourrissait l'obscurité dans sa tête.

Elle avait assez de courage pour affronter un tueur en série. Mais en avait-elle assez pour mettre son travail de côté et faire de ses enfants sa priorité ?

Au même instant, Bill et Lucy se préparaient à prendre l'avion pour la Californie.

Ils étaient censés se retrouver à l'aéroport de Quantico.

Riley soupira d'un air misérable.

Il n'y avait qu'un seul moyen de régler ce problème – si elle pouvait le régler.

Elle devait essayer.

Elle sortit son téléphone et composa le numéro privé de Meredith.

En entendant sa voix bourrue, elle dit :

— Monsieur, c'est l'agent Paige.

— Qu'est-ce qui se passe ? demanda Meredith.

Il y avait une pointe d'inquiétude dans sa voix. Ce n'était pas étonnant. Riley n'utilisait jamais ce numéro, sauf quand la situation était catastrophique.

Elle prit son courage à deux mains et alla droit au but.

— Monsieur, j'aimerais repousser mon départ en Californie. Juste pour ce soir. Les agents Jeffreys et Vargas peuvent partir sans moi.

Après un bref silence, Meredith demanda :

— Quelle est votre urgence ?

Riley avala sa salive. Meredith ne lui rendait pas la tâche facile.

Mais elle ne mentirait pas.

D'une voix tremblante, elle bafouilla :

— Ma plus jeune fille, Jilly. Elle joue dans une pièce de théâtre, ce soir. Elle… Elle a le rôle principal.

Le silence au bout du fil lui parut assourdissant.

Il m'a raccroché au nez ? se demanda Riley.

Avec un grognement, Meredith dit :

— Vous pouvez répéter ? Je ne suis pas sûr d'avoir bien entendu.

Riley étouffa un soupir. Elle était certaine qu'il avait parfaitement entendu.

— Monsieur, c'est important pour elle, dit-elle de plus en plus nerveuse. Jilly est… Vous savez que j'essaye de l'adopter. Elle a eu une vie difficile et elle commence à sortir la tête de l'eau, mais elle est encore fragile et…

Riley se tut.

— Et quoi ? insista Meredith.

Riley avala sa salive.

— Je ne veux pas la décevoir. Pas cette fois. Pas aujourd'hui.

Un autre grave silence passa.

Mais Riley était de plus en plus déterminée.

— Monsieur, ça ne fera aucune différence, dit-elle. Les agents Jeffreys et Vargas vont y aller sans moi et vous savez de quoi ils sont capables. J'attraperai facilement le train en marche à mon arrivée.

— Et ce sera quand ? demanda Meredith.

— Demain matin. Tôt. J'irai à l'aéroport dès que la pièce sera finie. Et je prendrai le premier vol.

Un autre silence. Riley ajouta :

— Je payerai le billet de ma poche.

Elle entendit Meredith grommeler.

— Ça, je vous le promets, dit-il.

Riley retint sa respiration.

Il me donne la permission !

Elle réalisa soudain qu'elle respirait à peine depuis le début de la conversation.

Elle fit de son mieux pour contenir sa gratitude.

Elle savait que Meredith n'aimerait pas du tout ça. Et elle ne voulait surtout pas qu'il change d'avis.

Elle dit simplement :

— Merci.

Elle entendit un autre grognement.

Puis Meredith dit :

— Dites à votre fille que je lui dis merde.

Il raccrocha.

Riley poussa un soupir de soulagement. En relevant la tête, elle vit Gabriela qui souriait dans l'entrée.

Elle avait visiblement entendu toute la conversation.

— Je crois que vous êtes en train de grandir, señora Riley, dit-elle.

*

Assise dans le public avec April et Gabriela, Riley regardait la pièce de théâtre de l'école de Jilly. Elle avait oublié combien ces événements scolaires pouvaient être charmants.

Les collégiens étaient tous vêtus de costumes faits à la maison. Ils avaient peint un décor pour imiter le pays dans lequel se déroulait l'histoire de Déméter et Perséphone : des champs de fleurs, un volcan en Sicile, les cavernes humides et sombres du monde souterrain et autres lieux mythiques.

Et Jilly jouait très bien la comédie !

Elle jouait le rôle de Perséphone, la fille de la déesse de l'agriculture et des moissons, Déméter. Tout en regardant la pièce, Riley se rappela comment le mythe se déroulait.

Perséphone ramassait des fleurs quand Hadès, le dieu des Enfers, avait surgi sur un char et l'avait enlevée. Il l'avait emportée dans son royaume pour qu'elle devienne sa reine. Quand Déméter avait compris ce qui était arrivé à sa fille, elle avait éclaté en sanglots.

Riley fut parcourue de frissons quand la fille qui jouait Déméter pleura sur scène.

A partir de cet instant, l'histoire toucha Riley en plein cœur, alors qu'elle ne s'y attendait pas.

L'histoire de Perséphone ressemblait de façon sinistre à celle de Jilly. Après tout, c'était l'histoire d'une fille qui perdait son enfance et son innocence, confrontée à des forces bien plus puissantes qu'elle.

Les yeux de Riley se mouillèrent de larmes.

Elle connaissait très bien la fin de l'histoire. Perséphone allait retrouver sa liberté, mais seulement la moitié de l'année. Quand Perséphone serait partie, Déméter laisserait la terre refroidir et mourir. Quand elle reviendrait, elle ramènerait la vie et le printemps renaitrait.

Et c'était pour cette raison qu'il y avait des saisons.

Riley serra la main d'April et murmura.

— C'est le moment le plus triste.

A sa grande surprise, April gloussa.

— C'est pas si triste, murmura sa fille. Jilly m'a dit qu'ils avaient un peu changé l'histoire. Regarde.

Riley suivit l'histoire avec attention.

Dans son personnage de Perséphone, Jilly cassa un vase grec sur la tête de Hadès. En fait, c'était un oreiller maquillé en vase.

Puis elle sortit en trombe de l'Enfer pour retrouver sa mère folle de joie.

Le garçon qui jouait le rôle de Hadès piqua une énorme colère et jeta un long hiver sur le monde. Lui et Déméter s'affrontèrent, changeant les saisons de l'hiver au printemps, et ainsi de suite, encore et encore, jusqu'à la fin des temps.

Riley était ravie.

Quand la pièce fut terminée, Riley alla féliciter Jilly en coulisses. En chemin, elle croisa le professeur qui avait monté la pièce.

— J'adore ce que vous avez fait de cette histoire ! lui dit Riley. Ça fait du bien de voir Perséphone dans le rôle de l'héroïne plutôt que dans celui de la victime.

Le professeur lui adressa un grand sourire.

— Ne me remerciez pas, dit-elle. C'était l'idée de Jilly.

Riley se précipita vers Jilly pour la prendre dans ses bras.

— Je suis si fière de toi ! dit Riley.

— Merci, maman, répondit Jilly en souriant.

Maman.

Le mot résonna dans la tête de Riley. C'était un mot qui avait plus de sens que jamais.

*

Plus tard dans la soirée, de retour à la maison, Riley réussit enfin à avouer aux filles qu'elle s'en allait. Elle passa la tête dans la chambre de Jilly.

Celle-ci était endormie, épuisée par son triomphe. Il était agréable de voir un tel air de contentement sur son visage.

Puis Riley passa la tête dans la chambre d'April. Celle-ci lisait un livre dans son lit.

Elle leva la tête.

— Maman ? Qu'est-ce qu'il y a ?

Riley entra sans faire de bruit. Elle dit :

— Ça va te paraitre bizarre, mais… Il faut que j'y aille. Tout de suite. On m'a confié une affaire en Californie.

April sourit. Elle dit :

— Jilly et moi, on avait deviné que c'était pour ça que tu avais une réunion à Quantico. Puis on a vu ta valise sur ton lit. On pensait que tu allais partir avant la pièce de théâtre. D'habitude, tu fais ta valise au dernier moment.

Elle fixa sa mère du regard, un sourire jusqu'aux oreilles.

— Mais tu es restée. Je sais que tu as repoussé ton départ pour voir la pièce. Tu sais ce que ça représente pour nous ?

Riley sentit ses yeux se mouiller de larmes. Elle s'approcha et prit sa fille dans ses bras.

— Ça ne te dérange pas que je m'en aille ? demanda Riley.

— Oui, ça va. Jilly m'a dit qu'elle espérait que tu attraperais des méchants. Elle est très fière de ce que tu fais, maman. Moi aussi.

Riley était bouleversée. Ses deux filles grandissaient si vite. Et elles devenaient des jeunes femmes extraordinaires.

Elle embrassa April sur le front.

— Je t'aime, ma chérie, dit-elle.

— Je t'aime aussi, dit April.

Riley agita son doigt sous le nez de sa fille.

— Maintenant, qu'est-ce que c'est que ça ? dit-elle. Eteins-moi cette lumière et au lit. Il y a école demain.

April éteignit la lumière en gloussant. Riley retourna dans sa chambre pour chercher son sac.

Il était minuit et elle était obligée de conduire jusqu'à Washington pour attraper un vol commercial.

La nuit allait être longue.

CHAPITRE SIX

Le loup était allongé sur le ventre dans le désert.

C'était comme ça qu'il aimait s'imaginer. Une bête sauvage à l'affût de sa prochaine proie.

Il avait une excellente vue de Fort Nash Mowat d'ici. La nuit était agréable et fraîche. Il surveillait sa proie à travers la visée de son fusil.

Il pensa à toutes ses précédentes victimes qu'il détestait.

Il y a trois semaines, Rolsky.

Puis Fraser.

Ensuite, Worthing.

Il les avait abattus avec adresse, d'une balle dans la tête, avec tant de précision qu'ils ne s'étaient rendus compte de rien.

Ce soir, c'était au tour de Barton.

Le loup regardait Barton déambuler sur le chemin mal éclairé. Même si l'image à travers la visée était grise et granuleuse, sa cible était bien visible.

Mais il ne tirerait pas. Pas tout de suite.

Il n'était pas assez loin. Quelqu'un pourrait localiser sa position, même s'il utilisait un cache-flamme sur son fusil de précision M110. Il n'allait pas commettre cette erreur de débutant, ni sous-estimer les soldats de cette base militaire.

Tout en suivant les mouvements de Barton à travers sa lunette, le loup prit le temps d'apprécier le poids du M110 dans ses mains. Ces jours-ci, l'armée préférait équiper ses soldats d'un autre modèle de fusil de précision, le Heckler & Koch G28. Le G28 était peut-être plus léger et plus compact, mais le loup préférait le M110. C'était un fusil plus précis, même s'il était plus difficile à cacher.

Il avait vingt coups dans son chargeur, mais il n'avait besoin que d'une seule balle.

Il allait abattre Barton d'un seul coup de feu, ou pas du tout.

Il sentait presque l'énergie de sa meute, comme si elle le regardait, comme si elle le soutenait.

Barton était arrivé à destination : un des courts de tennis de la base. D'autres joueurs le saluèrent. Il commença à sortir ses affaires de sport.

Barton se trouvait maintenant dans une zone bien éclairée. Le loup n'avait plus besoin de sa visée nocturne. Il détacha le dispositif, puis il visa la tête de Barton. L'image n'était plus granuleuse, mais claire et vive.

Barton était à trois cents mètres.

A cette portée, le fusil avait une marge d'erreur de deux centimètres et demi.

C'était au loup de rester dans cette marge.

Il savait qu'il y arriverait.

Il me suffit de presser la détente, pensa-t-il.

C'était tout ce dont il avait besoin.

Le loup savoura l'instant suspendu juste avant le tir.

Il y avait quelque chose de religieux dans cet instant, quand il attendait de tirer, de se *convaincre* de presser la détente. Pendant cet instant, il avait l'impression d'avoir un pouvoir de vie et de mort entre ses mains. Le geste irrévocable arriverait dans la plénitude d'un instant.

C'était sa décision de tirer – et en même temps, ça ne l'était pas du tout.

A qui revenait donc la décision ?

Il aimait croire qu'il y avait vraiment un loup en lui – une créature implacable qui prenait le commandement pendant cet instant suspendu et fatal.

L'animal était à la fois son ami et son ennemi. Il l'aimait d'un amour étrange qu'on ne réserve qu'à un ennemi mortel. C'était son animal intérieur qui faisait ressortir ce qu'il y avait de meilleur en lui.

Le loup attendit que l'animal frappe.

Mais l'animal ne fit rien.

Le loup ne pressa pas la détente.

Il se demanda pourquoi.

Quelque chose ne va pas, pensa-t-il.

Il finit par comprendre assez vite.

L'image du terrain de tennis illuminé par les spots était bien trop claire et nette.

Le tir ne demandait aucun effort.

Ça ne représentait pas le moindre défi.

Ce n'était pas digne d'un loup.

Et puis, c'était trop tôt depuis le dernier meurtre. Il avait espacé les précédents pour laisser aux hommes qu'il détestait le temps de douter et de le craindre. Tuer Barton maintenant pourrait compromettre l'effet psychologique de son travail.

Il sourit. Il se leva en emportant son fusil et revint sur ses pas.

Il avait eu raison de laisser sa proie tranquille.

Personne ne savait quand il frapperait la prochaine fois. Pas même lui.

CHAPITRE SEPT

Il faisait encore nuit quand l'avion de Riley décolla. Même avec le décalage horaire, il ferait jour quand elle arriverait à San Diego. Le vol allait durer plus de cinq heures et Riley était déjà fatiguée. Il fallait qu'elle soit en forme et opérationnelle demain matin quand elle rejoindrait Bill et Lucy. Ils avaient un travail sérieux à effectuer et Riley devait se tenir prête.

Je ferais mieux de dormir, pensa-t-elle. La femme assise à côté d'elle somnolait déjà.

Riley inclina son siège et ferma les yeux. Mais au lieu de s'endormir, elle pensa à la pièce de Jilly.

Elle sourit en pensant à la manière dont la Perséphone de Jilly avait assommé Hadès et s'était échappée du monde souterrain par ses propres moyens.

Puis son cœur se serra quand elle pensa à leur première rencontre. Ça s'était passé la nuit dans un relais routier de Phoenix. Jilly s'était sauvée de chez elle pour échapper à un père violent et elle était montée dans la cabine d'un camion. Elle avait l'intention de vendre son corps au routier quand il reviendrait.

Riley frémit.

Qu'est-ce qui serait arrivé à Jilly si Riley ne l'avait pas trouvée cette nuit-là ?

Des amis et des collègues disaient souvent à Riley qu'elle avait fait un très beau geste en ramenant Jilly chez elle.

Alors pourquoi n'en était-elle pas fière ? Elle ne ressentait que du désespoir.

Après tout, il y avait tant de Jilly dans le monde. Seules quelques-unes échappaient à une existence terrible.

Riley ne pouvait pas toutes les aider, pas plus qu'elle ne pouvait débarrasser le monde de tous les psychopathes.

C'est tellement futile, pensa-t-elle. *Tout ce que je fais.*

Elle ouvrit les yeux et regarda par la fenêtre. Le jet s'éloignait des lumières de Washington. Dehors, il n'y avait qu'une impénétrable obscurité.

En plissant les yeux pour percer les ténèbres, Riley pensa à la réunion de la veille, avec Bill, Lucy et Meredith. Elle ne savait pas grand-chose sur sa nouvelle affaire. Meredith avait dit que les trois victimes avaient été abattues d'un coup de feu tiré de loin par un tireur d'élite.

Qu'est-ce que ça lui apprenait sur le tueur ?

Tuer était-il un sport pour lui ?

Ou était-il investi d'une sinistre mission ?

Une chose paraissait certaine : le tueur savait ce qu'il faisait et il était doué.

Cette affaire représentait un sacré défi.

Les paupières de Riley devenaient lourdes.

Je vais peut-être réussir à dormir, pensa-t-elle. Elle reposa la tête et ferma les yeux.

*

Riley fixait du regard ce qui semblait être un millier de Riley, tournées les unes vers les autres à des angles divers, chacune plus petite que la précédente, jusqu'à disparaitre.

Quand elle bougea, tous ses sosies firent de même.

Elle leva le bras, les autres firent de même.

Puis elle tendit la main devant elle et toucha une surface froide.

Je suis dans un palais des glaces, *comprit Riley.*

Comment était-elle arrivée là ? Et comment allait-elle en sortir ?

Elle entendit une voix l'appeler.

— Riley !

C'était une voix de femme qui lui était familière.

— Je suis là ! appela Riley à son tour. Où êtes-vous ?

— Je suis là aussi.

Soudain, Riley la vit.

Elle se tenait juste devant elle, au milieu de ses innombrables reflets.

C'était une belle jeune femme vêtue d'une robe démodée depuis plusieurs décennies.

Riley la reconnut aussitôt.

— Maman ! dit-elle dans un murmure abasourdi.

Elle fut étonnée d'entendre sa voix de petite fille.

— Qu'est-ce que tu fais là ? demanda Riley.

— Je suis juste venue te dire au revoir, dit maman en souriant.

Riley ne comprit pas tout de suite.

Puis elle se rappela que maman avait été tuée sous les yeux de Riley dans un magasin de bonbons quand elle n'avait que six ans.

Maman était exactement comme Riley l'avait vue vivante pour la dernière fois.

— Où tu vas, maman ? demanda Riley. Pourquoi tu dois partir ?

Maman sourit et toucha la glace entre elle.

— Je suis en paix maintenant. Grâce à toi. Je peux tourner la page.

Petit à petit, Riley finit par comprendre.

Elle avait traqué l'assassin de sa mère.

Ce n'était plus qu'un pathétique vieux vagabond qui vivait sous un pont.

Riley l'avait abandonné là où elle l'avait trouvé : sa misérable vie lui servait déjà de pénitence pour le crime qu'il avait commis.

Riley leva la main et toucha la glace qui la séparait de sa mère.

— Mais tu ne peux pas partir, maman, dit-il. Je ne suis qu'une petite fille.

— Oh non, ce n'est pas vrai, dit maman d'un air radieux. Regarde-toi.

Riley regarda son reflet dans le miroir, à côté de maman.

C'était vrai.

Riley était une femme adulte maintenant.

C'était étrange de savoir qu'elle était maintenant plus âgée que sa mère ne l'avait jamais été.

Mais Riley avait également l'air plus triste et las que sa jeune maman.

Elle ne sera jamais plus vieille, *pensa Riley.*

Ce n'était pas le cas de Riley.

Et elle savait qu'il y avait encore dans son monde des épreuves et des défis à surmonter.

Allait-elle un jour pouvoir se reposer ? Serait-elle en paix pour le restant de sa vie ?

Elle se prit à envier l'éternel bonheur de sa mère.

Puis sa mère tourna les talons et s'éloigna, disparaissant entre les innombrables reflets de Riley.

Soudain, il y eut un craquement assourdissant et tous les miroirs se brisèrent.

Riley se retrouva dans une obscurité presque totale, des bris de verre jusqu'aux chevilles.

Elle dégagea ses pieds avec prudence, puis essaya de se diriger dans le chaos.

— Attention où tu mets les pieds, dit une autre voix familière.

Riley se retourna vers un vieil homme bourru au visage dur et tanné.

Elle poussa un hoquet de surprise.

— Papa !

Son père esquissa un sourire sardonique.

— Tu pensais que j'avais crevé ? dit-il. Désolé de te décevoir.

Riley ouvrit la bouche pour le contredire.

Mais elle se rappela qu'il avait raison. Elle n'avait pas pleuré quand il était mort en octobre dernier.

Et elle ne voulait plus de lui dans sa vie.

Après tout, il lui avait à peine adressé un mot gentil pendant toute sa vie.

— Où étais-tu ? demanda Riley.

— Là où j'étais, dit son père.

Le décor changeait. Ce n'était plus un immense terrain vague rempli de bouts de verre, mais la forêt dans laquelle se trouvait le chalet de son père.

Il se tenait sur le pas de la porte.

— Tu vas peut-être avoir besoin de mon aide, dit-il. On dirait que ton tueur est un soldat. J'en connais un rayon sur les soldats. J'en connais un rayon sur le meurtre.

C'était vrai. Son père avait été capitaine au Vietnam. Elle ignorait combien d'hommes il avait tué en service.

Mais elle ne voulait pas de son aide.

— C'est le moment de t'en aller, dit Riley.

Le sourire en coin de son père se changea en rictus.

— Oh non, dit-il. Je viens juste de m'installer.

Son visage et son corps se métamorphosèrent. En quelques secondes, il rajeunit, grandit et sa peau fonça. Il était encore plus menaçant qu'avant.

Il était devenu Shane Hatcher.

Cette métamorphose paralysa Riley d'effroi.

Son père avait toujours été une présence cruelle dans sa vie.

Mais elle commençait à craindre Hatcher plus encore.

Bien plus que son père, Hatcher avait une terrible emprise sur Riley.

Il pouvait lui faire faire des choses qu'elle n'aurait jamais imaginé faire.

— Allez-vous-en, dit Riley.

— Oh non, dit Hatcher. On a passé un accord.

Riley frémit.

On a passé un accord. C'est vrai, *pensa-t-elle.*

Hatcher l'avait aidée à retrouver le tueur de sa mère. En échange, elle le laissait vivre dans le vieux chalet de son père.

Et puis, elle savait ce qu'elle lui devait. Il l'avait aidée à résoudre de nombreuses affaires – et plus encore.

Il avait même sauvé la vie de sa fille et celle de son ex-mari.

Riley ouvrit la bouche pour parler, pour protester.

Mais aucun mot n'en sortit.

Au lieu de ça, ce fut Hatcher qui parla.

— Nos esprits sont jumeaux, Riley Paige.

Riley se réveilla en sursaut.

Son avion venait d'atterrir sur le tarmac de l'aéroport de San Diego.

Le soleil se levait à l'autre bout de la piste.

Le pilote annonça l'arrivée de l'appareil au micro et s'excusa d'avoir secoué les passagers à l'atterrissage.

Les autres passagers rassemblaient leurs affaires et se préparaient à partir.

Tout en se redressant sur des jambes flageolantes et en descendant son bagage du compartiment, Riley se rappela son rêve étrange.

Elle n'était pas superstitieuse, mais cela ne l'empêcha pas de se demander si ce rêve et l'atterrissage cahoteux étaient un avertissement de mauvais augure.

CHAPITRE HUIT

Par une belle matinée claire, Riley monta dans sa voiture de location et sortit de l'aéroport. Il faisait vraiment très beau et la température de saison était agréable. C'était un temps à aller profiter de la plage ou à se prélasser près d'une piscine.

Mais Riley était inquiète.

Elle se demanda avec lassitude si elle viendrait un jour en Californie pour profiter du beau temps – ou n'importe où ailleurs.

C'était comme si les monstres l'attendaient partout où elle allait.

L'histoire de ma vie, pensa-t-elle.

Elle savait que c'était à elle de sortir sa famille de ce cercle vicieux. Elle devait prendre des vacances et emmener les filles quelque part profiter de la vie.

Mais quand ?

Elle poussa un soupir fatigué et triste.

Peut-être jamais, pensa-t-elle.

Elle n'avait pas beaucoup dormi dans l'avion et elle ressentait les effets du décalage horaire. Il y avait trois heures de différence entre ici et la Virginie.

Néanmoins, elle était pressée de se mettre au travail.

En se dirigeant vers l'autoroute de San Diego, elle passa devant des immeubles modernes, et des rangées de palmiers. Bientôt, elle sortit de la ville, mais la circulation ne s'éclaircit pas. Les véhicules se suivaient de près entres les collines qu'un soleil matinal effleurait déjà.

Sans parler du décor, Riley eut tout de suite la sensation que la Californie était beaucoup moins relax qu'elle ne s'y attendait. Comme elle, les autres automobilistes semblaient pressés de se rendre quelque part.

Elle prit la sortie qui indiquait la base militaire de Fort Nash Mowat. Au bout de quelques minutes, elle ralentit devant le portail, montra son badge et on l'autorisa à entrer.

Elle avait envoyé un message à Bill et Lucy pour leur dire qu'elle était en route. Ils l'attendaient près de leur voiture. Bill lui présenta la femme en uniforme qui était avec eux : c'était le colonel Dana Larson, le commandant du bureau de la Division des affaires criminelles à Fort Mowat.

Larson impressionna immédiatement Riley. C'était une femme

solide au regard intense. Sa poignée de mains donna à Riley l'impression d'une femme sûre d'elle et professionnelle.

— Je suis ravie de vous rencontrer, agent Paige, dit le colonel Larson d'une voix vigoureuse et claire. Votre réputation vous précède.

Riley écarquilla les yeux.

— J'en suis la première étonnée, dit-elle.

Larson étouffa un rire.

— Ne le soyez pas, dit-elle. Je travaille moi aussi dans le maintien de l'ordre. Je suis de près tout ce qui se passe à l'UAC. Nous sommes honorés de vous recevoir à Fort Mowat.

Riley se sentit rougir en remerciant le colonel.

Larson appela un soldat qui s'approcha vivement et salua.

Elle dit :

— Caporal Salerno, je veux que vous reconduisiez la voiture de l'agent Paige à l'aéroport. Elle n'en aura plus besoin.

— Oui, madame, dit le caporal. Tout de suite.

Il monta dans la voiture de Riley et sortit de la base.

Riley, Bill et Lucy montèrent dans l'autre voiture.

Pendant que le colonel Larson conduisait, Riley demanda :

— Qu'est-ce que j'ai manqué ?

— Pas grand-chose, dit Bill. Le colonel Larson nous a accueillis la nuit dernière et nous a montré nos quartiers.

— Nous n'avons toujours pas rencontré le commandant de la base, ajouta Lucy.

Le colonel Larson leur dit :

— Nous allons justement rencontrer le colonel Dutch Adams.

Avec un petit rire, elle ajouta :

— Ne vous attendez pas à un accueil chaleureux. Surtout vous, agents Paige et Vargas.

Riley ne fut pas certaine de comprendre. Le colonel Adams était-il agacé que l'UAC lui envoie deux femmes ? Mais pourquoi ? Partout où le regard de Riley se posait, elle voyait des hommes et des femmes en uniforme qui se côtoyaient librement. Et avec le colonel Larson, Adams devait avoir l'habitude de parler à des femmes en position d'autorité.

Le colonel Larson se gara devant un bâtiment d'administration moderne et propre et conduisit les agents à l'intérieur. Alors qu'ils approchaient, trois jeunes hommes se mirent au garde-à-vous et saluèrent le colonel Larson. Riley vit que leurs vestes de la police militaire ressemblaient à celles que portaient les agents de terrain du

FBI.

Le colonel Larson leur présenta le sergent Matthews et son équipe, les agents Goodwin et Shores. Tous entrèrent dans une salle de conférence où les attendait le colonel Dutch Adams en personne.

Matthews et ses agents saluèrent Adams, mais pas le colonel Larson. Riley comprit que c'était parce qu'ils avaient le même grade militaire. Elle sentit aussitôt une tension palpable, presque douloureuse entre les deux colonels.

Comme prévu, Adams n'avait pas l'air particulièrement heureux de voir Riley et Lucy.

Riley commençait à comprendre.

Le colonel Dutch Adams était un officier de la vieille école qui ne s'était toujours pas habitué à la mixité de l'armée. Vu son âge, Riley pensa qu'il ne s'y ferait jamais. Il allait sans doute prendre sa retraite et partir avec ses préjugés.

Adams devait en vouloir particulièrement au colonel Larson – une femme officier sur laquelle il n'avait aucune autorité.

Alors que le groupe s'asseyait, Riley eut un sinistre sentiment de déjà-vu en examinant le visage d'Adams. C'était un faciès long et sévère, taillé à la serpe comme celui de nombreux officiers militaires que Riley avait eu l'occasion de côtoyer – comme son père.

En fait, la ressemblance entre le colonel Adams et son père était presque troublante.

Il s'adressa à Riley et ses collègues d'un ton trop formel.

— Bienvenue à Fort Nash Mowat. Cette base est en opération depuis 1942. Elle s'étend sur soixante-quinze mille acres, comprend quinze cents bâtiments et trois cent cinquante miles de routes. Vous trouverez toujours ici six mille personnes. Je suis fier de vous informer que c'est le meilleur centre d'instruction du pays.

A cet instant, le colonel Adams essaya de dissimuler un rictus. En vain. Il ajouta :

— C'est pour cette raison que je vais vous demander de ne pas déranger les soldats. Cette base militaire fonctionne comme une machine bien huilée. Les étrangers ont tendance à faire grincer les rouages. Si vous faites ça, je vous promets que vous le regretterez. Suis-je bien clair ?

Il regardait Riley dans les yeux, sûrement pour essayer de l'intimider.

Elle entendit Bill et Lucy dire :

— Oui, monsieur.

Mais elle ne dit rien.

Ce n'est pas mon commandant, pensa-t-elle.

Elle se contenta de soutenir son regard et de hocher la tête.

Il se tourna vers les autres et reprit la parole d'une voix froide de colère.

— Trois bon soldats sont morts. Cette situation à Fort Mowat est inacceptable. Réglez-moi ça au plus vite.

Il se tut. Puis il dit :

— Les funérailles du sergent Clifford Worthing ont lieu à onze cents heures. Vous êtes priés de vous y rendre.

Sans ajouter un mot, il se leva de sa chaise. Les agents de la police militaire se levèrent et saluèrent et le colonel Adams quitta la pièce.

Riley était abasourdie. N'étaient-ils pas venus pour parler de l'affaire ?

Remarquant la surprise de Riley, le colonel sourit.

— Il n'est pas aussi bavard d'habitude, dit-elle. Peut-être qu'il vous aime bien.

Tout le monde éclata de rire.

Cela faisait du bien de plaisanter maintenant.

Riley savait qu'ils n'auraient bientôt plus envie de rire.

CHAPITRE NEUF

Le rire passa. Larson observait toujours Riley, Bill et Lucy. Son regard était pénétrant et puissant, comme si elle les mesurait. Riley se demanda si le commandant de la police militaire était sur le point de leur annoncer quelque chose de grave.

Au lieu de ça, Larson demanda :

— Vous avez déjeuné ?

Ils répondirent par la négative.

— Eh bien, c'est inacceptable, dit Larson en étouffant un rire. Nous allons vous préparer quelque chose avant que vous ne dépérissiez. Venez, je vais vous montrer qu'on sait recevoir à Fort Mowat.

Larson laissa son équipe et conduisit les trois agents du FBI au quartier des officiers. Riley comprit tout de suite que le colonel ne plaisantait pas avec l'hospitalité. La qualité de la nourriture était celle d'un restaurant et Larson refusa de les faire payer.

Autour d'un délicieux petit déjeuner, ils discutèrent de l'affaire. Riley réalisa qu'elle était en manque de caféine. Il était également agréable de se restaurer.

Le colonel Larson leur fit part de ses hypothèses.

— Ce qui frappe dans ces meurtres, c'est la méthode utilisée et le grade des victimes. Rolsky, Fraser et Worthing étaient tous sergents instructeurs. Ils ont été abattus de loin avec un fusil de précision. Et les victimes ont toutes été tuées la nuit.

Bill demanda :

— Qu'ont-ils d'autre en commun ?

— Pas grand-chose. Deux étaient blancs, l'autre était noir. Ce n'est donc pas une question de racisme. Ils commandaient des unités différentes et ils n'avaient pas de recrues en commun.

Riley ajouta :

— Vous avez probablement examiné les dossiers de soldats réprimandés pour des problèmes de discipline ou de comportement. Les soldats qui manquent à l'appel ? Les soldats exclus pour cause d'indignité ?

— Nous l'avons fait, répondit Larson. La liste est longue, mais nous l'avons parcourue. Je vous l'enverrai et vous verrez bien ce que vous en pensez.

— J'aimerais parler aux hommes de chaque unité.

Larson hocha la tête.

— Bien sûr. Vous pourrez en voir certains aux funérailles. Je vais aussi organiser des rencontres supplémentaires.

Riley remarqua que Lucy prenait des notes. Elle fit signe à la jeune femme de poser ses propres questions.

Lucy demanda :

— De quel calibre sont les balles ?

— Calibre OTAN, dit le colonel Larson. 7,62 millimètres.

Lucy dévisagea le colonel avec curiosité. Elle dit :

— L'arme pourrait être un fusil de précision M110. Ou peut-être un Heckler & Koch G28.

Le colonel Larson esquissa un sourire, visiblement impressionnée par les connaissances de Lucy.

— Etant donné la portée, nous pensons qu'il s'agit d'un M110, dit Larson. Les balles semblent avoir été toutes tirées avec la même arme.

Riley était ravie de voir Lucy s'intéresser. Elle considérait la jeune femme comme sa protégée et elle savait que Lucy la voyait comme son mentor.

Elle apprend vite, pensa Riley avec fierté.

Riley jeta un regard à Bill. Elle comprit à l'expression sur son visage qu'il était également très fier.

Riley avait quelques questions, elle aussi, mais elle décida de ne pas interrompre Lucy.

Lucy dit à Larson :

— Vous pensez qu'il a reçu un entrainement militaire, je suppose ? Un soldat de la base.

— C'est possible, dit Larson. Ou un ex-soldat. Il est très bien entrainé. Ce n'est pas un tireur lambda.

Le crayon de Lucy tambourina nerveusement sur la table. Elle proposa :

— Il s'en prendrait à des figures d'autorité ? Comme les sergents instructeurs ?

Larson se gratta le menton.

— J'y ai pensé, dit-elle.

Lucy dit :

— Vous avez également pensé à une attaque terroriste islamiste ?

Larson hocha la tête.

— Ces temps-ci, c'est notre hypothèse par défaut.

— Un loup solitaire ? demanda Lucy.

— Peut-être, dit Larson. Mais il agit peut-être aussi pour le compte d'un groupe, soit d'une petite cellule locale, soit d'un groupe international, comme Daech ou Al-Qaeda.

Lucy réfléchit.

— Combien de recrues de confession musulmane y a-t-il à Fort Mowat ? demanda Lucy.

— En ce moment, trois cent quarante-trois. Ce n'est qu'un tout petit pourcentage. Mais nous faisons attention pendant le recrutement. En général, nos recrues musulmanes sont extrêmement motivées et dévouées. Nous n'avons jamais eu de problèmes avec l'extrémisme, si c'est bien ça.

Larson se tourna vers Riley et Bill en souriant.

— Vous êtes bien silencieux, vous deux. Par quoi aimeriez-vous commencer ?

Riley échangea un regard avec Bill. Comme d'habitude, elle vit qu'ils pensaient exactement la même chose.

— Allons-voir les scènes de crime, dit Bill.

*

Quelques minutes plus tard, le colonel Larson conduisait Riley, Bill et Lucy à travers la base militaire.

— Qu'est-ce que vous voulez voir en premier ? demanda Larson.

— On veut voir les scènes de crime dans l'ordre chronologique, dit Riley.

Alors que Larson conduisait, Riley vit des soldats qui s'entrainaient, faisaient de la musculation, des courses d'obstacles ou tiraient avec des armes diverses. C'était visiblement un travail pénible et rigoureux.

Riley demanda à Larson.

— Ces recrues sont rendues à quelle phase de leur formation ?

— La deuxième. Ce qu'on appelle la phase blanche, dit Larson. Il y en a trois : rouge, blanche et bleue. Les deux premières se font en trois semaines. Ces recrues sont à leur cinquième semaine. Les quatre dernières semaines, c'est la phase bleue. C'est le plus dur. C'est à ce moment-là que les recrues savent s'ils ont ce qu'il faut pour entrer dans l'armée.

Riley détecta une pointe de fierté dans la voix de Larson – la même fierté qu'elle avait souvent entendue dans la voix de son père quand il parlait de ses années de service.

Elle adore ce qu'elle fait, pensa Riley.

Et cela ne faisait aucun doute que Larson était très douée dans son domaine.

Larson se gara près d'un chemin qui s'éloignait du camp. Ils descendirent de la voiture et Larson les conduisit dans un terrain vague. Il n'y avait pas d'arbres pour gêner la visibilité.

— Le sergent Rolsky a été tué ici, dit Larson. Personne n'a rien vu, rien entendu. Il était impossible de savoir d'où le coup de feu avait été tiré. Nous savions juste que le tireur devait être posté très loin.

Riley regarda autour d'elle.

— A quelle heure Rolsky a-t-il été tué ? demanda-t-elle.

— Deux mille deux cents, dit Larson.

Riley convertit mentalement l'heure militaire – dix heures du soir.

Riley imagina à quoi ressemblait cet endroit à une telle heure de la nuit. Il y avait des spots lumineux à trente pieds de l'emplacement, mais ça ne devait pas être très éclairé. Le tueur devait utiliser une visée nocturne.

Elle tourna lentement sur elle-même pour deviner d'où venait le tir.

Il y avait de bâtiments au sud et au nord. Il était peu probable qu'un tireur d'élite ait pu tirer d'un de ces endroits.

A l'ouest, de l'autre côté de la base militaire, on devinait l'océan.

Il y avait des collines à l'est.

Riley pointa du doigt les collines et dit :

— Je pense que le tireur devait être positionné par là.

— Bien joué, dit Larson en pointant du doigt un emplacement au sol. Nous avons trouvé la balle ici. Nous pensons donc que le tir venait des collines. Vu la blessure, le balle a dû être tirée d'une distance comprise entre deux cent cinquante et trois cents pieds. Nous avons fouillé la zone, mais le tireur n'a rien laissé derrière lui.

Riley réfléchit. Puis elle demanda à Larson :

— La chasse est autorisée sur le terrain de Fort Mowat ?

— En saison, avec un permis de chasse, répondit Larson. En ce moment, c'est la saison des dindons sauvages. On a aussi le droit d'abattre des corbeaux.

Bien sûr, Riley savait que ces morts n'étaient pas de simples accidents de chasse. Comme son père avait été à la fois un Marine et un chasseur, elle savait que personne n'utilisait de fusil de précision pour tuer des corbeaux ou des dindons. Une simple carabine faisait l'affaire à cette époque de l'année.

Elle demanda à Larson de les emmener voir la scène de crime suivante. Le colonel les conduisit entre les collines, au bord d'un chemin de randonnée. Quand ils descendirent du véhicule, Larson pointa du doigt un emplacement sur le sentier qui remontait vers les collines.

— Le sergent Fraser a été tué ici, dit-elle. Il était sorti marcher après son service. Le coup de feu semble avoir été tiré à la même distance. Encore une fois, personne n'a rien vu, rien entendu. Nous pensons qu'il a été tué à environ Deux mille trois cents heures.

Onze heures du soir, pensa Riley.

En pointant du doigt un autre emplacement, Larson ajouta :

— C'est ici que nous avons trouvé la balle.

Riley regarda dans la direction opposée, là où devait se trouver le tireur. Elle vit des collines broussailleuses et d'innombrables endroits où le tireur aurait pu se cacher. Elle était certaine que Larson et son équipe avaient passé la zone au peigne fin.

Enfin, ils roulèrent jusqu'à l'endroit où vivaient les jeunes recrues. Larson les emmena derrière une caserne. Riley remarqua aussitôt une énorme tache sombre sur le mur, près de la porte de derrière.

Larson dit :

— C'est ici que le sergent Worthing a été tué. Il avait dû sortir pour fumer une cigarette avant l'entrainement matinal de sa section. Le coup de feu était tellement précis que la cigarette n'est pas tombée du coin de sa bouche.

La curiosité de Riley s'éveilla. Cette scène était différente des autres – et beaucoup plus instructive. Elle examina la tache et la trainée sombre qui descendait vers le sol. Elle dit :

— Il devait être appuyé contre le mur quand la balle l'a frappé. Vous devez avoir une bien meilleure idée de la trajectoire du coup de fusil.

— Bien meilleure, acquiesça Larson. Mais pas la localisation précise du tueur.

Larson pointa du doigt un endroit de l'autre côté du terrain vague, là où les collines s'élevaient.

— Le tueur devait être posté quelque part entre ces deux chênes, dit-elle. Mais il a bien nettoyé la zone. Nous n'avons trouvé aucune trace de lui.

Il devait y avoir une vingtaine de pieds entre les deux bosquets. Larson et son équipe avait fait du bon travail pour délimiter la zone.

— Quel temps faisait-il ? demanda Riley.

— Très clair, dit Larson. Une lune gibbeuse presque jusqu'à l'aube.

Riley sentit un picotement lui chatouiller le dos. Elle recevait toujours ce signal familier quand elle était sur le point de pénétrer réellement dans une scène de crime.

— J'aimerais aller voir par moi-même, dit-elle.

— Bien sûr, dit Larson. Je vous y emmène.

Riley ne sut comment lui dire qu'elle voulait y aller toute seule.

Heureusement, Bill parla à sa place.

— Laissez l'agent Paige y aller sans vous. C'est son truc.

Larson hocha la tête d'un air appréciateur.

Riley traversa le terrain vague. A chaque pas, son picotement s'intensifia.

Enfin, elle se retrouva entre les arbres. Elle comprit immédiatement pourquoi l'équipe de Larson n'avait pas réussi à trouver l'emplacement exact. Le terrain était très irrégulier et il y a avait des petits arbustes partout. Rien qu'entre les deux arbres, il y avait une demi-douzaine d'excellents emplacements pour s'accroupir ou s'allonger et tirer un coup de feu très propre en direction des casernes.

Riley commença à marcher de long en large entre les arbres. Elle savait qu'elle ne cherchait pas quelque chose que le tueur aurait pu laisser derrière lui – pas même des empreintes. Larson et son équipe n'auraient rien raté.

Tout en prenant de profondes inspirations, elle s'imagina ici aux petites heures de la matinée. Les étoiles venaient juste de disparaître et la lune jetait encore des ombres tout autour.

Elle sentit quelque chose, de plus en plus fort – la présence du tueur.

Riley prit de longues inspirations et se prépara à pénétrer dans son esprit.

CHAPITRE DIX

Riley s'imagina dans la peau du tueur. Qu'avait-il ressenti, pensé et observé en venant ici à la recherche du parfait endroit pour tirer ? Elle voulait devenir le tueur, autant qu'il était possible, pour le retrouver. Elle en était capable. C'était son don.

D'abord, elle savait qu'elle devait trouver l'endroit.

Elle chercha comme il avait dû chercher.

Tout en déambulant, elle sentit un mystérieux appel magnétique.

Elle était attirée par un saule rouge. D'un côté du buisson, il y avait de la place entre les branches et le sol. Il y avait un creux à cet emplacement.

Riley s'accroupit et examina le sol avec attention.

La terre était lisse.

Trop lisse, pensa Riley.

Partout ailleurs, le terrain était plus irrégulier.

Riley sourit.

Le tueur avait fait tellement attention à nettoyer après son passage qu'il en avait trahi sa position exacte.

Imaginant la scène par une nuit bien éclairée, Riley baissa les yeux vers la pente et vers le terrain vague devant les casernes.

Elle imagina ce que le tueur avait vu – la silhouette lointaine du sergent Worthing sortant par la porte de derrière.

Riley sentit un sourire se former sur le visage du tueur.

Elle l'entendit penser…

« Pile à l'heure ! »

Et maintenant, comme le tueur l'avait prévu, le sergent allumait une cigarette et s'adossait au mur.

C'était le moment. Il fallait être rapide.

Le ciel commençait à s'éclaircir là où le soleil allait se lever.

Comme l'avait probablement fait le tueur, Riley s'allongea dans le creux de terrain. Oui, c'était l'emplacement idéal, la forme parfaite pour un tueur armé d'un fusil de précision.

Comment était l'arme entre ses mains ?

Riley n'avait jamais manipulé de fusil M110 mais, quelques années plus tôt, elle s'était entrainée avec le modèle précédent, le M24. Chargé et assemblé, le M24 pesait seize livres. Riley avait lu que le M110 n'était pas beaucoup plus léger.

S'il utilisait en plus une visée nocturne, l'arme devait peser lourd.

Riley imagina ce qu'il voyait à travers la lunette. L'image du sergent Worthing était granuleuse.

Ce n'était pas un problème pour un vrai sniper. C'était même un tir facile. Pourtant, Riley sentait que le tueur n'était pas satisfait.

Qu'est-ce qui l'ennuyait ?

A quoi pensait-il ?

Puis une pensée lui vint…

« J'aimerais bien voir sa tête. »

Riley comprit avec un sursaut.

Le meurtre était personnel. C'était un acte de haine, ou au moins de mépris.

Mais il n'allait pas repousser l'échéance sous prétexte qu'il n'était pas satisfait. Il pouvait bien se passer de voir l'expression sur le visage de sa proie.

Elle sentit la résistance quand elle pressa la détente, puis le brusque recul du fusil quand la balle fusa.

C'était un coup de feu loin d'être assourdissant. Le silencieux et le cache-flamme avaient dû atténuer le bruit et l'éclair.

Le tueur craignait-il d'avoir été entendu ?

Juste un instant, Riley en était certaine. Il avait abattu deux autres hommes de la même distance et personne n'avait rien entendu. Ou s'ils avaient entendu les coups de feu, personne n'y avait pensé à deux fois.

Que faisait le tueur maintenant qu'il avait tiré ?

Il continue de regarder à travers la visée, se dit Riley.

Il suivit avec sa visée le mouvement du corps qui s'affaissait contre le mur, jusqu'à s'accroupir maladroitement.

Une fois encore, le tueur pensa…

« J'aimerais bien voir sa tête. »

Comme le tueur avait dû le faire, Riley se releva. Elle imagina le tueur en train de nettoyer le sol pour effacer sa trace, puis repartir comme il était venu.

Riley poussa un soupir de satisfaction. Sa tentative de se glisser dans la tête du tueur lui avait appris plus encore qu'elle ne l'espérait.

Du moins, elle avait une intuition maintenant.

Elle pensa à ce que le colonel Larson avait dit sur le fait que les meurtres soient des attentats terroristes.

« Ces temps-ci, c'est notre hypothèse par défaut. »

L'intuition de Riley lui disait que cette hypothèse était fausse.

Mais elle n'était pas prête à le dire à ses collègues. Etant donné les circonstances, Larson avait raison de suivre la piste du terrorisme. C'était une question de procédure. Pendant ce temps, Riley faisait mieux de garder son intuition pour elle – du moins, tant qu'elle n'aurait pas de preuves.

Riley regarda sa montre. Elle se rendit compte qu'il était l'heure d'assister à des funérailles.

CHAPITRE ONZE

En regardant les six hommes en uniforme porter le cercueil du sergent Worthing, drapé d'un drapeau américain, en direction du cimetière, Riley admira leur cadence solennelle et la précision de leurs gestes.

Elle fut également frappée par le contraste entre cette cérémonie et les circonstances de sa mort. Le meurtre du sergent Worthing avait été brutal et bref.

Ces funérailles avaient lieu dans l'élégance et la dignité.

Le cimetière militaire était un endroit charmant, perché sur une colline dans une région reculée de Fort Nash Mowat. Riley apercevait l'océan Pacifique au loin.

Riley, Lucy et Bill se tenaient en retrait. Riley repéra la veuve et la famille du sergent Worthing assis sur des chaises pliables à côté de la tombe. Les cinquante jeunes hommes et femmes du peloton d'entrainement de Worthing se tenaient au garde-à-vous.

Riley remarqua également des civils qui n'avaient peut-être pas été invités – un groupe de journalistes et de photographes massés derrière une barrière.

Elle poussa un grognement de découragement.

Après trois meurtres, il n'était plus envisageable d'empêcher la presse d'entrer dans la base militaire. La mauvaise publicité ne ferait que leur donner une pression supplémentaire. Riley espéra que les journalistes auraient la présence d'esprit de ne pas les déranger.

Je leur en demande un peu trop, pensa-t-elle.

Une fois que le cercueil fut descendu dans la tombe, l'aumônier prit la parole.

— Nous recommandons à notre Seigneur tout-puissant l'âme de notre frère, le sergent Clifford Jay Worthing, et nous confions son corps à la terre. Il est né poussière et il retourne à la poussière…

A sa grande surprise, Riley s'étrangla sur un sanglot en entendant parler l'aumônier.

Pourquoi trouvait-elle cette sépulture si émouvante ?

Puis elle comprit…

Papa.

En tant que capitaine Marine, son père avait eu le droit d'être enterré avec les honneurs, comme Worthing.

Avait-il eu de telles funérailles ? Riley n'en savait rien. Non seulement elle avait refusé d'y assister, elle n'avait également pas participé à l'organisation. Elle avait laissé faire la sœur qu'elle ne voyait plus depuis si longtemps, Wendy.

Elle n'avait jamais pleuré la mort de son père. Pourtant, elle était triste d'imaginer qu'il ait pu ne pas être enterré avec tous les honneurs militaires. Mais qui serait venu, à part Wendy ? Le père de Riley était mort sans amis, pour ce qu'elle en savait. Et Riley et Wendy étaient tout ce qui lui restait de famille.

Riley se rappela ce qu'un vieux camarade de son père lui avait dit récemment.

« Riley, ton père était un type bien. Mais c'était un homme très dur. Il ne pouvait pas s'en empêcher. C'est le Vietnam qui a fait de lui ce qu'il était. »

Les yeux de Riley se mouillèrent de larmes.

Il avait été un très mauvais père. Mais il avait été un bon soldat. Il avait tout donné aux Marines – même son humanité et sa capacité à aimer.

Quand la garde d'honneur hissa le drapeau au-dessus du cercueil, Riley pensa…

Il aurait mérité d'avoir ça.

Riley aurait dû s'assurer que son père reçoive des funérailles militaires, même s'il n'y avait personne pour y assister, à part Wendy.

Elle sursauta, tirée de sa rêverie, quand on tira des coups de feu. Un bataillon de sept soldats tira trois salves de suite. Puis le silence fut à nouveau rompu par le son lugubre d'un clairon.

La garde d'honneur replia cérémonieusement le drapeau et un officier le présenta à la veuve du sergent Worthing. L'officier lui murmura quelque chose – sans doute des mots de soutien ou de réconfort.

Puis l'officier salua la famille d'un geste lent et le service arriva à son terme.

*

Avant que la section du sergent Worthing ne quitte le cimetière, le colonel Dana Larson leur demanda de se rassembler. Elle les présenta à Riley, Bill et Lucy et leur dit qu'ils étaient là pour enquêter sur les trois meurtres qui avaient eu lieu récemment.

Riley scruta leurs visages, à la recherche d'une émotion. Elle ne trouva rien – certainement pas du chagrin.

Elle devina qu'ils étaient nombreux à avoir détesté le sergent Worthing et qu'ils n'avaient pas fâchés qu'il soit mort.

Riley fit un pas en avant et s'adressa aux recrues.

— Je vous adresse toutes mes condoléances de la part de mes collègues. Nous ne voulons pas vous déranger juste après la cérémonie, mais si vous avez des informations susceptibles de nous aider, nous espérons que vous viendrez nous le dire.

Puis la section fut autorisée à se disperser. Riley, Bill et Lucy se séparèrent pour déambuler au milieu du groupe, dans l'espoir que quelqu'un parle. Bientôt, deux jeunes recrues, un jeune homme et une jeune femme, s'approchèrent de Riley. Il se présentèrent sous les noms d'Elena Ludekens et Maxwell Wilber, deux soldats.

Ils semblaient hésiter, mal à l'aise. Riley comprit pourquoi. Ce ne devait pas être facile de dénoncer un camarade.

Riley dit :

— Ecoutez, j'ai bien l'impression que Worthing n'était pas le sergent instructeur le plus populaire de Fort Mowat.

Les deux recrues hochèrent la tête en marmonnant leur assentiment.

Riley poursuivit :

— Mais nous recherchons quelqu'un dont l'hostilité était extraordinaire. Si vous savez quelque chose, dites-le-moi.

Ludekens et Wilber s'entreregardèrent. La jeune femme dit :

— Le sergent s'en prenait particulièrement à l'un d'entre nous.

— Il s'appelle Stanley Pope, ajouta le jeune homme.

— Parlez-moi de lui, dit Riley.

Le jeune homme dit :

— Il a une grande gueule et des problèmes de comportement. C'est pour ça que le sergent l'a recalé.

Le mot piqua la curiosité de Riley.

— Recalé ? dit-elle. Expliquez-moi.

La jeune femme dit :

— Dans notre section, on est presque tous de simples soldats. Des « duvets ». C'est comme ça qu'on nous appelle, à cause de ça.

Elle pointa sur doigt la bande Velcro à son épaule.

Le jeune homme dit :

— Une fois qu'on aura terminé la formation initiale, on recevra nos « ailes de moustiques », c'est-à-dire des galons pour montrer qu'on est des soldats de deuxième classe. Pope avait déjà ses ailes de moustique quand il est arrivé à Fort Mowat.

— Pourquoi ? demanda Riley.

Le jeune homme haussa les épaules.

— Ça arrive de commencer à ce niveau-là quand on a un diplôme. Ou quand on a un badge de Boy Scout Eagle. C'est comme ça que Pope a eu ses galons.

— Mais il a répondu au sergent une fois de trop, dit la jeune femme. Alors le sergent l'a destitué. Il lui a pris ses galons. Il a fait de lui un simple soldat. Un duvet comme nous. Pope ne l'a pas bien pris.

Riley était de plus en plus intéressée.

— Où puis-je le trouver ? demanda-t-elle.

Wilber pointa du doigt le cimetière.

— Il est juste là, dit-il.

Un jeune homme était debout, tout seul, devant la tombe. Il regardait le cercueil avec les mains sur les hanches.

Riley remercia les soldats Ludekens et Wilber qui s'éloignèrent. Riley vit que Bill et Lucy avaient également trouvé des recrues à qui parler.

Riley s'approcha du soldat debout devant la tombe. C'était un jeune homme dégingandé au regard intense et sombre.

A quoi pense-t-il ? se demanda-t-elle.

Elle avait bien l'intention de l'apprendre.

CHAPITRE DOUZE

En s'approchant du soldat Pope, Riley décida qu'elle ferait semblant de ne rien savoir à son sujet – surtout qu'il avait été destitué de son grade par le sergent Worthing. Il valait mieux attendre de voir ce que le jeune soldat était prêt à lui révéler.

Elle se plaça juste à côté de lui, mais il ne parut pas remarquer sa présence. Son visage ne changea pas d'expression et son regard resta fixé sur la tombe.

Enfin, elle demanda :

— C'est difficile d'enterrer son sergent ?

Il tourna la tête vers elle et son expression changea l'espace d'une seconde. Il dévisagea Riley avec un dégoût évident, mais sans répondre à la question. Puis il se tourna à nouveau vers la tombe, la mine sombre.

— Tout le monde ne l'aimait pas, dit Riley. Et vous ?

Le soldat Pope ne répondit pas. Riley dit :

— C'est probablement difficile d'en parler. Mais je crois que je comprends. J'ai perdu mon père récemment. C'était un Marine, un capitaine qui a servi pendant la guerre du Vietnam. Les gens ne l'aimaient pas tellement non plus.

Elle mentit :

— Mais il me manque quand même.

Pope ne releva pas les yeux.

— Vous ne savez rien du tout, dit-il. Comment vous pourriez savoir ? Vous n'êtes pas l'une d'entre nous.

Sa rancœur vis-à-vis de Riley était presque palpable.

— Vous seriez surpris, dit Riley. Je sais ce que c'est d'avoir des compagnons d'armes. Les agents du FBI sont très liés. Et j'ai perdu des collègues au combat. Je sais que c'est dur.

Il ne répondit pas.

— Allez, dit Riley. Allons faire un tour.

Riley tourna les talons. Pope ne la suivit pas tout de suite. Riley se demanda s'il allait venir. Puis elle entendit ses pas derrière elle. Il marcha à ses côtés, les yeux baissés vers le sol.

— Parlez-moi du sergent, dit-elle.

— Qu'est-ce que vous voulez que je vous dise ? dit Pope. C'était un dur à cuire.

— Vous avez eu des problèmes avec lui ?

— Tout le monde avait des problèmes avec lui. C'était son

travail.

Riley remarqua qu'il éludait la question. S'il était encore amer pour ce que lui avait fait le sergent Worthing, il ne voulait pas en discuter avec elle. Elle avait devoir le motiver.

Elle le conduisit vers le chemin pavé au bord du cimetière. En remontant le sentier jusqu'au sommet d'une colline, Riley se retrouva soudain en surplomb de l'océan Pacifique. Ce n'était pas très loin. Elle entendait presque les vagues.

Des bancs étaient disposés le long du chemin. C'était un endroit paisible où les soldats étaient invités à se reposer et à contempler la vue. Pourtant, Riley était loin d'être à son aise.

Elle sentit que le soldat Pope ressentait la même chose.

A cet instant, elle trouva la manière de le faire parler.

Riley demanda :

— Où en êtes-vous dans l'entrainement ? C'est la phase blanche, c'est ça ?

— Ouais, dit-il.

— Il vous reste combien de temps ? En comptant la phase bleue ?

— Cinq semaines et trois jours, dit Pope. Neuf jours de blanche et vingt-huit jours de bleue.

Sa précision était révélatrice. Elle se rappela ce que Wilber avait dit sur Pope.

« Il a une grande gueule et des problèmes de comportement. »

Riley ne doutait pas que c'était vrai, mais elle sentit également que servir dans l'armée était important pour lui – peut-être la chose la plus importante qu'il espérait faire dans la vie. Pour le faire parler, Riley attaqua son orgueil.

— Je parie que vous avez hâte de recevoir vos ailes de moustique, dit-elle. Vous ne serez plus un duvet. Qu'est-ce que vous allez ressentir quand vous aurez vos galons sur l'épaule ?

Pope ne répondit pas. En lui jetant un bref coup d'œil, elle vit qu'il faisait la grimace.

Bien sûr, elle savait que Pope avait déjà eu ces galons jusqu'à que ce que le sergent Worthing les lui reprenne. Les recrues le lui avaient dit. Mais Pope ne savait pas qu'elle savait et cela lui donnait un avantage.

Elle dit :

— Dommage que le sergent Worthing ne soit pas là pour vous voir quand vous recevrez vos galons. Il aurait été fier.

Riley vit les poings et la mâchoire de Pope se serrer.

Elle poursuivit son chemin. Le sentier les emmenait plus en hauteur, mais le bruit des vagues s'intensifiait. Après quelques pas, elle vit que la falaise descendait à pic vers la mer. Une rampe empêchait les visiteurs de s'approcher du bord.

— Vous avez déjà tué quelqu'un ? demanda Pope.

Riley sursauta.

Pourquoi me demande-t-il ça ?

Mais elle ne vit pas l'intérêt de mentir.

— Oui. Et vous ?

Elle savait que ce n'était pas une question innocente. En tant que recrue encore à l'entrainement, Pope ne devait avoir tué personne.

Mais peut-être que si, pensa Riley.

Au lieu de répondre, il demanda :

— Vous avez tué combien de personnes ?

— Je n'en parle pas, dit Riley.

Elle était mal à l'aise.

Ce n'était pas une chose à laquelle elle aimait penser, encore moins discuter. Si elle prenait le temps d'y réfléchir, elle se rappellerait sans doute du nombre exact des personnes qu'elle avait tuées au cours de sa carrière. Mais elle essayait de ne pas s'approcher de ce recoin noir de sa psyché.

Elle l'avait laissé l'atteindre et ça la troublait. Elle avait voulu le pousser à lui parler, mais c'était le contraire qui s'était produit.

Et il était doué.

Elle devait renverser la situation. Elle dit :

— Parlez-moi du sergent Worthing.

— Qu'est-ce que vous voulez savoir ? demanda-t-il.

— Eh bien, je n'ai vu aucune autre recrue pleurer sur sa tombe.

— Et vous pensez que je suis différent ?

— Vous êtes resté en arrière. Vous étiez près de sa tombe.

Il poussa un grognement irrité. Puis il dit :

— Je parie qu'un agent de l'UAC comme vous a l'habitude du danger, non ?

Une fois encore, il prenait Riley au dépourvu. Elle sentit qu'il mijotait quelque chose. Elle ne répondit pas.

Pope dit :

— Vous n'avez plus peur de rien, hein ?

Riley était de plus en plus mal à l'aise, mais elle ne dit rien.

Pope ricana.

— On a une belle vue de l'océan, d'ici, non ?

— Très belle, dit Riley.

— J'en connais une encore plus belle, dit Pope. Je vous montre ?

Riley ne répondit pas.

— Allez, dit Pope. Je vous montre.

Il contourna la rampe et s'approcha de l'à-pic. Il traversa la distance et se percha sur un rocher qui surplombait l'océan.

Riley le suivit.

Ils restèrent debout côte à côte au bord du précipice. Elle entendait les vagues s'écraser sur les rochers en contrebas. Elle baissa les yeux, le ventre nauséeux. Il y avait bien soixante pieds.

— Belle vue, non ? dit Pope.

Riley ne dit rien. Elle comprit qu'elle avait peur. Elle n'était pas particulièrement sensible au vertige. Mais dans un endroit comme celui-ci, c'est une réaction naturelle.

Pourtant, Pope se tenait encore plus près du vide – et elle sentit qu'il n'avait pas peur du tout.

C'est ce qu'il veut, pensa-t-elle.

Il voulait qu'elle ait peur de quelque chose qui ne l'effrayait pas.

Riley prit une grande inspiration pour se calmer les nerfs. Avec prudence, elle s'écarta du précipice pour retourner vers la rampe.

L'homme bougea à côté d'elle.

Puis elle sentit sa main sur son épaule.

CHAPITRE TREIZE

Riley n'attendit pas de savoir ce qu'il avait l'intention de faire. Elle se jeta sur lui. Son épaule rentra dans l'abdomen du soldat Pope. Il tomba sur les fesses et elle planta son pied au milieu de sa poitrine.

Elle était sur le point de tirer son arme, quand il lui attrapa la jambe et la repoussa sur le côté. Le temps de retrouver son équilibre, Pope était sur ses jambes. Ils s'empoignèrent.

Alors qu'ils luttaient entre la rampe et le précipice, Riley se rendit compte qu'elle ne savait plus où se trouvait l'à-pic. S'ils dégringolaient tous les deux, c'était la mort.

Il est fort, pensa-t-elle.

En fait, il était bien plus fort qu'il n'en avait l'air – athlétique et musclé. Et c'était un combattant entrainé. Il avait beaucoup de potentiel.

Elle le repoussa violemment pour s'échapper de son étreinte. Cette fois, ce fut lui qui perdit l'équilibre.

Riley vit qu'il était tout près du bord. Elle tendit la main et l'attrapa à la dernière minute pour éviter qu'il ne tombe. Puis elle le tira vers la rampe contre laquelle elle le poussa violemment.

Riley frissonna de soulagement. La dernière chose qu'elle voulait, c'était le tuer. Elle voulait juste lui apprendre les bonnes manières.

Désorienté, Pope tomba à genoux. Avant qu'il n'ait pu se relever, Riley sortit ses menottes et lui tira les bras dans le dos. Il se débattit pour lui échapper, mais elle referma sa menotte sur un de ses poignets et lui appuya un genou dans le dos pour le maintenir face contre terre. Avant qu'il n'ait eu le temps de bouger, elle lui tira l'autre bras dans le dos pour achever de le menotter.

Pope tourna la tête.

— Pas mal… pour une fille, ricana-t-il.

Elle siffla :

— Surtout ne me remerciez pas d'avoir sauvé votre misérable vie.

Elle l'attrapa par le col et le traina vers le chemin.

Il tituba pour se remettre sur ses jambes mais, chaque fois qu'il y parvenait, elle le poussait pour le renvoyer face contre terre.

Enfin, Pope se tut et ne bougea plus.

Riley réalisa qu'ils étaient tous deux essoufflés. Elle laissa

Pope et se retourna vers l'océan. La vue était toujours aussi belle.

Au bout de quelques instants, Pope demanda faiblement :

— Vous allez m'arrêter ?

Riley ne répondit pas.

— Ça détruirait ma carrière, dit-il.

— Et c'est vraiment important, votre carrière dans l'armée ? demanda-t-elle.

Il y eut un bref silence. Puis il dit :

— Plus que tout le reste.

— Alors vous n'auriez pas dû essayer de me tuer.

— Je n'essayais pas. Je vous jure que je n'essayais pas.

Riley commençait à comprendre que ce n'était qu'une situation très familière. Ce n'était qu'un macho misogyne qui ne supportait pas de voir une femme avec un badge et un flingue.

Il n'avait jamais eu l'intention de la tuer. Il voulait juste lui faire peur et lui apprendre une bonne leçon.

Ça n'avait pas très bien fonctionné.

Elle se pencha et lui retira les menottes. Puis elle recula d'un pas pour laisser Pope se relever sur des jambes flageolantes.

— Vous avez bien failli nous tuer tous les deux, dit Riley. Vous êtes un abruti. Vous ne vivrez pas longtemps si vous prenez l'habitude de faire des choses pareilles. Ça ne marche pas au combat.

Cette fois, Pope ne répondit pas. Il épousseta mécaniquement son uniforme, pour le débarrasser de la terre. Riley dit :

— Parlez-moi du sergent Worthing.

— Qu'est-ce que vous voulez savoir ? demanda Pope.

— Vous étiez très en colère contre lui ?

Pope resta bouche bée.

— De quoi parlez-vous ? dit-il. Vous pensez que je l'ai tué ?

— Vous l'avez fait ?

Pope eut l'air vexé – et même blessé.

— C'était un homme bien, dit-il. Je ne l'aurais jamais tué.

Riley n'était plus certaine de comprendre.

— Il vous a destitué, dit-elle. Il vous a pris vos ailes de moustique.

Pope haussa la tête et esquissa un sourire narquois.

— Vous avez entendu parler de ça ? dit-il. J'aurais dû me douter que c'était pour ça que vous étiez si curieuse. Ouais, il m'a recalé. Et laissez-moi vous dire que je le méritais. Quand je suis arrivé à Fort Mowat, j'avais l'impression d'être un rebelle. Vous savez ce qu'il m'a dit quand il m'a recalé ? « Moi, j'étais un rebelle à votre âge. Vous n'êtes même le bouton sur le cul d'un rebelle. »

Il éclata de rire. Il y avait une note d'admiration dans sa voix.

— Et il avait raison, dit-il. Je suis content qu'il m'ait remis sur le droit chemin.

L'instinct de Riley lui souffla que son admiration était sincère.

Pope n'avait pas tué le sergent Worthing. En fait, c'était peut-être la seule recrue de la section de Worthing qui le regrettait.

Pope dit :

— Alors qu'est-ce que vous allez faire ? Vous allez m'arrêter ?

Il avait repris de sa superbe.

— Je ne vous ai pas attaquée. Je n'avais pas l'intention de vous attaquer. En fait, je suis même sûr que c'est vous qui m'avez attaqué.

Riley savait que son geste était parfaitement justifié. Elle savait également qu'il n'avait jamais eu l'intention de la tuer.

Il n'y a pas de loi contre les crétins, pensa-t-elle.

Et puis, l'arrêter reviendrait à distraire ses collègues de l'affaire en cours.

Comment elle ne répondait pas, il demanda plaintivement :

— Je peux partir s'il vous plait ?

— Vous pouvez y aller, dit Riley.

Il tourna les talons et s'éloigna. Puis il se retourna une dernière fois vers Riley. Il dit :

— J'espère que vous allez choper le bâtard qui a tué le sergent. Et quand vous l'aurez, j'espère que vous me laisserez cinq minutes avec lui. Je dois quand même admettre que ce fils de pute est un sacré tireur d'élite. J'espère que je saurai tirer comme ça un jour.

Il soutint le regard de Riley pendant un moment. Puis il dit :

— Le sergent Worthing était plus qu'un simple soldat. Bien plus. Il courait avec la meute.

Cette phrase troubla Riley.

— Qu'est-ce que vous voulez dire, il courait avec la meute ? demanda-telle.

— Vous ne pourriez pas comprendre, dit Pope. Vous ne pourriez jamais comprendre. Vous n'imaginez même pas. On n'est pas nombreux à savoir.

— Essayez toujours, dit-elle.

Puis il la regarda droit dans les yeux et dit :

— Vous êtes drôlement naïve, vous, non ? Ça ne veut rien dire du tout.

Il tourna les talons et s'éloigna en riant.

Riley resta debout, à réfléchir. Elle retourna sa phrase dans sa tête.

« Il courait avec la meute. »

Cela signifiait quelque chose. Pope savait quelque chose.

Elle décida de garder un œil sur lui.

CHAPITRE QUATORZE

Riley n'entra pas tout de suite en état de choc après ce qui s'était passé au bord de la falaise. Un grand frisson la secoua tout entière au plus étrange moment.

Elle contemplait l'océan de l'autre côté de la plage. Le ciel était barré de rouge et d'or. On avait une vue superbe du petit cottage où logeaient les visiteurs de la base militaire. Elle se demanda si le colonel Adams essayait de les mettre à l'aise ou de les distraire de leur tâche.

Elle entendit Bill demander :

— Ça va ?

Il avait remarqué son spasme.

Tous deux étaient assis sur la terrasse, en train de boire des margaritas que Lucy leur avait préparées. La jeune femme avait décidé de faire les courses pour remplir la cuisine. En ce moment, Lucy était en train de cuisiner le diner dans la cuisine.

Riley posa les lèvres sur son verre décoré de sel pour boire une gorgée. Elle buvait rarement de la tequila, mais elle appréciait toujours son effet relaxant. Elle avait déjà parlé de sa bagarre avec le soldat Pope à ses collègues, mais elle avait eu l'impression de raconter une histoire qui était arrivée à quelqu'un d'autre. La terreur venait juste de l'atteindre.

— Oui, ça va, dit Riley à Bill. Ce n'est pas passé loin…

Bill secoua la tête.

— Je ne sais pas, Riley. Je me demande si tu ne devrais pas en parler au colonel Larson. Ou au moins à la police militaire.

Pendant un instant, Riley se posa la même question. Mais elle eut la certitude que c'était mieux comme ça.

— Pope n'est pas notre tueur, Bill. Et il n'essayait vraiment pas de me tuer.

— Mais tu as dit qu'il savait quelque chose, dit Bill.

— Peut-être… Seulement peut-être, dit Riley. Mais je ne pense pas qu'il sache quoi que ce soit sur les meurtres. Je pense qu'il sait quelque chose, mais il ne sait pas que c'est lié. Il pourrait nous en dire plus si on ne le pousse pas.

Alors qu'elle et Bill regardait le soleil se coucher, Riley se rendit compte qu'elle avait appris une leçon aujourd'hui. Elle avait affronté de nombreux psychopathes vraiment dangereux, dont la plupart avaient essayé de la tuer de manière sadique et cruelle. Mais elle avait rarement ressenti une peur aussi intense qu'aujourd'hui.

Pourquoi ? se demanda-t-elle.

Bien sûr, sa vie s'était retrouvée en danger sur cette falaise. Celle Pope également.

Si l'un des deux avait basculé dans le vide, ç'aurait été un accident. Un accident stupide et inutile.

Mais Riley serait morte, aussi sûrement qu'aux mains de n'importe quel monstre.

Ce n'est qu'un gamin, pensa Riley. *Un gamin idiot.*

D'une certaine façon, ça le rendait encore plus dangereux qu'un psychopathe qui savait ce qu'il faisait.

Sur une base militaire comme celle-ci, il devait y avoir des centaines de gamins stupides et inconscients comme lui – bien décidés à prouver qu'ils étaient des hommes avant d'en devenir un. Ils avaient besoin de la discipline de l'armée pour y arriver.

Riley et ses collègues allaient devoir être prudents.

Riley fut surprise d'entendre un hoquet derrière elle. Quand ils se retournèrent, Lucy était debout dans l'entrée, des larmes dans les yeux.

— Lucy ! dit Riley. Qu'est-ce qui se passe ?

Lucy s'essuya vivement les yeux et sourit.

— Rien, dit-elle. Venez. Le souper est prêt.

Riley et Bill ramassèrent leurs margaritas et suivirent Lucy à table pour manger de délicieux tacos. Les trois agents discutèrent paisiblement de leur journée. A part la mésaventure de Riley avec le soldat Pope, il ne s'était pas passé grand-chose. Ils avaient interrogé chacun quelques recrues sans rien apprendre. Ils organisèrent leur emploi du temps pour le lendemain. Ils comptaient interroger des soldats des deux autres sections ayant perdu leur sergent instructeur.

Lucy avait l'air d'aller bien. Elle discutait, mais Riley était curieuse de savoir pourquoi elle avait été si émue de voir l'océan. Elle réalisa qu'il y avait beaucoup de choses qu'elle et Bill ne savaient pas sur leur jeune collègue.

Riley la tenait en très haute estime, bien sûr. Elle savait que Lucy avait accompli de grandes choses avant même son arrivée à Quantico. Elle avait vu ses notes exceptionnelles au lycée et à l'université. Elle savait que Lucy avait surmonté avec brio tous les défis pendant sa formation au FBI. Et Riley était bien placée pour savoir que c'était aussi un excellent agent de terrain.

Elle remarqua que Lucy jetait un autre regard ému en direction de l'océan tout en mangeant. Riley demanda :

— Quelque chose ne va pas, Lucy ?

Lucy étouffa un rire nerveux.

— Oh, ce n'est rien, dit-elle. C'est juste que je suis parfois un peu émue de voir l'océan Pacifique. Ça fait longtemps que je ne suis pas venue.

Lucy se remit à manger comme s'il n'y avait rien de plus à dire. Mais Riley continua de la regarder, dans l'expectative. Elle sentit que Bill faisait pareil.

Enfin, Lucy s'expliqua.

— Mes parents sont arrivés du Mexique sans autorisation. Ils allaient de ferme en ferme dans toute la Californie pour faire les récoltes et d'autres travaux agricoles. C'était une vie très dure, d'autant plus quand ils ont eu des enfants. Ils vivaient avec la peur d'être déportés.

Lucy se tut, les yeux baissés vers la table. Puis elle dit :

— En 1986, le président Reagan a signé une loi sur la réforme et le contrôle de l'immigration. Trois millions de Mexicains en situation irrégulière ont pu bénéficier d'une amnistie, dont mes parents. C'est ce qui nous a permis d'être enfin en sécurité. On s'est installés à Sacramento et mes parents sont allés travailler dans une entreprise d'entretien des pelouses. Plus tard, ils ont même pu l'acheter.

Lucy se tourna à nouveau vers l'océan.

— C'était très dur. On ne prenait jamais de vacances. Mais maman et papa n'ont jamais baissé les bras. Ils voulaient que, moi et mes frères, nous ayons une chance dans la vie. Mon frère Carlos va reprendre le business familial. Victor est bien parti pour devenir avocat.

Sans cesser de regarder l'océan, Lucy poussa un soupir amer.

— Il y avait toujours tellement de travail à faire. Même quand on vivait à Sacramento, je ne voyais jamais l'océan, pas pendant toute mon enfance. Je savais qu'il était là, à une centaine de miles. Mais je n'y allais jamais. Quand j'ai été acceptée à l'université, j'ai su que ma vie allait changer. J'ai enfin pris la voiture pour aller voir l'océan toute seule. C'était…

Lucy se tut. Elle essuya une larme.

— C'était tellement beau. Ça l'est toujours. Quand je le vois, ça me rappelle combien j'ai de la chance et je suis fière de vivre dans ce pays et de faire ce métier. Et je pense à tous les sacrifices qu'ont fait mes parents pour m'offrir cette vie.

Riley avait envie de pleurer, elle aussi.

Bill demanda à Lucy :

— Tes parents sont toujours en vie ?

Lucy hocha la tête.

— Ils doivent être très fiers de toi, dit Riley.

Lucy hocha une deuxième fois la tête. Elle semblait trop émue pour parler.

Riley la regarda avec admiration, en silence.

Elle se rappelait ce que c'était qu'être jeune et pleine d'espoir.

Elle a toute la vie devant elle, pensa Riley.

Elle et ses collègues terminèrent de diner, en parlant de choses et d'autres qui n'avaient pas grande importance.

*

Après le diner, Riley partit se promener toute seule sur la plage. Même si le soleil s'était couché, il ne faisait pas complètement noir.

Son téléphone vibra. C'était April qui l'appelait.

— Eh, maman, dit April. Déjà terminée, ton enquête ?

Riley soupira.

— Si seulement, dit-elle.

— Jilly va être déçue. Elle était certaine que tu avais déjà fini.

Riley rit.

— Dis-lui d'être patiente, dit-elle. Comment ça va ?

— Je viens de rentrer d'un rendez-vous avec Liam, dit April.

Oh oh, pensa Riley. *Une bonne ou une mauvaise nouvelle ?*

— On est allés à une foire des langues étrangères, dit April. Tous les lycées du coin participaient et Liam voulait y aller. On est passé de stand en stand et on a essayé de parler dans tout un tas de langues.

Riley étouffa un rire. Il y a encore peu de temps, April aurait trouvé très ennuyeux d'aller à une foire aux langues étrangères.

Et un petit ami lui avait fait changer d'avis.

— Ça a l'air sympa, dit Riley.

— Ouais, c'était sympa. Vraiment sympa. C'est juste que…

April se tut.

— Quoi ?

— Eh ben, Liam est vraiment doué en langues. Il parle couramment l'espagnol et il connait un peu de français et d'allemand. Il aime bien le russe aussi. Il est doué, quoi. On pouvait essayer n'importe quelle langue, il avait toujours le bon accent. Mais moi… Ben, j'ai déjà du mal avec l'espagnol. Je pouvais pas suivre.

Riley sourit.

D'abord les échecs, maintenant les langues !

Elle aimait Liam de plus en plus. Même s'il ne fallait pas qu'April soit intimidée, Riley était ravie que Liam la pousse à s'améliorer. Mais elle ne voulait pas qu'April se sente inférieur à son petit ami.

— Il y a bien quelque chose qu'il ne sait pas faire ! s'exclama-t-elle.

April gloussa.

— Il est un peu maladroit, dit-elle. Il n'est pas aussi athlétique que moi.

Riley dit :

— Pourquoi tu ne lui apprendrais pas à jouer au tennis ? Comme ça, vous serez à égalité.

April gloussa de plus belle.

— Ouais, c'est une super idée ! Merci, maman. C'est ce que je vais faire.

Quand elle reprit son sérieux, April ajouta :

— Oh, j'ai failli oublier. Crystal m'a dit de te dire que Blaine te disait bonjour. Il se demande quand tu reviendras. Crystal et moi, on est sûres qu'il veut sortir avec toi.

Riley sourit. C'était encourageant.

— Dis à Crystal de dire à Blaine que je le contacterai dès que je serai rentrée.

Elles raccrochèrent.

Riley se rendit compte qu'elle avait beaucoup marché. Elle s'approchait des rochers au bord de la falaise dont elle avait failli tomber.

Elle frémit en y pensant.

Qu'est-ce que je fais maintenant ? se demanda-t-elle.

Comme pour lui répondre, son téléphone sonna. C'était sa sœur, Wendy, qui lui envoyait une requête pour une conversation vidéo. Riley s'étonna. Après avoir passé toute leur vie l'une sans l'autre, Riley et sa sœur ne s'étaient parlé que quelque fois depuis la mort de leur père et elles ne s'étaient jamais rencontrées. Elles avaient parlé de se voir mais, comme Wendy vivait à Des Moines, c'était compromis.

Riley prit l'appel et le visage de Wendy apparut sur son téléphone. Riley se rappela immédiatement de son rêve et de sa mère. Riley ressemblait à leur père, mais Wendy était le portrait craché de leur mère – du moins si elle avait vécu jusqu'à cinquante ans.

— Je suis surprise d'avoir de tes nouvelles, dit Riley.

Wendy haussa les épaules en souriant.

— Je suis un peu surprise moi aussi, dit Wendy. Comment vas-tu ?

Riley était mal à l'aise. Quelque chose n'allait pas. Elle aurait préféré que Wendy aille droit au but.

— Je vais bien, dit Riley. Je suis en Californie sur une affaire.

— Et tes filles ?

— Elles vont bien aussi. Comment vous allez, toi et ton mari ?

— On va bien tous les deux, Loren et moi, merci.

Wendy parut hésiter. Puis elle dit :

— Riley, il faut que je te parle de la maison.

Le cœur de Riley lui remonta dans la gorge. Elle avait proposé le chalet à Wendy à la mort de leur père – avant que Shane Hatcher ne décide de s'y installer.

Wendy n'avait pas voulu de la propriété. Avait-elle changé d'avis ?

Wendy dit :

— Ton agent immobilier, Shirley Redding, n'arrête pas de m'appeler. Elle dit des choses bizarres sur toi.

Riley soupira en pensant à sa dernière conversation téléphonique avec Shirley. L'agent immobilier venait de recevoir une offre très alléchante pour le chalet de son père – une offre que Shane Hatcher lui-même avait proposée pour tester la loyauté de Riley. Riley avait dit à Shirley qu'elle ne voulait plus vendre et lui avait demandé de retirer le chalet du marché.

Bien sûr, Riley n'avait pas pu lui donner de bonnes raisons. Et Shirley ne l'avait pas très bien pris.

— Qu'est-ce qu'elle dit ? demanda Riley.

— Eh bien, elle dit qu'elle a mis le chalet en vente et qu'elle continue de recevoir des offres intéressantes et que tu n'es pas du tout raisonnable de la retirer du marché. Elle veut que j'essaye de te convaincre. Je lui ai dit que ça ne me concernait pas et que je respectais ta décision.

Riley étouffa un grognement.

— Je suis désolée, Wendy, dit-elle. Ignore-la.

— J'aimerais bien, mais elle n'arrête pas d'appeler et de laisser des messages. Elle dit qu'elle aimerait bien organiser des visites.

Riley sursauta.

— Je m'en occupe, Wendy. Merci de m'avoir prévenue.

Riley raccrocha. Puis elle composa le numéro de Shirley, mais elle tomba sur un répondeur.

Après le bip, Riley dit :

— Shirley, c'est Riley Paige. Je viens de recevoir un coup de fil de Wendy. Je veux que vous arrêtiez de la harceler. En fait, vous êtes virée.

Quand Riley raccrocha, elle se rendit compte qu'elle tremblait. Et elle savait que ce n'était pas seulement de la colère contre Shirley.

C'était l'idée que des acheteurs potentiels puissent monter voir le chalet.

S'ils tombaient sur Hatcher, qu'est-ce qui se passerait ?

Bien sûr, Hatcher pouvait éviter des visites surprises s'il le voulait.

Riley essaya de ne pas imaginer ce qui se passerait s'il faisait le choix de ne pas le faire.

CHAPITRE QUINZE

Tôt le lendemain matin, Riley s'avança devant une assemblée composée de cinquante soldats. En les observant tour à tour, elle sentit qu'il y avait plusieurs émotions à l'œuvre.

La plus forte était la peur.

C'étaient les recrues du sergent Richard Fraser. Ils avaient été réunis pour que Riley puisse leur parler de son assassinat. Au même instant, Bill et Lucy était dans une autre salle avec les recrues du sergent Guy Rolsky.

L'ambiance était très différente de l'enterrement de la veille. Riley n'avait décelé presque aucune émotion chez les recrues du sergent Worthing – pas même du chagrin.

Elle venait de comprendre pourquoi.

Les recrues de Worthing n'avaient pas eu le temps de réaliser ce qui s'était passé.

Ces hommes et ces femmes avaient réalisé.

Ils ont eu le temps d'avoir peur, pensa Riley.

Mais elle sentait également autre chose.

Un véritable chagrin. Et il était partagé par tous.

Riley se racla la gorge et prit la parole.

— Tout d'abord, je sais que c'est difficile pour tout le monde. Soyez sûrs que mes collègues et les agents de la Division des affaires criminelles présents sur la base font tout leur possible pour que ça n'arrive plus.

Un coup d'œil à leurs jeunes visages lui fit comprendre qu'ils n'étaient pas plus rassurés.

Riley poursuivit :

— Je vous demande votre aide. Quelqu'un pourrait-il me dire ce que la section pensait du sergent Fraser ?

Des mains se levèrent. Riley désigna un jeune homme afro-américain.

Il dit :

— Le sergent Fraser était un homme bien. Il nous faisait confiance. Il s'occupait bien de nous. Il était dur, mais c'était son travail.

Il y avait une pointe de fierté dans la voix du jeune homme. Il était peut-être particulièrement heureux de s'entrainer sous les ordres d'un sergent instructeur afro-américain.

Puis il ajouta :

— Je pense qu'il n'y a personne ici qui pense différemment.

Alors qu'il s'asseyait, il y eut des hochements de tête et des murmures. Ça semblait être le sentiment général. Encore une fois, la différence avec ce qui s'était passé la veille était frappante.

Un autre soldat lança :

— On ne fait plus de bons Américains comme Fraser.

Le concert des murmures redoubla.

— Toutes mes condoléances, dit Riley. Je sais que ce doit être difficile et vous avez déjà dû y penser, mais je voudrais que vous réfléchissiez et que vous me disiez s'il y avait des personnes qui en voulaient à Fraser. Pas seulement lui, mais aussi les sergents Rolsky et Worthing. Nous devons trouver le lien entre les meurtres. Si quelque chose vous revient, je vous prie de me contacter ou mes collègues, y compris le colonel Larson et ses agents.

Elle regarda les soldats tour à tour, mais ne remarqua aucun changement de physionomie.

Enfin, elle dit :

— C'est tout pour le moment.

Alors que les recrues se dispersaient, leur nouveau sergent instructeur joua des coudes pour s'approcher de Riley. Elle savait déjà qu'il s'appelait Chad Shoemaker. Shoemaker dit :

— Agent Paige, je viens de recevoir un appel du commandant de la base. Il veut vous voir immédiatement.

Riley retint un soupir. Elle, Bill et Lucy avait une réunion avec le colonel Larson. Ce n'était pas le moment d'être ennuyée par le colonel Adams.

Alors qu'elle quittait la salle et se dirigeait vers l'extérieur, le sergent la suivit.

Enfin, d'un ton nerveux, il dit :

— Agent Paige…

Riley s'arrêta net et se tourna vers lui. Le sergent détourna les yeux et dit :

— Ce n'est rien. Je vous demande pardon, madame…

Mais Riley savait que ce n'était pas rien. Il remplaçait un sergent instructeur assassiné. Il ne pouvait s'empêcher de se demander s'il était le suivant. Il était trop fier pour le dire.

Ils étaient dehors et il était presque impossible de ne pas se demander si quelqu'un les tenait dans son viseur en ce moment même. Avec le type d'arme qu'utilisait le tueur, il y avait peu d'endroits sur la base où il ne pouvait pas tirer.

Mais encore personne n'avait été abattu en plein milieu de Fort

Mowat. Les entrainements avaient lieu désormais loin de la périphérie et les soldats avaient reçu l'instruction de ne pas s'éloigner.

De plus, le tueur avait toujours attendu l'obscurité pour suivre et tuer ses victimes. Il faisait grand jour. Le soleil leur offrait une protection supplémentaire.

Pourtant, Riley n'avait rien de rassurant à dire au sergent. Elle ne pouvait pas lui garantir que le mode opératoire du tueur ne changerait pas.

Elle dit à Shoemaker :

— Sergent, mes collègues et moi-même, nous faisons tout ce qui est en notre pouvoir pour que ça n'arrive plus.

Shoemaker hocha la tête et tourna les talons pour rejoindre sa section.

Riley poursuivit son chemin en direction du bâtiment administratif.

Son cœur lui tomba dans les talons.

Les journalistes qu'on avait pu contenir, la veille, à l'enterrement, se massaient devant l'entrée.

Je peux peut-être me faire passer pour une simple civile, pensa-t-elle.

Mais dès qu'elle s'approcha, la masse des journalistes s'approcha avec des appareils photo, des micros et des carnets.

— Vous êtes l'agent spécial Riley Paige ? demandèrent plusieurs à l'unisson.

Riley grogna. Les journalistes avaient bien fait leurs recherches. Ils savaient que l'UAC était venue en renfort. Ils savaient également que Riley en faisait partie et qu'elle avait une réputation.

— Oui, dit-elle en les poussant sur le côté. Mais je n'ai pas de commentaire pour le moment.

Des corps se massaient autour d'elle, l'engloutissant sous une cacophonie de questions. Tout en essayant de se dégager, Riley ne cessait de répéter :

— Pas de commentaire, pas de commentaire.

Enfin, elle passa la porte. Les médias savaient qu'ils n'avaient pas le droit de la suivre. Elle poussa un soupir de soulagement quand la porte se referma derrière elle.

Elle montra son autorisation au garde, qui la laissa passer. Il lui indiqua de prendre l'ascenseur jusqu'au dernier étage.

Riley profita de son bref instant de solitude pour rassembler ses pensées. Quand elle sortit dans le couloir et se dirigea vers le bureau du colonel Adams, elle vit que Lucy et Bill l'attendaient.

Elle dit :

— Je vois qu'on est tous convoqués chez le proviseur.

Bill dit :

— Je crains que ça n'empire avant de commencer à s'améliorer.

Lucy dit :

— On t'attendait. A votre avis, que veut le colonel ?

— Je parie qu'il ne veut pas de câlins, répondit Bill.

Tous étouffèrent un rire.

Riley avait hâte de leur demander ce qui s'était passé avec l'autre section. Mais ce n'était pas le moment.

Les trois agents entrèrent dans le bureau de la secrétaire et s'annoncèrent. La femme hocha la tête avec raideur et poussa la porte du bureau du colonel. Elle revint immédiatement.

— Le colonel va vous recevoir, dit-elle.

Riley espéra que cette visite serait vite finie pour qu'elle puisse aller en réunion avec le colonel Larson.

CHAPITRE SEIZE

La secrétaire fit entrer les agents et referma la porte derrière eux.

Le bureau du colonel Adams n'était pas du tout comme Riley l'avait imaginé. Elle avait visité une fois le bureau de son père chez les Marines quand elle était petite. Elle se rappelait d'un espace de travail étroit et spartiate, avec quelques vieux meubles solides et un bureau en désordre. Son père l'avait voulu comme ça. Il se considérait comme un simple soldat.

Par comparaison, celui-ci était large et luxueux. Sa situation dans les étages supérieurs du bâtiment lui donnait une excellente vue sur la base et l'océan. De hautes étagères étaient remplies de livres d'histoire militaire reliés de cuir, qui semblaient anciens et précieux. Le grand bureau était en bois poli. Il y avait très peu d'objets : juste une lampe, des buvards, des photos de famille et un stylo sur un élégant support de marbre.

Le colonel se tenait derrière son bureau. Il était dans son uniforme complet comme la veille. Ça lui donnait l'air très différent de tous les autres soldats de la base vêtus de l'habituel treillis.

Même s'il n'était pas au garde-à-vous, le corps du colonel était rigide.

— Asseyez-vous, dit-il comme s'il commandait un groupe de soldats.

Riley et ses collègues s'assirent sur les chaises non loin. Adams prit place sur son fauteuil.

Il lança un regard désapprobateur à Riley et Lucy, puis se tourna vers Bill.

— Agent Jeffreys, faites-moi un rapport complet de votre travail.

Riley dissimula son amusement. Le colonel s'était adressé au seul homme parmi les trois agents.

Bill dit :

— Nous avons discuté avec les soldats de la section de Worthing hier. L'agent Paige vient juste de rencontrer la section de Fraser. L'agent Vargas et moi-même, nous étions avec celle de Rolsky.

Pendant que Bill parlait, Riley laissa son attention déambuler dans le bureau. Tout ici en disait long sur la personnalité d'Adams. Il était égocentrique et prompt à s'autoglorifier.

Des portraits et des diplômes étaient suspendus au mur dans ce qui semblaient être de très coûteux encadrements. Elle vit aussi une vieille gravure d'une scène de bataille – la cavalerie en train de charger, sabres au clair.

Il y avait sur une table une sculpture qu'elle avait déjà vue en photo – un cowboy sur un cheval qui ruait. Elle se demanda si c'était un original de Frederic Remington.

Adams avait visiblement remarqué son intérêt. Il interrompit Bill et lui dit :

— C'est un vrai. Un des moulages originaux de Remington. Mon père me l'a acheté quand j'ai terminé West Point avec les honneurs.

Riley le dévisagea.

— Votre père était dans l'armée ? demanda-t-elle.

Adams hocha fièrement la tête.

— Tout comme mon grand-père et mon arrière-grand-père avant lui.

Riley commençait à cerner Adams.

Mais elle l'aimait de moins en moins.

Elle demanda :

— Quel grade avait votre père en fin de carrière ?

La figure d'Adams eut un rictus.

— Capitaine, dit-il.

Riley hocha la tête d'un air approbateur.

— Mon père était capitaine, dit-elle. Chez les Marines.

Mais elle vit que le colonel ne goûtait pas la comparaison. Il pensait visiblement que son père aurait dû atteindre un grade plus important.

Il était déçu de son père. Maintenant, il avait un grade supérieur à lui et il était bien décidé à faire encore mieux. Adams pourrait peut-être devenir général de brigade si son dossier était assez bon. Bien sûr, la situation actuelle ne jouait pas en sa faveur.

Riley était sur le point de lui demander s'il s'approchait de l'âge de la retraite. Mais elle comprit que ce serait retourner le couteau dans la plaie. Il était évident qu'Adams ne l'aimait pas beaucoup. Inutile d'empirer les choses.

Comme Bill avait terminé de lui faire son rapport, Adams s'agaça.

— Qu'est-ce qui vous prend, à tous les trois ? demanda-t-il. Vous harcelez de bonnes recrues, alors qu'il est évident que c'est une attaque terroriste. Vous auriez déjà dû régler cette histoire à l'heure qu'il est.

Riley ravala sa colère. Le colonel pensait apprendre aux agents du FBI à faire leur travail. Elle demanda :

— Si c'est une attaque terroriste, pourquoi personne ne la revendique ? Quand il s'agit d'islamisme radical, il y a toujours un groupe qui saute sur l'occasion de revendiquer l'attaque. Daesh ou Al-Qaeda, par exemple. Personne ne l'a fait pour le moment.

Les yeux d'Adams se détournèrent brusquement de Bill pour se tourner vers elle. Les lèvres du colonel esquissèrent un rictus.

Il dit :

— Et vous préférez rester les bras croisés en attendant que d'autres soldats se fassent tuer et qu'un groupe se satisfasse du nombre de morts pour revendiquer l'attaque ?

Riley se raidit. Elle dit :

— Il y a trois cent quarante-trois musulmans sur la base. Le colonel Larson et son équipe examinent leurs dossiers. Vous voulez vraiment qu'on les interroge un par un ?

— Pourquoi pas ? grogna Adams.

Riley resta bouche bée. Ce serait hallucinant d'organiser un tel interrogatoire – sans parler de la mauvaise presse qu'une telle entreprise leur vaudrait. Ça ne prendrait pas longtemps aux journalistes de savoir ce qui se tramait. Et ils le payeraient cash.

Cependant, Adams avait raison sur un point. Même si l'instinct de Riley lui soufflait le contraire, elle savait que l'hypothèse d'une attaque terroriste était la plus évidente à ce niveau de l'enquête.

Elle voyait la colère monter dans les yeux du colonel.

— C'est un désastre pour notre image, siffla-t-il. Je ne peux plus contenir les journalistes. Vous êtes arrivés hier et vous faites déjà empirer les choses.

Riley était abasourdie. Bill dit ce qu'elle pensait.

— Avec tout le respect que je vous dois, colonel, de quoi parlez-vous ? Vous pensez que nous sommes responsables de ce que font les journalistes ? Nous sommes là pour faire notre travail. Et d'ailleurs, vous êtes en train de nous faire perdre notre temps.

Riley ajouta :

— Notre temps est aussi précieux que le vôtre. En fait, si vous voulez que nous réglions cette affaire, notre temps est encore plus précieux.

Adams se dressa derrière son bureau, le visage rouge.

— Vous ne savez rien de l'armée. Vous n'arrivez à rien.

Riley se leva et toisa le colonel derrière son bureau.

— Nous sommes trop bien formés et entrainés pour gaspiller notre temps à interroger des centaines de suspects sans être certains que l'un d'entre eux soit coupable.

Le colonel hurlait à présent.

— Un fanatique musulman assassine des sergents sur ma base et vous êtes trop politiquement corrects pour le chasser et l'arrêter.

Bill se leva et répondit avec colère.

— Nous suivons des pistes crédibles, pas des préjugés.

— Il a raison, ajouta Riley. Vous êtes trop isolé dans votre joli bureau pour savoir ce qui se passe sur votre base.

— C'est effectivement ma base et ne l'oubliez pas. Vous n'avez aucune autorité ici. Je peux vous mettre à la porte de ma base aujourd'hui même.

Lucy bondit à son tour de sa chaise. C'était la plus petite des trois agents, mais elle s'avança et parla d'une voix ferme.

— Colonel Adams, nous comprenons que vous vouliez arrêter ce tueur. Nous sommes formés pour le faire. Vous ne trouverez pas de meilleurs agents d'investigation. S'il vous plait, laissez-nous l'opportunité de faire notre travail.

Un silence tomba dans la pièce. Pendant un long moment, le colonel fixa du regard la petite jeune femme latino-américaine dans son uniforme du FBI. Enfin, il avala sa salive et grommela :

— J'attends des résultats.

Riley hocha la tête et recula d'un pas.

D'un ton plus doux, mais tout aussi autoritaire, il dit :

— Maintenant, libérez le plancher. Tous les trois.

Alors qu'elle et ses collègues se dirigeaient vers la porte, Riley se retourna et dit aussi poliment que possible :

— Une dernière chose, monsieur. La phrase « courir avec la meute » vous dit-elle quelque chose ?

Adams plissa les yeux.

— Rien de particulier, dit-il. Ça devrait me dire quelque chose ?

Riley scruta l'expression sur son visage. Il n'avait pas l'air de mentir.

— C'est juste une phrase que j'ai entendue, dit-elle. Ça ne veut peut-être rien dire.

Elle se tourna et quitta le bureau, avec les deux autres agents.

En marchant dans le couloir vers l'ascenseur, Riley sentit sa colère descendre. Elle pensa à la phrase que le soldat Pope avait prononcée. La veille, elle l'avait répétée à Bill et Lucy.

Alors qu'ils attendaient l'ascenseur, elle demanda à ses collègues :

— Vous avez demandé aux soldats s'ils connaissaient cette phrase ? « Courir avec la meute » ?

— Oui, dit Lucy. Je n'ai rien eu.

— Moi aussi, dit Bill. Tu es sûre que ça signifie quelque chose ?

Riley ne répondit pas. En réalité, elle ne pouvait en être sûre. Elle n'avait aucune raison de continuer à y penser.

Mais quelque chose dans la voix du soldat Pope et l'expression sur son visage quand il avait prononcé ces mots restait gravé dans sa tête.

Quand ils entrèrent dans l'ascenseur, le téléphone de Riley vibra.

Elle frémit quand elle vit que c'était Shane Hatcher.

CHAPITRE DIX-SEPT

Riley ravala sa panique. Elle ne voulait surtout pas prendre cet appel dans l'ascenseur en compagnie de Bill et Lucy. Enfin, la sonnerie s'arrêta quand le message automatique de sa boîte vocale se mit en route. Riley espéra que Hatcher laisserait un message ou laisserait tomber. Mais après un bref silence, l'agaçante sonnerie retentit à nouveau.

Pourquoi Hatcher avait-il tellement envie de lui parler ?

Qu'est-ce qui se passerait si elle éteignait simplement son téléphone ?

Elle ne voulait pas le savoir.

— Tu ne vas pas répondre ? demanda Bill alors que la porte de l'ascenseur s'ouvrait au rez-de-chaussée.

— Il vaudrait mieux, dit Riley en s'éloignant de Bill et de Lucy.

Quand elle décrocha, Hatcher avait l'air plus en colère que jamais.

— Vous avez rompu notre accord, dit-il.

Riley sentit une bouffée de panique.

— Que voulez-vous dire ?

— Ne faites pas semblant de ne pas savoir. Votre agent immobilier est venu faire visiter le chalet à un couple marié. C'est censé être chez moi maintenant. Nous étions d'accord. Vous m'avez promis de ne pas le vendre.

Riley commençait à comprendre. Shirley Redding lui avait désobéi une fois de plus. Hatcher poursuivit :

— J'ai pu les éviter. Je pense qu'ils ne savent pas qu'il y a quelqu'un qui vit là. Mais vous avez intérêt à ne plus laisser monter personne. Je ne me cache plus dans les bois. Je suis un gars de la ville.

— Hatcher, écoutez-moi, dit Riley. Je l'ai renvoyée. Hier.

— Ne mentez pas, dit Hatcher.

— Je ne mens pas ! C'est la vérité…

Mais Hatcher raccrocha. Le téléphone tremblait dans la main de Riley.

Mais à quoi pensait-elle ? se demanda Riley.

Elle tapa à la hâte un message à Shirley.

Je vous ai renvoyée hier. C'est sérieux.

Riley hésita. Que pouvait-elle dire d'autre ? Elle ne pouvait pas dire à Shirley la vérité.

Elle tapa…

Je sais que vous avez fait visiter le chalet de mon père. Ne me demandez pas comment je le sais. Ne recommencez pas. Je répète. Vous êtes virée.

Elle envoya le texto, puis elle entendit Bill l'appeler.

— Un problème à la maison ?

Bill et Lucy la regardaient avec inquiétude.

— Rien, dit-elle avec un sourire forcé. Vous savez ce que c'est, les ados…

Elle détestait mentir. Encore un mensonge pour Hatcher. Mais ce ne serait sans doute pas le dernier.

Peu importe, se dit-elle fermement. Il fallait qu'elle chasse Hatcher de son esprit. Ils étaient déjà en retard pour la réunion avec le colonel Larson.

Ils se dépêchèrent de rejoindre le petit bâtiment de la Division des affaires criminelles, en ignorant les journalistes qui les suivaient. Le garde à l'entrée examina leurs autorisations et les laissa entrer, en barrant la porte aux journalistes. Ils se dirigèrent vers le bureau du colonel Larson. Le secrétaire de Larson les escorta à l'intérieur.

Riley fut immédiatement frappée par la différence entre ce bureau et les appartements royaux d'Adams. Celui de Larson était petit et servait à travailler : il n'y avait aucune décoration superflue ou coûteuse.

Et c'était un peu petit pour une réunion.

Le colonel Dana Larson était assis derrière son bureau, flanqué de son équipe de la police militaire, le sergent Matthews et les agents Goodwin et Shores. Ils examinaient des documents sur le bureau.

— Nous sommes désolés d'être en retard, dit Riley tandis qu'elle et ses collègues s'asseyaient sur les chaises vides en face de Larson.

Larson dit :

— Ne dites rien… Vous avez été retenus par le colonel Adams ?

— Comment avez-vous deviné ? dit Riley en étouffant un rire.

Mais Larson n'avait pas l'air amusé. Seul le travail l'intéressait.

— Qu'avez-vous trouvé ? demanda-t-elle à Riley et ses collègues.

Riley dit :

— Ce matin, nous avons rencontré les recrues des sections des sergents Rolsky et Fraser.

— Vous pensez que l'un d'eux pourrait être suspect ? demanda Larson.

Riley dit :

— C'est difficile à dire après une seule rencontre. Aucune des recrues de Fraser ne m'a paru particulièrement hostile. En fait, j'ai l'impression qu'il était très apprécié.

Lucy dit :

— L'agent Jeffreys et moi, nous avons parlé aux recrues de Rolsky. Notre impression générale, c'est qu'il n'était pas très populaire. Quelqu'un m'a dit que Rolsky était black. Je n'ai pas compris ce qu'il voulait dire. Rolsky était blanc, non ?

— BLAC, corrigea Larson en détachant chaque lettre. C'est un acronyme. De l'argot militaire. Ça signifie : Biffin Lambda Arrogant Caractérisé.

L'expression frappa Riley. Lucy poursuivit :

— Mais Rolsky était respecté. Nous n'avons pas senti qu'une de ses recrues le détestait au point d'avoir envie qu'il meure.

Larson tapa du stylo sur la table d'un air impatient.

— Où ça nous mène ? demanda-t-elle.

Le sergent Matthews prit la parole.

— Je pense que rien ne vient contredire notre première hypothèse, c'est-à-dire que ce sont des actes terroristes. En fait, je pense que nous pouvons en être sûrs. Mais nous ne savons toujours pas s'il s'agit d'un loup solitaire ou d'une petite cellule d'islamisme radical.

Larson hocha la tête.

— Nous enquêtons déjà sur les musulmans présents sur la base. Nous allons surveiller de plus près les recrues et les civils de confession musulmane.

Les agents Goodwin et Shores acquiescèrent.

Mais une nouvelle idée était en train de germer dans l'esprit de Riley. Elle dit :

— Je ne suis pas sûre que ce soit la bonne approche.

Larson eut l'air surpris.

— Pourquoi ? demanda-t-elle.

Riley réfléchit pendant un instant. Puis elle dit :

— Juste à l'instant, l'agent Vargas vient de dire qu'une des recrues de Rolsky le trouvait arrogant. Dans la section de Fraser, on m'a dit qu'on ne faisait plus d'Américain comme lui. Les autres recrues avaient l'air d'accord. Et hier, j'ai discuté avec une recrue de Worthing qu'il avait destituée de son grade. La recrue semblait lui en être reconnaissant. Il admirait d'autant plus Worthing pour sa discipline.

Riley se tut, le temps de rassembler ses pensées. Puis elle dit :

— Les trois sergents étaient des hommes très différents et ils n'inspiraient pas les mêmes sentiments à leurs soldats. Mais ils avaient une chose en commun. C'étaient des traditionnalistes de la vieille école. Des hommes qui ne devaient plus se sentir à leur place dans l'armée d'aujourd'hui.

Larson fronça les sourcils.

— Qu'est-ce que vous êtes en train de dire ? Que le tueur s'en prend aux soldats de la vieille école ?

Riley avala sa salive. Elle savait que ce qu'elle était sur le point de dire n'aurait aucun sens pour Larson.

— Non, dit-elle. En fait, je crois même que le tueur était encore plus traditionnaliste que ses victimes.

Un murmure de surprise passa entre les agents de la police militaire.

L'agent Matthews prit la parole.

— Avec tout le respect que je vous dois, agent Paige, ça n'a aucun sens.

Riley n'avait pas de mal à comprendre qu'il puisse le penser. Souvent, ses intuitions semblaient sans queue ni tête, avant de se révéler exactes. Elle ne pouvait pas l'expliquer plus clairement. Mais elle devait essayer.

— C'est difficile à expliquer, dit Riley. Mais j'ai ressenti quelque chose de très fort à l'endroit où l'assassin de Worthing s'est installé pour le tuer.

Larson haussa les sourcils.

— Ressenti quelque chose ? demanda-t-elle.

Riley hésita. Bill et Lucy avaient l'habitude de ses méthodes peu orthodoxes. Mais c'était difficile à expliquer à des gens qui n'avaient encore jamais travaillé avec elle.

Elle fut soulagée que Bill prenne la parole.

— L'agent Paige a des intuitions anormalement fortes, colonel.

A l'UAC, elle est connue pour se glisser dans l'esprit des tueurs. Quand elle visite une scène de crime, elle arrive à ressentir la situation, comme elle l'a fait hier.

Riley espéra que l'explication de Bill l'aiderait. Elle dit :

— J'ai eu l'impression que le tireur était un soldat envers et contre tout. Pur jus, comme on dit. Il se sent peut-être encore moins à sa place à Fort Mowat que les trois sergents. Il a peut-être même le sentiment d'être un anachronisme.

L'agent Matthews semblait complètement perdu. Il dit :

— Mais pourquoi un soldat de la vieille école voudrait-il tuer d'autres soldats comme lui ?

Riley savait que c'était une bonne question. Pour le moment, elle n'avait pas la réponse.

Larson secoua la tête d'un air las.

— Je ne sais pas quoi penser de ça, dit-elle. Agent Paige, comme je vous l'ai dit hier, votre réputation vous précède. J'admire votre carrière. Mais vos méthodes… Eh bien, c'est beaucoup trop subjectif à mon goût.

Bill reprit la parole.

— Colonel, cela fait des années que je travaille avec l'agent Paige et elle se trompe très rarement.

Larson tapa du stylo sur la table.

— Rarement, ça ne veut pas dire jamais, agent Jeffreys. Et des intuitions, ce ne sont pas des faits. Nous ne savons pas grand-chose, mais suffisamment pour penser que l'agent Paige a tort, cette fois. Nous avons affaire à un islamiste. Point final.

Les mots piquèrent Riley au vif. Elle avait tout de suite apprécié Larson quand elle l'avait rencontrée. Elle pensait qu'elles pourraient bien travailler ensemble. Mais les étranges talents de Riley la dérangeaient visiblement. Le colonel allait peut-être lui mettre des bâtons dans les roues.

J'ai bien assez d'ennemis à Quantico, pensa-t-elle.

Bill était bien décidé à défendre Riley. Il dit :

— Avec tout le respect que je vous dois, colonel, vous avez fait venir des agents de l'UAC pour avoir des profileurs. C'est exactement ce que fait l'agent Paige. Je pense que vous ignorez ses réflexions à vos risques et périls.

Larson avait l'air en colère, à présent. Elle dit :

— C'est toujours ma base, agent Jeffreys. Et si le travail d'un profileur, c'est de suivre des intuitions subjectives sans queue ni tête, je crains de ne pas avoir besoin de vous. Maintenant, si vous n'y voyez pas d'inconvénient, j'aimerais que vous partiez. Laissez-moi et mes agents faire notre travail.

Riley, Lucy et Bill s'entreregardèrent, abasourdis.

Puis ils se levèrent et quittèrent le bureau de Larson sans ajouter un mot.

En marchant vers la sortie d'un bâtiment, Bill dit :

— C'est juste dans ma tête ou on vient de se faire virer ?

— Ce n'est pas dans ta tête, dit Riley.

— Alors qu'est-ce qu'on fait ? demanda Lucy. On rentre à Quantico ?

Riley étouffa un rire sans joie.

— Certainement pas, dit-elle. Il y a beaucoup trop en jeu et nous ne faisons que commencer.

CHAPITRE DIX-HUIT

En sortant du bâtiment de la police militaire, Riley et ses collègues rejoignirent immédiatement celui qu'on leur avait assigné. Dans la voiture, Riley sentit que Bill et Lucy étaient tous les deux découragés.

Elle n'était pas découragée.

Elle était pleine d'énergie.

Elle avait bien l'intention de résoudre cette affaire. En fait, leur conversation avec le colonel Larson avait réveillé son esprit de compétition.

Le colonel avait appelé les talents de Riley des « intuitions subjectives sans queue ni tête ». Bien sûr, Riley avait déjà reçu ce genre de critique. Mais elle avait une carrière assez longue et jalonnée de réussite pour savoir que son talent était réel.

Quand ils arrivèrent au cottage, ils s'installèrent autour de la table de la cuisine. Riley se demanda de quoi ils avaient l'air. Un homme et une femme d'âge moyen dont la vie privée avait été trop souvent mise à rude épreuve pendant leurs années de service. Et une jeune femme latino-américaine qui n'avait fait que quelques missions.

Mais Riley savait qu'elle et Bill faisaient partie des meilleurs agents du FBI. Ils l'avaient suffisamment prouvé. Et cette jeune femme latino-américaine était une de leurs meilleures recrues.

Riley voulait que cette équipe de trois agents du FBI batte le colonel Larson et ses brillants agents de la police militaire.

— Vous avez l'air déprimé, dit Riley.

— Je ne vois pas ce qu'on peut faire, dit Lucy.

— Moi non plus, dit Bill. Nous n'avons plus accès aux ressources de la Division. Pas de base de données, pas de dossiers.

Riley sourit.

— Peut-être pas, dit-elle. Mais les ressources de l'UAC sont bien meilleures que celles de la police militaire.

Les regards de ses collègues s'allumèrent d'une lueur d'intérêt et de surprise.

— Mais on vient de se faire virer, dit Lucy.

— Ouais, dit Bill. Par l'officier qui a réclamé notre aide.

Riley étouffa un rire espiègle.

— Ce n'est pas exactement ce qu'elle a dit. Pas en ces termes, dit Riley. Elle nous a demandé de quitter la pièce. Je ne suis pas sûre que ça veuille dire que nous sommes virés. En fait, j'ai plutôt envie de l'interpréter autrement. Tout ce qu'elle voulait, c'était qu'on la laisse seule avec ses agents pour discuter. Si elle dit autre chose à Meredith… Eh bien, on se sera mal compris.

Bill étouffa un rire gêné.

— Tu vas nous attirer des ennuis, je me trompe ? dit-il.

Riley regarda tour à tour ses collègues dans les yeux.

— Ecoutez, je sais que vous n'avez pas l'habitude de contourner les règles. Moi oui.

Bill soupira.

— Ouais et tu as aussi l'habitude de te faire suspendre ou virer.

Riley dit :

— Si vous avez la trouille, je comprends. Je vais m'en occuper toute seule.

— Ah non, dit Lucy en secouant la tête. On vaut mieux que ça.

— Tu peux compter sur nous, dit Bill.

— D'accord, dit Riley. Comment on fait ?

Ils réfléchirent en silence. Enfin, Bill dit :

— On doit rattraper notre retard. Ils ont eu le temps d'examiner tous les dossiers du personnel à Fort Mowat. Les militaires et les civils.

Riley devait admettre que c'était décourageant. Elle dit :

— Sur une base comme celle-ci, il doit y avoir plus de civils que de militaires. Larson travaille avec des civils à la Division. Et il y a des avocats, des travailleurs indépendants et des ingénieurs sur n'importe quelle base militaire.

Bill secoua la tête d'un air prudent. Il dit :

— Il doit aussi y avoir de nombreux civils parmi les informaticiens et les techniciens. Et parmi le personnel médical et les assistants sociaux. La liste est longue. Ils ont tous des autorisations qui leur permettent de passer la sécurité sans problème.

Riley dit :

— Mais n'oubliez pas qu'on a accès aux ressources de l'UAC.

— Je crois qu'on devrait appeler Sam Flores, dit Bill.

Riley hocha la tête. C'était un travail pour le chef de l'équipe d'analyse technique de Quantico.

Avant que Riley n'ait eu le temps de parler, Lucy poussa un couinement ravi.

— Ooh ! Je peux l'appeler ?

Surprise par son attitude, Riley répondit :

— Oui, pourquoi pas.

Lucy ouvrit son ordinateur et contacta Flores. Elle eut l'air ravi de voir son visage de geek à lunettes. Flores avait un sourire anormalement large.

— Salut, Sammy, dit Lucy.

— Salut, Lucita, dit Flores.

Des surnoms ? pensa Riley.

— Qu'est-ce qui se passe en Californie ? demanda Sam.

— La routine. On essaye de retrouver un tueur en série.

— Je vois ça, dit Sam d'un ton espiègle. Les sergents de Fort Mowat, c'est ça ?

— Ouais.

— Je suis impressionné.

— Oh, arrête, c'est très sérieux ! répondit Lucy sur le même ton.

Riley ne les avait jamais vus comme ça, ni l'un ni l'autre. Il était évident qu'ils se draguaient et Riley en était étonnée.

Lucy dit à Sam :

— On doit faire une recherche parmi toutes les personnes qui sont passées par Fort Mowat ces derniers temps. Civils et militaires.

— Quels sont les paramètres ? demanda Sam.

Lucy leva les yeux vers Riley.

Riley réfléchit quelques secondes. Puis elle dit.

— Commençons par les civils qui travaillent sur la base et qui étaient dans l'armée autrefois.

— Autre chose ?

Riley réfléchit à nouveau. Elle dit :

— Voyons si tu peux nous trouver parmi eux ceux qui étaient des tireurs d'élite pendant leurs années de service.

— Tout de suite, dit Sam en commençant à taper.

— Ça va prendre combien de temps, Sammy ? demanda Lucy.

Sam gloussa.

— Tu n'as qu'à me chronométrer, Lucita.

Pendant que les doigts de Flores pianotaient sur son clavier, Riley fit signe à Bill de s'éloigner. Elle lui demanda à voix basse :

— Lucy et Sam sont ensemble ?

Bill étouffa un rire et répondit :

— Tu ne savais pas ? Je pensais que tout le monde le savait. Je ne sais pas si c'est sérieux pour le moment, mais ça prend forme.

Bill retourna s'installer à table.

Riley était bouche bée. Comment avait-elle fait pour rater

quelque chose d'aussi gros alors que ça se passait sous son nez ?

Quel piètre détective je fais, pensa-t-elle.

Pendant que Riley attendait les conclusions de Flores, une autre inquiétude refit soudain surface. Elle n'avait pas de nouvelles de Hatcher.

Il lui avait dit…

« Vous avez intérêt à ne plus laisser monter personne. »

Elle avait envoyé un autre texto à Shirley, mais cette femme était visiblement imprévisible.

Riley sortit son téléphone et envoya un message au numéro dont Hatcher s'était servi pour l'appeler.

Je vous jure que j'ai viré cette femme.

Elle soupira. Que pouvait-elle faire ou dire de plus ?

Elle entendit la voix de Flores.

— J'ai l'info. Ça m'a pris combien de temps, Lucita ?

Lucy sourit.

— Trente-cinq secondes pile, Sammy, dit-elle.

— Menteuse. Je parie que tu n'as même pas chronométré.

Lucy gloussa.

— Désolée. J'étais trop occupée à te regarder.

Riley rejoignit Bill à table. Ils regardèrent l'écran par-dessus les épaules de Lucy.

— Qu'est-ce que vous avez, Flores ? demanda Riley.

Les yeux de Flores se baissèrent vers l'information qu'il avait trouvée. Il dit.

— Environ un huitième des civils qui travaillent sur la base ont servi dans l'armée. Parmi eux, il y en a douze qui étaient d'excellents tireurs.

La curiosité de Riley était piquée. Flores savait réduire les recherches. Elle demanda :

— Y en a-t-il un qui se détache ?

Flores examina les douze profils. Il dit :

— Vous avez pensé à l'islamisme radical, non ?

Riley sursauta. Malgré l'insistance des deux colonels, son instinct lui disait que ce n'était pas le cas. Mais, bien sûr, elle ne pouvait pas l'exclure.

— Oui, dit-elle.

— Eh bien, si je fais le tri par ethnicité, il y en a un qui se détache. Il s'appelle Omar Shaheed et ses parents ont immigré du

Yémen. Il travaille dans le bâtiment avec une équipe. Ils ont parfois des projets sur la base.

Riley se gratta le menton. Elle demanda :

— Qu'est-ce que vous pouvez me dire sur son profil ?

Flores dit :

— Il est resté trois ans dans l'armée, sans jamais combattre. Il avait des problèmes psychologiques. Mais c'était un soldat exceptionnel à tout point de vue, y compris au tir. Il a quitté l'armée avec une libération honorable et il n'a pas eu de problèmes pour réintégrer la vie civile.

Riley réfléchit quelques secondes.

— Les trois meurtres ont eu lieu la nuit. Vous savez à quelle heure exactement ? demanda-t-elle à Flores.

— Oui, dit Flores.

Riley dit :

— Shaheed doit montrer son autorisation pour entrer et sortir. Il y a sûrement une trace. Dites-moi s'il était présent sur la base au moment des meurtres.

Ils attendirent que les doigts de Flores dansent sur son clavier.

— Oh merde ! dit-il. Il travaille de nuit. Ils étaient là quand les trois sergents ont été tués.

— Vous avez une adresse ? demanda Riley.

— Oui, dit Flores. Il vit dans une petite ville appelée Cordele. Ce n'est pas loin de Fort Mowat.

Riley sentit que ses partenaires étaient tout excités.

— Il est sur la base en ce moment ? demanda Bill.

Flores tapa et dit.

— Non, pas en ce moment. Il revient ce soir.

— Donnez-nous son adresse, dit Riley. On y va tout de suite.

Alors qu'elle s'apprêtait à partir avec ses collègues, Riley fut parcourue d'un frisson.

Et si Adams et Larson avaient raison ? Si c'était un acte de terrorisme ?

Riley s'était-elle trompée ?

Perdait-elle son intuition ?

Elle n'était certaine que d'une chose : le colonel Larson et son équipe finiraient par tomber sur le même profil, si ce n'était pas déjà fait.

Elle était bien décidée à parler à cet Omar Shaheed avant qu'il ne soit embarqué par la police militaire.

CHAPITRE DIX-NEUF

Pendant le trajet vers la ville où vivait Omar Shaheed, Lucy ne pensait plus qu'à Sam Flores. Elle adorait discuter avec le geek de Quantico et sautait sur la moindre occasion de le faire.

Elle se rappela fermement de ne pas se laisser distraire.

On a un méchant à coffrer.

Et ils allaient peut-être le pincer très vite. Ils retourneraient à Quantico et elle serait libre de tourner toute son attention vers Sam. Il devenait évident maintenant qu'il s'intéressait à elle autant qu'elle à lui.

Mais ils n'étaient toujours pas sortis ensemble.

Sam semblait trop timide pour lui demander. Ce serait à elle de faire le premier pas.

Quand Lucy avait remarqué qu'il y avait une étincelle entre eux, elle avait vérifié le règlement du FBI. Elle n'avait trouvé aucune règle empêchant deux membres de sortir ensemble.

Elle avait été surprise – et soulagée.

Lucy observa le visage de l'agent Paige pendant que l'agent Jeffreys conduisait. Lucy ne savait pas à quoi elle pensait. L'agent Paige avait été surprise par la manière dont Lucy et Sam s'étaient parlé. Apparemment, elle n'avait pas remarqué qu'il y avait quelque chose entre eux. Elle se demanda ce qu'elle en pensait.

Désapprouvait-elle ?

Le cœur de Lucy se serra. L'agent Paige était son héros. Elle ne voulait surtout pas la décevoir.

Mais peut-être que l'agent Paige ne la jugeait pas. Après tout, Lucy avait remarqué qu'il y avait parfois une tension sexuelle entre l'agent Paige et l'agent Jeffreys. Elle se demanda s'ils y avaient déjà cédé. S'en rendaient-ils seulement compte ?

Ça ne regardait pas Lucy et elle n'avait pas l'intention de leur demander.

Elle espérait juste que l'agent Paige ne pensait pas que sa relation naissante avec Sam Flores posait problème.

C'est à moi de faire en sorte que ce ne soit pas un problème, pensa Lucy. *A partir de maintenant, c'est ce que je vais faire.*

Elle décida de chasser Sam de son esprit tant qu'elle travaillerait sur cette affaire.

Quand elle rentrerait à Quantico, elle ferait le premier pas.

En attendant, Lucy s'inquiétait pour l'agent Paige. Elle avait l'air surpris et découragé que leur suspect soit musulman. Ce n'était pas étonnant : devant le colonel Larson, l'agent Paige avait été catégorique sur le fait que les meurtres n'avaient rien à voir avec l'islamisme radical.

Lucy savait que c'était une erreur de bonne foi – si c'était une erreur. Ce n'était pas comme si l'agent Paige perdait ses talents.

Lucy voulait lui dire de ne pas le prendre trop à cœur, mais cela ne ferait sans doute qu'empirer les choses.

En arrivant à Cordele, Lucy vit que c'était une petite ville ordinaire de Californie. Il n'y avait pas de pelouse dans les jardins, mais une variété de plantes décoratives autour des maisons, ainsi que des palmiers çà et là.

Ils traversèrent un quartier aisé, avant d'arriver dans une rue où les maisons étaient plus petites et moins espacées. L'agent Jeffreys se gara à l'adresse que leur avait donnée Sam.

C'était une petite maison usinée avec un abri pour les voitures. Un pickup était garé dessous, le capot relevé. Un homme était penché sur le moteur.

Comment Lucy et ses collègues s'approchaient, il releva la tête. Il avait le teint basané et les cheveux frissés.

— Je peux vous aider ? demanda-t-il.

Lucy ne remarqua aucun accent.

Lucy et ses collègues montrèrent leurs badges et se présentèrent.

— Vous êtes Omar Shaheed ? demanda l'agent Jeffreys.

— Ouais, dit l'homme. Qu'est-ce qui se passe ?

Lucy crut détecter une pointe de nervosité dans sa voix. Mais cela ne voulait rien dire. N'importe qui pouvait être nerveux en présence de trois agents du FBI.

— Nous aimerions vous parler quelques minutes, dit l'agent Paige. Pouvons-nous entrer ?

Shaheed jeta de nerveux coups d'œil à droite et à gauche.

— De quoi s'agit-il ? demanda-t-il.

L'agent Jeffreys répondit :

— Vous avez entendu parler des trois meurtres qui ont eu lieu à Fort Mowat ?

Shaheed hocha la tête.

— Ouais. C'est terrible.

L'agent Paige demanda :

— Pouvez-vous nous dire où vous vous trouviez quand le sergent Clifford Worthing a été tué ?

Shaheed se balança d'un pied sur l'autre d'un air embarrassé. Lucy avait de plus en plus de soupçons. Elle était certaine que ses collègues ressentaient la même chose.

— Je n'en suis pas sûr, dit-il. C'était quand exactement ?

L'agent Jeffreys lui donna la date et l'heure exacte du meurtre.

L'homme sourit. Lucy ne sut comment l'interpréter.

— J'étais sur la base, dit Shaheed. Je travaillais sur un chantier pour la construction de deux bâtiments. On fait des heures de malade.

— Quelle est la nature de votre travail ? demanda l'agent Paige.

— Je conduis un camion, dit Shaheed. Je transporte du matériel de site en site.

Lucy remarqua qu'il jetait de fréquents coups d'œil sur une boîte à outils posée près du capot. L'agent Paige dit :

— Nous aimerions entrer pour discuter.

D'un geste d'une rapidité aveuglante, Shaheed tendit la main vers sa boîte à outils. Avant qu'un des agents n'ait eu le temps de tirer son arme, il en tira un pistolet semiautomatique. Lucy reconnut un Beretta 92.

Lucy vit que l'agent Paige avait presque sorti son arme, mais elle la glissa à nouveau dans son étui.

Shaheed tint en joue tour à tour chacun des agents.

— Les mains en l'air, dit-il d'un ton désespéré.

— Vous n'avez pas envie de faire ça, dit l'agent Paige.

— J'ai dit : les mains en l'air.

Lucy savait qu'elle ou ses collègues ne pouvaient pas tirer une arme sans courir le risque que l'un d'entre eux soit abattu. Alors qu'ils levaient tous les mains, elle vit que les agents Paige et Jeffreys s'éloignaient l'un de l'autre.

— Maintenant, face contre terre, dit Shaheed.

Les agents Paige et Jeffreys se contentèrent de le fixer du regard. Ils n'avaient visiblement pas l'intention d'obéir. Ils n'allaient pas perdre le dernier avantage qui leur restait. Lucy comprit que, tôt ou tard, l'un ou l'autre allait agir.

Lucy refusa d'obéir, elle aussi. Elle savait que c'était risqué. Bien sûr, les agents Paige et Jeffreys le savaient aussi. Elle les observa attentivement. Quand l'un des deux ferait le premier pas, elle suivrait le mouvement.

— J'ai dit : face contre terre, aboya Shaheed.

Les agents ne bougèrent pas. La tension dans l'air crépitait comme de l'électricité. Lucy vit que l'homme hésitait. Il avait compris que, s'il tirait sur l'un des agents, il serait immédiatement tué par l'un des deux autres.

Sans un mot, Shaheed tourna les talons et partit en courant sous l'abri. Alors que Lucy et ses collègues tiraient leurs armes et le suivaient, il disparut derrière un portail.

Quand les trois agents se précipitèrent à sa suite, ils se retrouvèrent dans une allée vide.

— Il est parti de quel côté ? demanda Lucy.

— On doit se séparer, dit l'agent Paige.

— Il ne doit pas être loin, dit l'agent Jeffreys.

Lucy se précipita dans l'allée sur la gauche et l'agent Paige prit celle de droite. L'agent Jeffreys resta pour vérifier qu'il ne s'était pas caché quelque part.

Lucy courut aussi vite que possible, en regardant dans toutes les directions. La plupart des clôtures étaient hautes, mais certaines étaient suffisamment basses pour être escaladées. Par-dessus l'une d'elle, elle aperçut un mouvement entre deux maisons.

C'était Shaheed.

Il avait dû couper par un jardin, parce qu'il courait maintenant le long d'un trottoir, de l'autre côté.

Sans réfléchir, Lucy sauta par-dessus la clôture et se précipita entre les deux maisons. Quand elle atteignit le trottoir, Shaheed n'était plus très loin. Il tenait toujours son arme dans la main.

Elle tira la sienne.

— Ne bougez pas ! hurla-t-elle.

Shaheed s'arrêta net.

— Lâchez votre arme ! hurla-t-elle.

Shaheed ne bougea pas. Il lui tournait le dos.

— J'ai dit : lâchez votre arme.

Au lieu d'obéir, Shaheed se tourna lentement vers elle, sans lâcher son Beretta.

Lucy avala sa salive. Elle comprit qu'elle avait un choix à faire. Elle avait appris pendant sa formation que c'était le moment d'utiliser la force.

Mais elle ne pouvait se convaincre de presser la détente. Elle n'avait jamais tué personne. Elle avait toujours su que ce jour viendrait. Mais elle n'avait pas imaginé qu'elle serait paralysée comme ça.

Le temps parut s'arrêter. Lucy était pétrifiée.

Est-ce que je vais vraiment le tuer ? se demanda-t-elle.

Soudain, une voix hurla.

— Lâchez votre arme !

C'était la voix de l'agent Jeffreys. Il surgit entre deux maisons, son arme au poing.

L'agent Paige apparut juste derrière Lucy. Elle avait également son arme.

Lucy réalisa qu'ils l'avaient entendue crier. Ils étaient venus à sa rescousse.

— Lâchez votre arme, hurla l'agent Paige. Maintenant.

Cette fois, Shaheed se pencha et lâcha son arme sur le trottoir.

L'agent Jeffreys hurla.

— Les mains derrière le dos ! Maintenant !

Shaheed s'exécuta.

L'agent Jeffreys le menotta et lui lut ses droits.

— Bien joué, dit l'agent Paige à Lucy. Si tu n'avais pas réagi assez vite, il se serait enfui.

La main de Lucy tremblait quand elle rangea son arme.

— J'aurais dû tirer, dit-elle.

— Ouais, tu aurais dû, dit l'agent Paige en lui lançant un regard sévère. Tu aurais dû te défendre. C'était la procédure.

— Si vous n'étiez pas arrivés…

— Tu as eu de la chance. Nous avons tous eu de la chance de le prendre vivant. Et c'est toi qui l'as arrêté. L'agent Jeffreys et moi, nous l'emmenons à la voiture. Toi, va jeter un coup d'œil dans la maison.

Alors que les agents Paige et Jeffreys poussaient Shaheed vers la voiture, Lucy partit au pas de course vers la petite maison usinée de Shaheed. La porte d'entrée n'était pas verrouillée et elle entra à l'intérieur.

Le petit salon était bien ordonné et simple, avec des décors islamiques abstraits sur les murs. Elle entra dans la petite chambre de la maison. Elle était encore plus dépouillée que le salon, sans aucune décoration : juste un lit simple, une commode et un tapis de prière sur le sol.

Mais quand Lucy regarda sous le lit, elle vit qu'il y avait des armes. Ça ressemblait à des armes militaires, notamment des fusils de précision et des boîtes de munitions. Elle ouvrit un tiroir de la commode. Il était également rempli d'armes. Puis elle se dirigea vers le placard qu'elle ouvrit.

Encore une fois, il était rempli de matériel militaire. Il y avait de la dynamite et ce qui ressemblait à des ingrédients pour fabriquer des explosifs.

Lucy frémit.

C'était un arsenal pour une attaque de grande envergure. Quel genre d'attaque Shaheed était-il en train de préparer avant son arrestation ?

Et qui d'autre était impliqué ?

Parce qu'il n'avait pas réuni tout cet arsenal tout seul, pour son usage personnel.

Lucy voulait être soulagée qu'ils aient pu empêcher ce qui allait se passer. Mais le soulagement ne voulait pas venir.

Elle sentit que leur travail était loin d'être terminé.

CHAPITRE VINGT

Riley et Bill se tenaient derrière le miroir sans tain de la salle d'interrogation de la Division. A l'intérieur de la petite pièce bien éclairée, Lucy questionnait Omar Shaheed. Le prisonnier était menotté à la table et Lucy lui faisait face. Riley voyait que la jeune femme observait attentivement les réactions du prisonnier à tout ce qu'elle disait.

— Elle fait du bon boulot, dit Bill.

— Oui, dit Riley. Elle a toujours été douée pour ce genre de chose.

Riley était contente d'avoir demandé à Lucy d'être la première à interroger Shaheed. Elle n'avait pas encore réussi à lui soutirer la moindre information, mais elle ne faisait que démarrer.

En fait, la méthode de Lucy était exceptionnelle. Toute seule, elle arrivait à alterner la douceur et l'hostilité, le bon flic et le mauvais flic, en se montrant tour à tour compatissante ou insultante.

Riley remarqua que même le « mauvais flic » de Lucy avait une douceur désarmante.

Lucy dit à Shaheed :

— J'aurais pu vous tuer, vous savez.

Shaheed eut un rictus amer.

— Vous auriez dû, répondit-il.

Lucy sourit.

— Pas terrible, comme martyre. Personne ne serait mort à part vous. Ce n'est pas ce que vous voulez. Vous voulez emporter dans la mort autant d'infidèles que possible. Et se faire descendre par une femme… Je ne suis pas sûre que ça plaise à Allah, non ? Je parie qu'il n'y aurait pas de vierges pour vous au paradis.

L'homme lui cracha au visage en marmonnant quelques mots agressifs en arabe.

Pourtant, Lucy garda son sang-froid et son sourire et poursuivit son interrogatoire.

Riley était fière de sa protégée. Lucy avait toujours été douée avec les gens. Mais Riley était aussi un peu inquiète. Elle avait vu que la jeune femme avait été secouée par sa rencontre avec Shaheed.

Riley dit à Bill :

— Elle prend très mal ce qui s'est passé.

Bill dit :

— Tu parles du fait qu'elle n'a pas tiré ?

Riley hocha la tête. Bill dit :

— C'est bien qu'elle le prenne mal. C'était une erreur. Elle doit en tirer les leçons.

— Tu as raison, acquiesça Riley. Du moment qu'elle ne soit pas trop dure avec elle-même.

Bill dit :

— De nombreux agents ont le même problème à leurs débuts.

Après un bref silence, il ajouta :

— Moi aussi, je suis resté pétrifié la première fois.

Riley le regarda avec surprise.

— Je ne savais pas, dit-elle.

— C'est parce que je n'en suis pas fier. Si mon partenaire n'avait pas été assez rapide, je ne serais plus de ce monde. Mais j'ai retenu la leçon.

Un autre silence passa. Puis Bill dit :

— Ce n'est pas facile de tuer quelqu'un.

Riley frémit au plus profond d'elle. C'était vrai, bien entendu – la plupart du temps et pour la plupart des agents.

Même pour Riley.

Mais parfois, c'était aussi tellement facile.

Elle se rappelait avoir pris du plaisir en tuant un psychopathe.

En fait, elle se rappelait parfaitement ce qu'elle avait ressenti en lui frappant la tête avec un caillou. Elle ressentait encore ce plaisir.

Bien sûr, c'était une affaire personnelle. L'homme était un psychopathe sadique qui avait retenu prisonnières Riley et April pour les torturer.

Riley se demanda si Lucy serait un jour prise d'une telle envie de tuer.

Pour son bien, Riley espéra que non. Un tel événement changeait une personne. Elle ne savait toujours pas tout ce qui avait changé en elle. Elle n'était pas sûre de vouloir le savoir.

Elle pensa à ce que lui avait dit le soldat Pope au bord de la falaise, la veille.

« Vous avez tué combien de personnes ? »

Riley frémit.

Ne compte pas, se dit-elle. *N'y pense même pas.*

Lucy changeait de tactique. Maintenant, elle essayait la compassion.

— Ecoutez, je sais que je ne suis qu'une infidèle, mais je crois savoir ce que vous ressentez.

Shaheed eut l'air désarmé.

— Vous ne pourriez pas savoir, dit-il.

— La société est pourrie, non ? dit Lucy. L'Occident, je veux dire. C'est vraiment pourri, de bien des façons. Matérialiste. Injuste. Aucune spiritualité. Et ils sont tellement intolérants. Je suis mexicaine, vous savez. Je connais les préjugés. Ma famille a vécu des moments difficiles.

Riley vit que le visage de Shaheed s'adoucissait.

Lucy va y arriver, pensa-t-elle.

La jeune femme ajouta d'une voix douce :

— Qu'est-ce qu'ils avaient fait ces sergents ? Rolsky, Fraser et Worthing ? Je suis sûre que vous prépariez une action bien plus extraordinaire qu'une poignée de meurtres isolés, mais pourquoi commencer avec eux ?

Shaheed regarda Lucy droit dans les yeux.

— Je ne les ai pas tués, dit-il. Je vous jure que je ne les ai pas tués.

Riley sursauta au ton de sa voix. Lucy demanda :

— Alors qui l'a fait ?

Shaheed sourit.

— Je ne sais pas. Qui que ce soit, ils n'ont aucun lien avec moi. Je ne sais rien.

Il avait l'air de dire la vérité.

Riley vit à l'expression de Lucy qu'elle pensait la même chose. Lucy demanda :

— Mais vous aviez prévu de tuer quelqu'un. Vous n'allez pas nier que c'était votre mission ?

— Non, dit Shaheed. Je ne renie pas ma mission. Mais pas eux. Je ne les connaissais même pas. Je n'ai rien à voir avec eux. Je les aurais tués uniquement si je les avais trouvés au mauvais endroit au mauvais moment.

Lucy se tut. Elle semblait observer le visage de Shaheed. Puis elle dit :

— Nous savons que vous avez des complices. Vous n'auriez jamais pu réunir un arsenal pareil tout seul. Et vous aviez besoin de bras pour tirer. Il va falloir nous dire qui ils sont. Le plus tôt sera le mieux.

Riley recula et dit à Bill à voix basse :

— Quelque chose ne va pas. Ça ne colle pas. Ce n'est pas notre sniper. Qu'en penses-tu ?

— Non, marmonna Bill. Je crois qu'il préparait une attaque et nous sommes tombés sur lui avant qu'il ne passe à l'acte. Il a joué de malchance.

— Et nous, on a eu de la chance. Mais nous n'avons pas trouvé l'homme qu'on cherchait. Alors qu'est-ce qu'on fait ? se demanda Riley à voix haute.

Ils furent interrompus par le sergent Matthews, le chef de l'équipe d'investigation de la police militaire. Il se dirigea vers Riley et Bill et annonça :

— Le colonel Larson veut vous voir dans son bureau.

Le cœur de Riley lui tomba dans les talons.

Elle eut le mauvais pressentiment qu'elle n'était pas du tout préparée à cette réunion.

CHAPITRE VINGT ET UN

Quand Riley et Bill suivirent le sergent dans le bureau du colonel, Larson était assise derrière son bureau. Visiblement mal à l'aise, celle-ci leur fit signe de s'asseoir.

Riley et Bill s'installèrent et attendirent que le chef de la police militaire leur dise pourquoi elle les avait convoqués. Le mauvais pressentiment de Riley ne fit que croître.

— Je dois vous féliciter, commença Larson.

Elle fronça imperceptiblement les sourcils et ajouta :

— Je n'aime pas beaucoup vos méthodes, agent Paige, ni la manière dont vous avez ignoré mes instructions. Mais les résultats ont suivi. Vous avez notre homme.

Larson tambourina des doigts sur son bureau.

— Je ne vais pas annoncer que l'affaire est close, dit-elle. Je ne vais même pas dire à la presse que nous avons procédé à une arrestation.

— Bien sûr, répondit Riley. Vous ne voulez pas alerter les autres membres de la cellule terroriste ou des sympathisants. Vous espérez les retrouver avant que ça ne fuite dans les médias.

Larson hocha la tête.

— Je n'ai pas envie de vous dire que je vous avais prévenue, poursuivit-elle. Mais vous aviez tort à propos du tueur. C'est bel et bien un terroriste islamiste.

Riley se mordit la langue. Elle ne voulait pas lancer une dispute – du moins, pas encore. Mais elle était certaine qu'un profond désaccord allait bientôt éclater.

Larson changea de sujet :

— Comment se débrouille l'agent Vargas ?

— Très bien, dit Riley. Elle va devenir l'une des meilleures.

— Vous pensez que Shaheed va dénoncer ses complices ?

— J'en suis certaine, dit Riley. Il n'a pas l'air d'avoir beaucoup de volonté. Il travaille peut-être avec des gens plus solides. Mais c'est le maillon faible et il va craquer. Vous devriez pouvoir arrêter toute la cellule dans peu de temps. Laissez l'agent Vargas l'interroger.

Larson dévisagea Riley pendant un long moment. Puis elle dit :

— Ce ne sera pas nécessaire. Votre travail est terminé. Et c'est vrai, cette fois. J'attends de vous que vous rentriez à Quantico dès que possible.

Riley sursauta. Elle dit :

— Avec tout le respect que je vous dois, colonel, je ne suis pas sûre que ce soit très sage.

— Pourquoi ? Nous avons des agents qui peuvent interroger le suspect.

Riley hésita.

— J'en suis certaine, dit-elle. Mais ce serait une erreur pour nous de partir, parce que Shaheed n'est pas le tueur que nous recherchons.

Larson écarquilla les yeux. Riley comprit en voyant ses narines se dilater que le colonel avait du mal à contenir son impatience.

— Ça n'a aucun sens, agent Paige. Il a transformé sa maison en arsenal. Il était évident qu'il préparait une attaque de grande envergure.

— C'est bien ça, dit Riley. Il *préparait* une attaque. Et il doit avoir des complices. Mais il n'a pas tué les trois victimes du sniper. J'en suis certaine.

Larson la dévisagea avec incrédulité. Riley poursuivit :

— C'est un fanatique. Il a des idées extrémistes. Il est plein de haine et de rage. C'est un tueur. Du moins, c'est ce qu'il veut devenir. Mais ce n'est pas un chasseur. Il ne chasse pas des proies. Son profil est complètement différent.

Larson secoua la tête.

— C'est de la psychologie de comptoir, dit-elle.

Riley était dans l'impasse. Elle ne voyait aucun moyen de convaincre Larson. Puis Bill dit :

— Colonel, j'ai l'impression que l'agent Paige a raison. Si vous nous donniez un peu plus de temps…

— Non, le coupa Larson. L'affaire est close.

Les pensées de Riley défilaient à toute allure. Elle demanda :

— Vous avez vérifié l'alibi de Shaheed ? Il prétend qu'il travaillait sur un chantier au moment des meurtres.

— On vérifie, dit Larson. Mais son alibi n'est pas en béton. Son job, c'est de conduire un camion entre deux chantiers pour apporter du matériel. Je doute que quelqu'un sache où il était précisément au moment des tirs.

Riley réfléchit. Elle dit :

— Et la balistique ? Vous avez vérifié que les balles venaient d'une arme en sa possession ?

— Il avait trois fusils de précision M110 dans son arsenal.

— Ça ne répond pas à ma question, dit Riley.

— On vérifiera en temps voulu, dit Larson.

En temps voulu ? pensa Riley.

Elle essaya de ravaler sa frustration.

La voix de Larson commençait à trembler de colère.

— Agent Paige, je commence à croire que c'est une affaire personnelle. Vous avez quelque chose contre moi ?

Riley resta bouche bée.

— Une affaire personnelle ? Non. J'essaye juste de faire mon travail.

Larson se leva.

— Eh bien, vous l'avez fait. Et je vous ai félicités. Maintenant, si vous n'y voyez pas d'inconvénient, vous feriez mieux de partir. Vous nous avez beaucoup aidés et je vous en remercie. Mais mon équipe s'occupe du reste. Dites à l'agent Vargas de nous laisser interroger le suspect.

Riley se tourna vers Bill. L'expression sur le visage de son partenaire lui dit qu'il n'y avait rien à faire. Elle comprit qu'il avait raison.

Ils quittèrent le bureau du colonel Larson et retournèrent chercher Lucy dans la salle d'interrogation.

*

Une heure plus tard, Riley et ses collègues étaient de retour dans leur cottage près de la plage. Ils faisaient leurs valises. Lucy était prête à partir. Sur la terrasse, elle regardait une dernière fois l'océan. Bill chargeait les bagages dans la voiture.

Au moment où Riley terminait de boucler son sac, elle reçut un appel de Brent Meredith.

— Le colonel Larson dit que vous avez terminé, dit-il. Félicitations. Mais j'ai l'impression qu'elle n'est pas fâchée de vous voir partir. Vous avez eu des problèmes avec elle ?

Riley soupira.

— Agent Meredith, je crois que le colonel Larson commet une terrible erreur. Quelque chose me dit qu'Omar Shaheed n'est pas notre tueur. C'est un aspirant terroriste et il a sûrement des complices, mais ce n'est pas un sniper.

Un silence passa. Riley poursuivit :

— Je sais que le colonel Larson a beaucoup de pression. La base grouille de journalistes. Ça leur fait une très mauvaise publicité. Elle veut pouvoir dire à tout le monde que c'est terminé.

Mais j'ai de sérieux doutes.

Un autre silence passa. Enfin, Meredith dit :

— Agent Paige, vous savez que je respecte votre instinct. Si c'était à moi de décider, je vous dirais de rester. Mais ce n'est pas moi qui décide. Le colonel Larson a demandé l'aide de l'UAC et vous êtes là sur son invitation. C'est elle qui a le dernier mot.

Riley ravala un grognement.

— Je comprends, monsieur, dit-elle.

— Je veux vous voir dans mon bureau demain matin, à la première heure, dit Meredith.

— On y sera, monsieur, dit Riley.

Elle raccrocha et poussa un soupir résigné. Elle retournerait à Quantico comme on le lui ordonnait. Mais elle ne croyait pas une seconde que l'affaire était terminée. Elle pensait qu'un inconnu était toujours là, à l'affût – un tireur d'élite qui suivait déjà un autre soldat.

CHAPITRE VINGT-DEUX

Le lendemain matin, Riley se leva tôt pour débriefer l'affaire à Quantico. C'était samedi et les filles faisaient la grasse matinée, mais elles avaient été ravies de voir revenir leur mère, la nuit dernière. En fait, la maison paraissait très paisible après les disputes à Fort Mowat.

En arrivant à l'UAC, Riley ne pensait plus qu'au sniper qui pouvait à tout moment frapper à nouveau en Californie. Mais alors qu'elle marchait vers le bureau de Meredith, elle croisa l'agent Jennifer Roston dans le couloir.

La jeune femme dit :

— Agent Paige, puis-je vous parler un moment ?

— J'ai rendez-vous avec Meredith, dit Riley en baissant les yeux vers sa montre.

— Je comprends. Ça ne prendra qu'une minute.

— D'accord, dit Riley.

Alors que les deux femmes commençaient à discuter dans le couloir, Riley remarqua une fois encore qu'en dépit de sa petite stature, par sa posture, Roston respirait l'assurance et la compétence. En ce moment même, elle avait un regard particulièrement inquisiteur.

Roston dit :

— Vous savez que je travaille sur Shane Hatcher.

Riley hocha la tête, mal à l'aise. Elle avait un mauvais pressentiment.

Roston dit :

— Vous m'avez donné accès à tous vos dossiers sur Shane Hatcher et je vous en remercie.

Elle se tut, puis ajouta :

— Mais il y a un dossier qui manque. Il était dans la liste, mais je ne le trouve nulle part. C'est un dossier qui s'intitule « IDEES ».

Riley tenta de dissimuler sa terreur.

J'aurais dû m'y attendre, pensa-t-elle.

Un agent brillant comme Roston allait forcément remarquer qu'un dossier avait été supprimé. Il était normal qu'elle pose des questions.

— Oh celui-là, dit Riley. C'étaient juste des notes que je prenais de temps en temps.

Roston plissa les yeux d'un air curieux.

— Mais pourquoi l'avez-vous supprimé ? demanda-t-elle.

Les pensées de Riley défilèrent à toute allure.

— Il y avait beaucoup de redite, dit-elle. J'ai copié toutes les infos utiles dans les autres dossiers que je vous ai donnés. Et c'était tellement brouillon que c'était incompréhensible.

Roston avait l'air sceptique à présent.

— Vous avez une sauvegarde ? demanda-t-elle.

— Non, dit Riley.

Son ventre se noua quand elle prononça ce mensonge supplémentaire. Elle avait gardé une copie de ce dossier sur une clé USB à la maison.

Riley savait qu'un technicien pouvait encore récupérer le dossier supprimé, s'il n'avait pas été écrasé. Elle ne voulait pas éveiller les soupçons de Roston et la pousser à demander l'aide de quelqu'un d'autre.

— D'accord, dit Roston. J'aurais juste aimé qu'il y ait plus d'informations, surtout sur ses ressources financières. Je ne comprends pas qu'il puisse vivre en cavale. Il doit avoir des ressources considérables et des complices dévoués. Mais je finirai bien par tout découvrir.

Riley ne put s'empêcher de sursauter en entendant les mots « complices dévoués ».

Etait-ce ce qu'elle était devenue ? La complice dévouée de Hatcher ?

Elle espéra que Roston n'avait pas remarqué sa réaction.

Roston sourit et dit :

— Mais je ne vous retiens pas plus longtemps. Bon travail à Fort Mowat, au fait. Félicitations.

— Merci, dit Riley.

Elle ne pensait pas que les félicitations étaient de rigueur, mais elle ne voulait pas discuter de ses doutes avec Roston.

Riley ajouta :

— N'hésitez pas à me contacter si je peux vous aider.

— Bien sûr, dit Roston.

Roston partit de son côté et Riley se dirigea vers le bureau de Meredith.

En arrivant, elle constata que Bill et Lucy étaient déjà là. Elle s'assit à côté d'eux devant le bureau de Meredith. Elle sentit que Meredith l'avait attendue pour commencer la discussion. Elle fut soulagée de voir qu'ils avaient tous l'air détendu. Elle était assez stressée pour la journée.

Meredith s'assit en silence et les regarda tour à tour.

Enfin, il dit à Bill et Lucy :

— Je sais que l'agent Paige a des doutes sur l'affaire de Fort Mowat. Qu'en pensez-vous ?

Bill et Lucy échangèrent un regard. Puis Lucy dit :

— J'ai interrogé Shaheed. C'est un aspirant terroriste. Plein de colère et de ressentiment et d'une idéologie violente. Mais…

Lucy se tut.

— Mais quoi ? demanda Meredith.

— Mais je ne pense pas que ce soit notre sniper.

Meredith frotta ses mains l'une contre l'autre et réfléchit pendant un instant.

— Et vous, agent Jeffreys ? demanda-t-il.

Bill secoua la tête.

— Je ne pense pas non plus que ce soit notre tueur. Shaheed préparait une attaque de grande envergure et il doit avoir des complices. Notre tueur est tout seul. Il choisit ses proies l'une après l'autre. Et c'est une affaire personnelle.

Meredith se pencha vers eux. Il dit :

— J'ai discuté au téléphone avec le colonel Larson. Elle dit que pendant la nuit, Shaheed a craqué. Il a donné ses complices. La Division des affaires criminelles les a arrêtés pendant la nuit. Ça prendra peut-être du temps avant que Larson et son équipe ne sachent exactement quel genre d'attaque ils préparaient. Peu importe ce que c'était : ça n'arrivera pas. Grace à vous trois, des vies ont été sauvées.

Riley prit soudain la parole :

— C'est surtout à l'agent Vargas qu'on le doit. Si elle n'avait pas été assez rapide, Shaheed se serait enfui. On serait encore en train de le chercher.

Bill ajouta :

— Et le reste de la cellule terroriste se serait volatilisé.

Meredith hocha la tête.

— Bon travail, Vargas, dit-il.

L'agent Vargas laissa échapper un timide « merci ». Riley était certaine que Lucy s'en voulait toujours d'être restée pétrifiée devant Shaheed. C'était une importante leçon qui lui sauverait peut-être la vie la prochaine fois.

Meredith s'adressa à Riley.

— Je suppose que je n'ai pas besoin de vous dire que le colonel Larson s'est plaint de votre attitude.

Riley avala sa salive. Mais il n'y avait rien d'inhabituel à ce que Meredith reçoive des plaintes à son sujet.

— Je ne suis pas surprise, monsieur, dit-elle.

— Qu'avez-vous pensé du colonel ?

Riley réfléchit.

— Nos divergences mises à part, je n'ai que du respect pour elle. Elle gère de façon remarquable le bureau de la Division des affaires criminelles à Fort Mowat. J'aurais préféré qu'on s'entende mieux.

— J'aurais préféré également, dit Meredith. Mais ce n'est pas notre travail de contenter tout le monde.

Il regarda les trois agents et ajouta.

— Cela m'inquiète que vous ayez tous les trois des doutes. Et j'espère que le colonel Larson ne regrettera pas de ne pas vous avoir écoutés. Mais c'était son choix de vous retirer l'affaire. Je ne suis pas en position de la contredire.

Un silence passa. Puis Meredith dit :

— Vous avez fait du très bon travail. Nous n'avons pas d'affaire en attente. Prenez le temps de vous reposer. C'est un ordre.

Riley et ses collègues se levèrent et quittèrent le bureau.

Sam Flores était debout juste derrière la porte de Meredith. Il était évident qu'il attendait Lucy.

Flores dit :

— Ça te dit de boire un café, Lucita ?

Lucy lui adressa un grand sourire.

— Avec plaisir, Sammy.

Tout en les regardant s'éloigner ensemble, Riley se rendit compte qu'elle souriait. Elle jeta un coup d'œil à Bill.

— Ah, la jeunesse…, dit-il en souriant. On se voit un de ces quatre.

Riley hocha la tête et ils se séparèrent pour rejoindre leurs véhicules respectifs.

Alors qu'elle rentrait chez elle, Riley pensa à ce que lui avait dit Meredith.

« Prenez le temps de vous reposer. C'est un ordre. »

Elle était bien décidée à lui obéir. Elle adorerait passer du temps avec les filles.

Mais une image troublante ne cessait d'apparaitre dans son esprit. Celle d'un tueur sans visage en train d'assembler avec passion son fusil M110.

CHAPITRE VINGT-TROIS

Le temps de rentrer à la maison, Riley avait presque réussi à chasser de son esprit l'agent qui posait trop de questions et le sniper qui préparait un autre meurtre. Elle s'était convaincue qu'April et Jilly allaient pouvoir lui changer les idées. Mais quand elle arriva chez elle, Gabriela lui dit que Jilly était à un entrainement de volleyball et qu'April était avec Liam. Puis Gabriela descendit dans son propre appartement en chantant un air joyeux.

Riley s'assit dans le salon et regarda autour d'elle. C'était un samedi ordinaire – une belle journée de printemps – et visiblement tout le monde avait quelque chose à faire, sauf elle.

Maintenant, elle ne pouvait plus s'empêcher de penser à ce qu'elle avait dit à l'agent Roston à propos du dossier manquant…

« Il y avait beaucoup de redite. »

Elle n'aimait pas mentir à Roston comme ça. Mais ses liens avec Hatcher lui imposaient de le faire encore et encore – souvent à des personnes qui avaient toutes les raisons de lui faire confiance.

Riley se demanda…

Est-ce que Roston m'a crue ?

Riley se souvint du regard intense de la jeune femme.

Même si Roston était nouvelle à l'UAC, elle avait déjà une réputation d'agent tenace et perspicace. En temps normal, Riley l'aurait admirée pour toutes ces qualités.

Mais c'étaient justement ces nombreuses qualités qu'elle redoutait aujourd'hui. Et qui lui faisaient honte.

Comment avait-elle pu laisser Hatcher avoir une telle emprise sur elle ?

Et qu'allait-elle faire pour s'en débarrasser ?

Elle frémit en pensant à la colère de Hatcher la dernière fois qu'ils avaient discuté.

« Vous avez intérêt à ne plus laisser monter personne. »

Plus Riley y réfléchissait, plus la situation paraissait bizarre. Un évadé de prison vivait dans le chalet que Riley avait hérité de son père et il était en danger à cause d'un agent immobilier trop enthousiaste qui avait très envie de le vendre. Riley avait renvoyé Shirley et ça aurait dû être terminé. Mais pourquoi était-elle retournée au chalet pour le faire visiter à des éventuels acheteurs alors que Riley lui avait dit de le retirer du marché ?

Qu'est-ce qui ne tournait pas rond chez cette femme ?

Elle réalisa qu'elle ne connaissait pas très bien Shirley. Riley l'avait embauchée pour vendre le chalet de son père pour des raisons pratiques. Le bureau de Shirley n'était pas très loin du chalet et ça semblait un bon choix à l'époque. Quand elles avaient parlé au téléphone, Shirley lui avait donné l'impression de bien connaître les propriétés dans la région. En fait, Shirley lui avait donné l'impression d'être un agent immobilier tout-à-fait ordinaire.

Mais Riley n'avait fait aucune recherche sur Shirley avant de l'embaucher. Maintenant, sa curiosité la poussait à vérifier.

Elle monta dans sa chambre et fit une recherche Internet sur Shirley Redding.

Elle prit peur devant les résultats.

C'était une longue de plaintes à l'encontre de Shirley de la part de vendeurs et d'acheteurs abasourdis.

Certains disaient qu'elle était beaucoup trop agressive et qu'elle ne savait pas quand s'arrêter.

D'autres se demandaient si elle était très stable émotionnellement.

La gorge de Riley se serra.

J'aurais dû vérifier, pensa-t-elle. *Je n'aurais jamais dû l'embaucher.*

Jusqu'à cet instant, Riley avait espéré qu'en envoyant un sms à Shirley pour la renvoyer, elle s'en débarrasserait.

Elle n'en était plus certaine.

Riley composa le numéro de l'agent immobilier. Elle tomba encore une fois sur un répondeur, mais le message automatique avait changé. Shirley Redding était en vacances et ne serait pas disponible avant deux semaines.

Riley poussa un soupir de soulagement. Au moins, l'agent immobilier ne serait pas là pendant un long moment.

Elle s'imagina brièvement monter au chalet aujourd'hui pour dire à Hatcher que leur marché était terminé et qu'il devait quitter le chalet.

Ou peut-être qu'elle allait simplement l'arrêter.

Riley soupira. C'était irréaliste.

Si elle n'arrivait plus à se débarrasser de Hatcher, elle pourrait encore moins le trainer devant la justice. Son destin était maintenant intimement lié au sien.

Riley se leva et se mit à faire les cent pas pour se calmer les nerfs. Mais d'autres pensées l'assaillirent. L'affaire de Fort Mowat la troublait toujours. Son instinct lui disait qu'il y avait un sniper dans la nature et qu'il allait frapper à nouveau.

Même si elle avait raison, que pouvait-elle y faire ?

Absolument rien.

Alors pourquoi était-ce devenu une obsession ?

C'est ridicule, pensa Riley.

Elle attendait une nouvelle affaire. Elle aurait dû en profiter pour se reposer et s'amuser. Il était temps de reprendre une activité normale.

Il était temps de sortir de cette maison.

Elle se rendit compte qu'en fait, il était l'heure de déjeuner et qu'elle avait faim. C'était le moment pour passer au Blaine's Grill.

Elle se rappela qu'April lui avait dit au téléphone que Blaine se demandait quand elle rentrerait de Fort Mowat. Riley lui avait promis de leur dire dès qu'elle le saurait. Etant donné les circonstances de son retour, elle n'avait pas pensé à prévenir Blaine qu'elle rentrait à la maison.

Blaine devait être en train de travailler au restaurant. Pourquoi ne pas lui faire une surprise ? Riley partit de chez elle et monta dans sa voiture. Elle se gara devant le Blaine's Grill.

Le restaurant était bondé. Une file de personnes attendaient une table. Riley n'aurait pas dû être surprise : après tout, c'était samedi midi.

Pas le meilleur moment, pensa-t-elle.

Elle décida de revenir quand il y aurait moins de monde. Elle tournait les talons quand une voix appela son nom.

C'était Wesley, un jeune homme qui s'occupait de l'accueil des clients.

— Ça fait plaisir de vous voir, Riley, dit-il en marchant vers elle en souriant. Vous voulez une table ?

Riley regarda autour d'elle et dit :

— Vous avez l'air d'être déjà très occupés.

Wesley lui adressa un clin d'œil et lui parla à voix basse pour que les autres clients n'entendent pas.

— Ne vous inquiétez pas. On vient de libérer une table. Je peux vous faire rentrer.

Alors qu'il lui faisait remonter la file d'attente, Wesley dit d'une voix forte :

— Vous avez eu raison de réserver.

En la conduisant à une jolie petite table, il ajouta :

— C'est vrai que vous avez une réservation permanente ici.

— Blaine est ici ? demanda Riley en s'asseyant.

Wesley regarda autour de lui.

— Il doit être quelque part. Je vais le trouver et lui dire que vous êtes là.

Riley commença à feuilleter le menu. Quand elle décida de commander une salade du chef, elle leva les yeux, à la recherche d'un serveur. Elle aperçut Blaine de l'autre côté de la pièce. Il revenait de la terrasse avec une très belle femme à son bras.

Riley ne la reconnut pas, mais elle ressentit aussitôt une pointe de jalousie.

Blaine et la femme marchèrent vers le bar et commandèrent des boissons, visiblement très proches. Wesley s'approcha de Blaine et lui parla. Blaine leva les yeux et repéra Riley. Pendant une seconde, il fit mine de la rejoindre. Puis la femme le tira par le bras et lui murmura quelque chose à l'oreille.

Pendant que Blaine et la femme discutaient encore quelques minutes, Riley regretta d'être venue. Elle pensait que ce serait drôle d'arriver sans prévenir, mais ça devenait gênant maintenant.

Enfin, Blaine laissa sa compagne et se dirigea vers la table et Riley.

Alors qu'il s'approchait, la gêne de Riley se changea en colère.

Ce n'est qu'un autre Ryan, pensa-t-elle.

Elle se leva de table et quitta vivement le restaurant, sans même prendre le temps de regarder si Blaine était étonné, soulagé ou agacé.

Quand elle atteignit sa voiture dans le parking, il la rattrapa.

— Riley, qu'est-ce qui se passe ? demanda Blaine.

— Rien, répondit Riley d'un ton raide. Tu avais simplement l'air… occupé.

Blaine parut ne pas comprendre. Puis il dit :

— Attends un peu. C'est à cause de Laura ?

— C'est son nom ? demanda Riley.

Maintenant qu'elle l'observait, elle pensa qu'il avait l'air embarrassé.

Blaine étouffa un rire gêné.

— Allez, Riley. Ne me dis pas que tu es jalouse. Laura et moi, nous sommes amis depuis la fac. Elle vit dans le New Jersey, alors on ne se voit pas souvent. Elle n'est en ville que pour une journée.

— Alors tu ferais mieux de passer du temps avec elle, dit Riley.

L'expression incrédule de Blaine lui rappela Ryan de façon presque gênante. C'était l'air qu'il prenait toujours quand il s'apprêtait à se trouver des excuses. Ce petit air surpris et innocent qui disait : « Tu ne penses tout de même pas que… »

— Je ne t'ignorais pas, dit Blaine. Je ne savais même pas que tu étais en ville. C'est Wesley qui m'a dit que tu étais là.

— Je suis certaine que tu avais autre chose en tête.

— Est-ce que je t'ignore maintenant ?

Riley se tourna vers sa voiture, une main sur la poignée de sa portière, dos à Blaine. Elle ne sut que dire. Sa réaction était-elle disproportionnée ? Elle était fatiguée et elle avait beaucoup de soucis. Peut-être qu'elle n'avait plus les idées claires.

Blaine dit :

— Ecoute, ce qui se passe avec Laura… Ce n'est pas un rendez-vous. Juste deux amis qui discutent.

Au bout d'un silence, il ajouta :

— Mais si c'était un rendez-vous ? Riley, je ne sais même pas où on en est, tous les deux. Je veux dire… Tu n'es jamais disponible et tu es partie quelques jours et je n'ai pas eu de nouvelles…

Riley siffla :

— Tu aurais pu m'envoyer un message ou m'appeler, tu sais.

Elle rougit. Elle aurait préféré ne pas dire ça.

Je me comporte comme une adolescente, pensa-t-elle.

Blaine prit une grande inspiration et baissa les yeux. Il dit :

— Et puis, je n'ai pas le droit de sortir avec une femme ? On n'a jamais parlé de ça. On ne s'est jamais promis que c'était exclusif.

Riley le fixa du regard. Ces mots la touchaient en plein cœur.

Ryan lui avait dit exactement la même chose avant de la quitter pour la dernière fois.

— Je ne savais pas qu'on avait besoin d'en discuter, dit Riley à voix basse. Je pensais…

Elle se tut. Ce qu'elle voulait lui dire, c'était qu'elle pensait qu'il y avait quelque chose de spécial entre eux. Elle avait toujours senti une attirance les pousser l'un vers l'autre. Elle avait cru qu'une histoire d'amour était en train de naitre. Tout le reste semblait insignifiant.

Mais peut-être qu'elle avait tort. S'il ne ressentait pas la même chose, elle avait sûrement tort.

Après tout, en ce moment même, il ne prenait pas leur relation très au sérieux.

Elle tenait toujours la poignée de la voiture.

Blaine dit :

— Ecoute, peut-être que c'est le moment de discuter de tout ça. Reviens. On va s'asseoir et en parler.

Riley hésita. Mais avant qu'elle n'ait eu le temps de se décider, son téléphone vibra. C'était un message d'April.

J'ai besoin de ton aide. Tout de suite. C'est Liam.

Le cœur de Riley remonta dans sa gorge. Elle savait qu'April ne lui aurait jamais envoyé un message comme celui-là à moins d'être en grand danger.

Elle ouvrit la portière et monta dans sa voiture.

— Je dois y aller, dit-elle à Blaine.

— Attends un peu. On ne va pas en parler ?

— Pas maintenant, dit-elle en refermant la portière.

Alors qu'elle démarrait la voiture, Blaine la fixait d'un regard abasourdi et incrédule. Puis il tourna les talons et s'éloigna.

Mais Riley avait autre chose en tête. Elle composa le numéro d'April sur son téléphone

CHAPITRE VINGT-QUATRE

Quand April répondit au téléphone, Riley comprit aussitôt que sa fille paniquait.

— Maman, je suis chez Liam. Il faut que tu viennes tout de suite.

— Qu'est-ce qui se passe ? demanda Riley.

— Viens vite, c'est tout, s'il te plait.

A présent, Riley entendait des bruits de fond, notamment des cris. Riley ne savait pas ce qui se passait, mais elle savait qu'elle devait se dépêcher.

— J'appelle la police ? demanda Riley.

— Non, s'il te plait, ne fais pas ça. Viens, c'est tout.

— Où habite Liam ?

April lui donna l'adressa. Avant que Riley n'ait eu le temps de poser d'autres questions, April raccrocha abruptement.

Riley sortit du parking. Heureusement, l'adresse n'était pas très loin. Alors qu'elle conduisait, elle sentit son inquiétude monter – tout comme sa colère.

Elle avait placé tant d'espoirs en Liam quand elle l'avait rencontré. Il avait l'air d'être un gamin tellement gentil et une bonne influence sur April. Mais ce n'était encore qu'un mauvais choix d'April.

Riley ne se rappelait que trop bien le dernier petit ami d'April, Joel Lambert. Quand April avait disparu, Riley l'avait retrouvée avec Joel dans un squat – une maison abandonnée occupée par des héroïnomanes. Joel avait piqué April à l'héroïne et il était sur le point de vendre son corps quand Riley était arrivée.

Riley frémit en pensant à April allongée, impuissante, sur un matelas, en train de murmurer « non, non, non », encore et encore, pendant que Joel essayait de la déshabiller.

Riley se souvenait aussi de sa propre fureur. Elle avait frappé Joel et lui avait cassé les os de la main d'un coup de batte de baseball, avant de les écraser sous son pied jusqu'à ce qu'il la supplie…

Ce souvenir l'horrifiait. April avait eu besoin de plusieurs semaines de désintoxication pour surmonter le traumatisme de cette terrible expérience.

Et maintenant, ça recommençait ?

Et si ça recommençait…

La dernière fois, Riley avait fait appel à tout son self-control pour ne pas tuer Joel Lambert.

Elle n'était pas sûre de pouvoir recommencer.

Quand elle se gara à l'adresse indiquée, elle vit que c'était une maison agréable, mais pas très bien tenue, dans un quartier de classe moyenne. Riley poussa un hoquet de soulagement en apercevant April debout à l'entrée. Sa fille n'avait pas l'air blessé, mais ses yeux étaient écarquillés.

Riley sortit de la voiture et courut vers elle. April s'écria :

— Maman ! Enfin ! Tu arrives juste à temps. Riley poussa April et entra dans la maison.

Elle tomba sur Liam, recroquevillé par terre. Il avait un hématome sur la figure.

Un homme grand et fort le dominait de toute sa taille. Il avait les poings serrés. Riley remarqua aussitôt la ressemblance. Ce devait être le père de Liam. Son visage était rouge et déformé par la colère et Riley sentait d'ici les vapeurs d'alcool dans son haleine.

Riley commençait à comprendre. Ce n'était pas April qui était en danger. C'était Liam.

L'homme toisa Riley.

— Vous êtes qui, bordel ? grogna-t-il.

— Je suis la mère d'April, dit Riley.

L'homme remarqua April qui se tenait dans l'entrée.

— Toi ! T'es toujours là ? hurla-t-il. Je t'ai dit de dégager, salope ! Ça ne te regarde pas !

Riley se tourna vers April.

— Il t'a fait du mal ? demanda Riley.

En tremblant de tout son corps, April secoua la tête.

— Il a juste essayé de me mettre à la porte, dit-elle. Mais il a frappé Liam deux fois et il lui a donné des coups de pied. Je lui ai dit que j'allais appeler de l'aide.

L'homme gronda :

— Prenez votre gamine et dégagez.

Il marcha vers Riley, l'attrapa par le bras et essaya de la pousser vers la porte. Riley se dégagea facilement. Fou de rage, le père de Liam leva sa main ouverte pour gifler Riley. Riley lui attrapa le poignet, arrêtant le coup.

La force de Riley parut surprendre l'homme.

Sans lâcher son poignet qu'elle tenait dans sa main gauche, Riley le frappa d'un coup de poing à la mâchoire. Puis elle le lâcha. Il tituba et tomba à la renverse.

Les doigts de Riley lui faisaient mal. La douleur attisa sa colère.

Elle pensa à la manière dont elle avait pulvérisé le psychopathe qui les avait retenues prisonnières, elle et April. L'homme les avait torturées et Riley avait réglé le problème une bonne fois pour toutes.

Elle pensa à ce qu'elle avait ressenti en faisant exploser son crâne avec une pierre. Si seulement elle avait une pierre aujourd'hui…

Mais ses poings lui suffiraient.

La rage prit le contrôle de Riley. Elle se jeta sur l'homme qui était à terre, plié en deux, et le frappa au visage avec son poing.

Elle entendit April hurler…

— Maman ! Arrête ! C'est bon !

En entendant la voix de sa fille, Riley se calma.

L'homme la regardait avec horreur. Du sang dégoulinait sur son visage.

Riley savait que si elle ne s'était pas arrêtée, elle l'aurait probablement tué.

Riley se releva, choquée par son propre geste. L'homme se leva sur des jambes flageolantes. En gémissant et en grognant, il tituba vers la porte d'entrée et s'en alla.

Riley le suivit. Elle vit qu'il s'éloignait sur le trottoir.

Puis elle se retourna. April était en train d'aider Liam à se lever, puis à s'asseoir.

— Pourquoi tu n'as pas appelé la police ? demanda Riley à April.

— Non, dit April. Liam ne voulait pas. Je t'ai appelée à la place.

— C'est bon maintenant, dit Liam en touchant son visage tuméfié.

— Ce n'est pas bon ! s'exclama Riley.

Elle ressentait une colère différente à présent – de la colère envers Liam et April qui n'avaient pas appelé la police.

— Je suis désolé que vous ayez vu papa comme ça, dit Liam en pleurant. Ça faisait longtemps qu'il n'avait pas bu comme ça. Il ne va pas bien depuis que ma mère est partie, mais il allait mieux. Il n'avait pas bu depuis des années. Maintenant, ça recommence. Mais il va s'en sortir. J'en suis sûr.

Riley s'accroupit devant Liam.

— Liam, écoute-moi. Tu dois faire quelque chose. Tu dois

appeler les services de protection de l'enfance. Ton père est dangereux.

Sans cesse de pleurer, Liam secoua la tête.

— Mais non. Il va revenir à la maison et il va aller dormir. Je vais lui parler quand il se réveillera. Il m'écoutera. Je suis sûr qu'il ne recommencera pas.

Le cœur de Riley se serra. Le déni de Liam était typique des victimes de violence domestique. Et elle savait d'expérience qu'il serait difficile de l'obliger à voir la réalité en face.

Il ne mérite pas ça, pensa-t-elle.

Riley le connaissait à peine, mais elle l'aimait déjà. Elle avait toujours pensé qu'elle aurait aimé avoir un fils, un frère pour April. La vie en avait voulu autrement. Mas Liam était exactement le genre de garçon qu'elle aurait aimé élever.

Liam n'avait pas été gâté question famille. Riley ne savait pas pourquoi la mère de Liam avait quitté son père. Elle avait peut-être une excellente raison. Mais son départ avait réveillé tous les mauvais côtés de son père. Maintenant, la situation de Liam était désespérée.

April tira sur le bras de Riley. Riley se tourna vers elle pour entendre ce qu'elle voulait lui dire.

— On peut emmener Liam à la maison, murmura April entre ses larmes. Il n'est pas en sécurité ici.

Pendant quelques secondes, Riley fut prête à accepter Mais elle savait que ce n'était pas une décision à prendre à la légère.

Elle se retourna vers Liam et dit :

— Je vais appeler les services de protection de l'enfance.

— Non ! s'exclama Liam. Non, pas ça, s'il vous plait ! Il faut que vous nous laissiez une chance, à moi et mon père.

Riley s'agenouilla à côté de lui.

— Il faut que tu le fasses, Liam. Il le faut.

Liam secoua la tête d'un air misérable.

— Penses-y, dit Riley. S'il te plait, au moins, penses-y.

Liam hocha la tête.

— On va rester jusqu'à ce que ton père rentre, dit Riley.

— Non, dit Liam. Merci, mais non. Je vais… Papa et moi, on va se débrouiller.

Riley sentit une peine immense l'écraser. Elle ne pouvait absolument rien faire. Elle se leva et fit signe à April de la suivre. Elles montèrent dans la voiture et Riley se mit en route vers la maison.

— On doit faire quelque chose, dit April entre ses larmes.

Riley ressentait la même chose. Mais quelles étaient leurs options ? Elle y réfléchit pendant une minute.

Enfin, elle dit :

— Je vais appeler les services de protection de l'enfance moi-même quand on sera à la maison.

— Maman, non ! dit April.

— Pourquoi pas ?

— Parce que Liam nous a dit de ne pas le faire ! Il ne me pardonnerait… Il ne *nous* pardonnerait jamais. Il se sentirait trahi.

Riley ne répondit pas. Elle ne savait que dire. Elle pensa aux suppliques de Liam : *« Il faut que vous nous laissiez une chance, à moi et mon père. »*

Puis April dit :

— Fais demi-tour, on va chercher Liam. On va le ramener à la maison. Il va vivre avec nous quelques temps.

Cette fois, Riley y réfléchit plus clairement. Etait-ce envisageable ? Cela pouvait-il aider Liam ? Elle ravala un soupir en pensant à tous les problèmes qui s'enchainaient.

Jilly était enfin bien installée dans sa nouvelle vie. Riley avait-elle les ressources – financières et émotionnelles – pour prendre en charge un autre adolescent, dont la vie était déjà un calvaire ?

Et comment réagirait le père de Liam ?

Et puis, April sortait avec ce garçon. Ce n'était pas une bonne idée qu'ils vivent tous les deux sous le même toit.

— On ne peut pas, dit Riley.

— Pourquoi ? demanda April.

— Pour tellement de raisons différentes que je ne les compte plus, dit Riley. Et si tu y réfléchissais toi aussi, tu saurais que c'est vrai.

Un silence tendu s'installa entre elles.

Puis Riley dit :

— Si tu veux vraiment aider Liam, tu dois le convaincre d'appeler les services de protection de l'enfance.

Il y eut un autre silence.

Puis Riley dit une voix dure :

— Tu t'en fiches.

Ces mots heurtèrent Riley comme un coup de couteau.

— Comment tu peux me dire ça ? dit Riley.

— Tu t'en fiches.

Riley était au bord des larmes.

— April, je fais de mon mieux, dit-elle d'une voix étranglée. Je ne peux pas tout régler toute seule. Personne ne peut faire ça.

April croisa les bras et ne répondit pas. Elle se mura dans un silence boudeur pendant le reste du chemin. Quand elles arrivèrent à la maison, April se précipita dans sa chambre et claqua la porte. Riley regarda autour d'elle et ne vit personne. Gabriela devait être dans son appartement et Jilly toujours à son entrainement de volleyball.

Riley s'assit dans le salon avec sa solitude.

Encore ce matin, elle était contente d'avoir des jours de congé, surtout pour passer du temps avec les filles.

Mais ça ne marchait pas très bien pour le moment.

Pourquoi ? se demanda-t-elle.

Elle était certaine qu'April ne lui parlerait pas de la journée. Demain, peut-être. Riley ferait la paix avec elle. Ce serait dimanche et peut-être qu'elles pourraient faire quelque chose en famille – April, Jilly et Gabriela.

Demain, ça ira mieux, se promit-elle.

*

Le lendemain matin, Riley se leva et se prépara du café. Les filles étaient toujours au lit et la maison était calme et silencieuse. Riley sirotait son café en pensant à ce qu'elle pourrait faire avec sa famille aujourd'hui.

April pourrait téléphoner à Liam pour savoir si tout allait bien. Puis elle et les filles iraient quelque part.

Bien sûr, elle pensa immédiatement à manger le déjeuner chez Blaine.

Puis elle se rappela ce qui s'était passé la veille entre elle et Blaine. Ce n'était pas une bonne idée de se pointer au restaurant avant qu'ils n'aient eu le temps de s'expliquer.

Si on peut s'expliquer, pensa Riley. Elle ne pouvait s'empêcher d'être pessimiste.

Avant qu'elle n'ait pu penser à autre chose, son téléphone sonna et elle répondit.

— Agent Paige, c'est Jennifer Roston.

Riley était surprise et mal à l'aise.

— Qu'est-ce que je peux faire pour vous ? demanda-t-elle.

Roston dit :

— J'ai vraiment besoin de vous parler. Tout de suite. Il y a du nouveau concernant Shane Hatcher.

Le cœur de Riley manqua un battement.

— Qu'est-ce qui s'est passé ? demanda-t-elle.

— On ne peut pas en parler au téléphone, dit Roston. J'ai besoin de vous voir. Je peux venir chez vous.

Riley avala sa salive. Elle n'avait pas envie de discuter de Hatcher à la maison, près des filles. Et elle les entendait déjà se réveiller à l'étage.

— Non, je vais venir à Quantico, dit Riley.

— D'accord. Je suis désolée de vous demander ça. Je sais que vous êtes censée être en congé. Mais c'est important. Retrouvez-moi dans la salle de conférence.

— J'y serai dans une demi-heure, dit Riley.

Elles raccrochèrent juste au moment où Gabriela montait les escaliers pour préparer le petit déjeuner. Riley dit :

— Gabriela, je dois sortir un moment. Dites aux filles que je serai bientôt de retour.

Gabriela hocha la tête et Riley quitta la maison.

Qu'est-ce qu'elle veut ? se demanda-t-elle en démarrant la voiture.

Peu importe ce que c'était. Ce n'était sûrement pas une bonne nouvelle.

CHAPITRE VINGT-CINQ

Quand Riley arriva aux locaux de l'UAC, les bureaux étaient anormalement et désagréablement vides. Le FBI ne fermait pas pendant les week-ends, mais il y avait toujours moins de monde que d'habitude. Riley était sûre que Meredith n'était pas là. Bien sûr, Bill n'était pas là non plus.

Elle trouva l'agent spécial Jennifer Roston en train de l'attendre dans la salle de conférence. La pièce paraissait plus grande que d'habitude – bien trop grande pour deux personnes assises autour d'une table immense, à côté d'une douzaine de sièges vides.

Riley se demanda pourquoi Roston avait voulu la retrouver ici. Seuls les agents expérimentés avaient des bureaux privés. Roston ne devait avoir qu'un bureau dans un open space. Mais pourquoi ne pouvaient-elles pas discuter dans le bureau de Riley ?

Riley se demanda si Roston voulait que Riley soit mal à l'aise.

Pendant quelques instants, la jeune femme afro-américaine fixa Riley du regard de l'autre côté de la grande table.

Enfin, Riley demanda :

— Pourquoi étiez-vous si pressée de me voir ?

Roston ne répondit pas à la question de Riley. Au lieu de ça, elle sortit un carnet et un crayon. Elle dit :

— J'ai besoin que vous me disiez tout ce que vous savez sur Shane Hatcher.

Riley essaya de ne pas montrer sa panique.

— Vous avez les dossiers, dit Riley. Je n'ai rien de nouveau.

— J'ai besoin que vous me racontiez toute l'histoire de votre relation.

Riley fronça les sourcils.

— Mais vous devez déjà tout avoir, dit-elle. C'est dans les dossiers.

— J'ai besoin de l'entendre de votre bouche.

Riley détailla du regard le visage de Roston pendant un moment. Elle ne pouvait pas du tout lire son expression. Elle songea que Roston avait tout pour devenir une excellente interrogatrice. En fait, cette rencontre ressemblait de plus en plus à un interrogatoire.

Riley prit la parole d'une voix lente et prudente.

— Comme vous le savez déjà, j'ai rendu visite pour la première fois à Shane Hatcher à Sing Sing en août de l'année dernière, alors que je travaillais sur une affaire dans l'état de New York. Je suis allée le voir sur les conseils de Mike Nevins, un psychologue qui travaille pour le Bureau de temps en temps. Hatcher est un criminologue brillant et autodidacte dont les articles ont été publiés dans des revues professionnelles. Son analyse m'a permis de résoudre l'enquête. Je suis retournée lui demander conseil à Sing Sing sur deux autres affaires.

Le carnet de Roston était toujours sur la table, mais elle ne prenait pas de notes. Elle demanda :

— Pourquoi alliez-vous à Sing Sing pour le voir ?

— Il ne voulait pas me parler au téléphone. Il fallait que je vienne le voir.

— Pourquoi ?

Riley hésita. Comment pouvait-elle définir une énigme comme Shane Hatcher ?

— C'est un homme étrange. Il suit un code de conduite bien particulier, dit-elle. Mais il est brillant et ses analyses sont très précieuses.

— Alors, c'était lui qui dictait les règles quand vous alliez le voir ?

Riley plissa les yeux.

— Je ne suis pas sûre de comprendre, dit-elle. Il était incarcéré à cette époque. J'ai toujours trouvé mes visites à Sing Sing extrêmement productives.

Roston commença à gribouiller des notes sur son carnet. Elle dit :

— Puis, en décembre, il s'est échappé et il a tué un homme à Syracuse, New York. Une vieille connaissance, je crois.

— Un vieil ennemi, corrigea Riley. Ça datait d'il y a des années, quand Hatcher faisait toujours partie d'un gang.

Aux propres oreilles de Riley, c'était une phrase étrange. Ça ne justifiait pas que Hatcher ait tué quelqu'un. Mais c'était ce que Roston avait dû entendre. Et elle le lui fit comprendre par l'expression sur son visage. Roston demanda :

— Vous avez été en contact avec lui depuis son évasion ?

Riley savait qu'elles s'aventuraient sur un terrain dangereux. Elle allait devoir faire attention.

— Il est réapparu en Virginie au mois de janvier, dit Riley. Mais vous le savez déjà, parce que vous avez les dossiers. Vous devez aussi savoir qu'il a sauvé ma fille et mon ex-mari d'un tueur violent.

Riley n'osa pas raconter l'histoire, mais elle frémit en y pensant. Hatcher avait non seulement sauvé la vie d'April et de Ryan, il avait aussi livré le tueur à Riley, attaché et bâillonné – un test pour voir si elle le tuerait par vengeance.

Riley goûtait encore l'amertume de sa propre fureur dans sa bouche. Elle se rappelait combien elle avait voulu arracher le cœur du tueur pour le lui montrer. Mais elle avait résisté à son instinct meurtrier.

C'était également la première fois qu'elle avait délibérément laissé Hatcher s'échapper.

— Un tueur violent, répéta Roston. Plus violent que Hatcher lui-même ?

Riley resta un instant sans voix.

Que pouvait-elle bien dire ?

Elle rassembla ses pensées et dit :

— Je sais parfaitement que Hatcher peut être très violent. C'est moi qui aie trouvé le corps déchiqueté de son vieil ennemi suspendu à des chaînes. Mais c'est un homme complexe, contrairement au psychopathe qui menaçait ma famille. Il a toujours été complexe. J'ai parlé au flic qui l'a arrêté la première fois, il y a des années. Après son évasion, des agents du FBI avaient peur qu'il s'en prenne à elle. Elle a dit qu'il n'en ferait rien et elle avait raison. Il n'a pas essayé de la tuer, parce qu'elle avait empêché un autre flic de le tuer.

Riley hésita, puis ajouta :

— Il suit un code d'honneur très précis.

Roston haussa les sourcils.

— Un code ? Pourriez-vous m'expliquer ?

Riley ne répondit pas. Par où pouvait-elle commencer ? Puis Roston demanda :

— Vous avez l'impression que vous avez une dette envers lui ?

Un frisson parcourut l'échine de Riley. Même elle ne comprenait plus l'imbroglio de dettes qu'elle avait envers Hatcher.

Comme Riley ne répondait pas, Roston insista.

— Vous avez une dette envers Hatcher parce qu'il a sauvé votre famille ?

— Je… Je suis reconnaissante, bafouilla Riley. Mais j'œuvre pour le maintien de l'ordre public. Je n'hésiterais pas à l'arrêter si j'en avais la possibilité.

La panique de Riley ne faisait que croître. Roston voyait-elle que c'était un mensonge ?

Elle aurait pu arrêter Hatcher plusieurs fois.

Du moins, elle aurait pu essayer.

Mais elle n'avait pas essayé.

Roston dit :

— Il parait qu'il a un surnom. « Shane la Chaîne ».

Riley hocha la tête, mal à l'aise.

— C'est vrai, dit-elle. Il se faisait appeler comme ça dans son gang.

Riley ne lui expliqua pas comment il avait reçu ce surnom – parce qu'il avait la réputation de pulvériser ses victimes avec de lourdes chaînes. Roston le savait sûrement déjà.

Maintenant, Riley remarqua que Roston regardait le bracelet en or à son poignet. C'était Hatcher qui le lui avait donné.

J'aurais dû l'enlever, pensa Riley.

Un code gravé sur un des maillons lui permettait de le contacter. Il portait le même pour symboliser leur relation. Pour la première fois, une pensée traversa la tête de Riley. Si Roston parvenait à capturer Hatcher, il porterait probablement ce bracelet.

C'était étrange qu'elle n'y ait pas pensé avant.

Avait-elle un jour envisagé sérieusement la possibilité que Hatcher puisse être capturé ?

Néanmoins, Riley résista à l'envie de cacher son bras sou la table. Cela ne ferait qu'attirer davantage l'attention de Roston.

—Alors vous l'avez vu en Virginie, dit Roston. Quand l'avez-vous vu exactement ?

L'inquiétude de Riley monta en flèche. Certaines de ses interactions avec Hatcher figuraient dans les dossiers que Roston avait lus. D'autres n'étaient connues que de Riley.

Comment allait-elle faire pour ne pas les mélanger ?

Riley réfléchit à toute allure.

Puis elle se rappela.

Elle avait communiqué avec Hatcher plusieurs fois par téléphone et chat vidéo. Mais elle ne l'avait rencontré physiquement que deux fois. Une fois à Seattle quand il l'avait aidée à résoudre une affaire d'empoisonnement. L'autre, c'était quand il l'avait suivie dans le chalet de son père. Aucune de ses deux rencontres ne figuraient dans les dossiers. Elle ne pouvait pas en parler.

— Je ne l'ai jamais vu en personne après ça, dit Riley.

Riley se rendit compte que sa panique se changeait en colère. Pourquoi laissait-elle Roston la traiter comme ça ?

La jeune femme avait un objectif et Riley ne savait toujours pas ce que c'était.

Riley dit :

— Je ne comprends pas ce qui se passe, agent Roson. Vous pourriez peut-être en venir au fait.

Roston lui adressa un sourire hypocrite.

— Détendez-vous, agent Paige. Vous m'aidez beaucoup. Je vous en remercie. C'est une affaire très complexe et j'ai besoin d'avoir tous les détails. J'ai encore quelques petites questions.

Roston continuait de prendre des notes sur son carnet de façon aléatoire. Elle dit :

— Je crois savoir qu'un agent immobilier, Shirley Redding, s'occupe de vendre votre propriété. Le chalet que vous avez hérité de votre père.

Riley sentit son inquiétude remonter.

Où allait Roston avec cette histoire ?

Savait-elle que Hatcher vivait dans le chalet ?

Riley dit :

— J'avais demandé à Shirley de le vendre. Mais j'ai changé d'avis.

— Shirley Redding est-elle déjà montée dans votre chalet ? demanda Roston.

Une fois encore, Riley comprit qu'elle devait bien choisir ses mots.

— Bien sûr, elle a vu la propriété et a estimé sa valeur. Je crois qu'elle l'a aussi montré à des acheteurs potentiels.

— Quand ça ?

— Je n'en suis pas sûre. J'étais en Californie à ce moment-là.

Roston tapa du crayon sur son carnet. Puis elle dit :

— Je crois savoir qu'elle vous a relayé une offre. Pourquoi l'avoir refusée ?

— Je viens de vous le dire, dit Riley. J'ai changé d'avis. Je lui ai demandé d'arrêter de le faire visiter.

Roston esquissa à nouveau son sourire hypocrite.

— C'est bizarre. J'ai vérifié ce matin. C'est encore en vente.

Riley fit de son mieux pour ne pas avoir l'air surpris.

— Il ne devrait plus être en vente, dit-elle. Je vais devoir lui parler.

Un court silence passa.

— Quand avez-vous vu Shirley Redding pour la dernière fois ? demanda Roston.

— Je ne l'ai jamais rencontrée, dit Riley. On communiquait par téléphone ou sms. Mais pourquoi me demandez-vous ça ? Quel rapport avec le dossier Hatcher ?

Le sourire de Roston disparut.

— C'est ce que j'essaye de comprendre, dit-elle. Shirley Redding a été retrouvée morte ce matin.

CHAPITRE VINGT-SIX

Le choc frappa Riley de plein fouet. Elle n'en croyait pas ses oreilles.

— Qu'est-ce que vous venez de dire ? demanda-t-elle.

Roston fixa Riley de son regard intense.

— J'ai dit que Shirley Redding avait été retrouvée morte ce matin.

Riley resta bouche bée, abasourdie de longues minutes. L'agent immobilier ? morte ?

Enfin, Roston demanda :

— Vous voulez savoir où ça s'est passé ?

Riley fit de son mieux pour garder sa respiration sous contrôle. Elle dit :

— Etant donné votre attitude, j'imagine que c'était sur ma propriété.

— Oui, en effet.

Riley ne comprenait pas ce qui avait pu se passer. D'instinct, elle sut que ça devait être l'œuvre de Shane Hatcher. L'agent immobilier avait dû remonter voir le chalet. Peut-être qu'elle l'avait pris par surprise. Ou peut-être qu'il avait refusé de se cacher, comme il avait menacé de le faire.

Mais elle n'osait pas le dire.

— Pourquoi ne m'a-t-on pas prévenue ? demanda Riley.

— C'est pour ça que je vous ai appelée ce matin, dit Roston. C'est pour ça que vous êtes là.

La colère de Riley monta. Roston la manipulait depuis le début de cette conversation. Riley bafouilla :

— Pourquoi… Pourquoi vous ne me l'avez pas dit tout de suite ?

— Je voulais en apprendre le plus possible, dit Roston d'une voix plate.

— Pourquoi ? demanda Riley. Vous me soupçonnez de meurtre ?

Roston ne répondit pas.

Non, pensa Riley. *Ce n'est pas moi qu'elle soupçonne.*

Riley savait que Jennifer Roston soupçonnait aussi Shane Hatcher. Mais elle ne voulait pas encore le dire. Riley n'avait dit à personne que Hatcher connaissait l'existence du chalet. Mais Roston avait rassemblé les petits morceaux du puzzle et, par ses réponses évasives, Riley lui avait permis de compléter une partie du tableau. Maintenant, Roston était dangereusement près de relier tous les points.

— Comment est-ce arrivé ? demanda Riley.

Roston se pencha vers elle par-dessus la table. Elle dit :

— Shirley Redding devait retrouver un acheteur potentiel au chalet tôt ce matin. Quand l'acheteur est arrivé, il a vu sa voiture, mais pas Redding. En se promenant, il a fini par apercevoir son corps tombé dans une ravine rocheuse, non loin du chalet. Il a appelé le shérif qui nous a appelés.

Un silence passa entre Riley et le jeune agent.

Puis Roston dit :

— Je dois envisager l'hypothèse du meurtre. J'ai besoin que vous me disiez tout ce qui pourrait m'aider à résoudre cette affaire.

Riley avait l'impression d'être au bord de l'explosion sous l'effet d'émotions très fortes – l'anxiété, la peur et la honte.

Mais l'émotion la plus présente, c'était la colère.

— Je n'ai rien à vous dire, dit Riley entre ses dents.

—Vous en êtes sûre ? demanda Roston.

Riley se leva.

— Arrêtez de jouer avec moi, agent Roston, dit-elle. A partir de maintenant, j'attends que vous soyez directe. Fini les manipulations. Vous voulez me poser des questions ? Des questions bien précises ? Si c'est le cas, allez-y.

Roston la fixa du regard un long moment. Puis elle dit :

— Qui a assassiné Shirley Redding ?

Riley se retint de lui dire la vérité.

— Je ne sais pas, dit-elle. Je ne sais même pas si elle a été assassinée. Et vous non plus. Vous avez d'autres questions ?

Roston la fixa sans rien dire.

— Dans ce cas…, dit Riley.

Riley tourna les talons et sortit de la salle. Elle se dirigea vers la sortie, en faisant de son mieux pour se calmer les nerfs. Elle savait où elle devait aller.

*

Il fallait trois heures et demie de voiture depuis Quantico pour aller au chalet que Riley avait hérité de son père. Le trajet vers les Appalaches lui donna le temps de réfléchir et de reprendre le contrôle de ses émotions.

Une question tournait en boucle dans sa tête.

Que savait réellement Roston ? Savait-elle que Shane Hatcher vivait dans le chalet ?

Riley ne voyait pas comment.

Néanmoins, l'instinct du jeune agent lui disait que Shirley Redding n'était pas morte de façon accidentelle. Et si c'était un meurtre, cela signifiait qu'il y avait un tueur dans le chalet. Les soupçons de Roston l'avait conduit à penser à Hatcher.

Elle a un très bon instinct, pensa Riley avec appréhension. *Elle va devenir une des meilleures à l'UAC.*

Riley espérait quand même qu'elle avait tort – que la mort de Shirley était un accident pur et simple. Malgré sa colère, Riley n'arrivait pas à en vouloir à Roston. La jeune femme faisait exactement ce que Riley elle-même aurait fait dans des circonstances similaires.

Riley soupira. Si seulement elle pouvait simplement admirer Roston pour son travail.

Elle aurait également voulu quitter la salle de conférence moins abruptement. Il y avait encore des choses qu'elle ne comprenait pas. Avec le recul, elle pensait qu'elle aurait dû poser quelques questions, elle aussi.

Elle pensa à ce que Roston lui avait dit.

« Je dois envisager l'hypothèse du meurtre. »

Riley se demanda si elle avait de véritables raisons d'envisager cette hypothèse. Roston était-elle la seule à penser ça ?

Et la police ? Le shérif avait appelé le FBI pour leur annoncer la mort de Shirley Redding. Pourquoi avait-il jugé nécessaire de le faire ?

Même si le shérif pensait que c'était un meurtre, n'était-il pas étrange d'appeler immédiatement le FBI ?

Ce n'était pas la procédure habituelle.

Et si une enquête était en cours, où mènerait-elle ?

Du calme, se dit Riley. *Ne laisse pas ton imagination s'emballer.*

Pour le moment, Riley était certaine que Roston n'avait aucune preuve.

Et Riley devait faire en sorte que ça reste comme ça.

Riley traversa la petite ville de Milladore, puis monta dans les montagnes. Au bout de quelques miles, elle s'engagea sur une petite route de terre. Le chalet de son père se trouvait au bout de la route — un petit bâtiment en bois qu'on voyait à peine du monde extérieur.

Mais Riley vit aussitôt qu'aujourd'hui, le monde extérieur l'avait envahi. Trois véhicules de police s'encastraient dans le tout petit parking devant le chalet. Riley était certaine d'une chose – la police n'avait pas trouvé Shane Hatcher. Il devait être parti depuis longtemps, caché Dieu sait où.

Alors qu'elle se garait, une camionnette de médecin légiste recula et s'en alla. Riley devina que le corps de Shirley Redding se trouvait à l'intérieur. Un policier salua Riley quand elle descendit de sa voiture.

Elle montra son badge et se présenta.

Le policier eut l'air surpris qu'un agent du FBI soit là.

— Montrez-moi ce qui s'est passé, dit Riley.

Le policier conduisit Riley vers un sentier qui s'éloignait de la maison. Tout en marchant, Riley examina le sol avec attention. On pouvait voir des traces laissées par des souliers féminins dans la terre. Bien sûr, Riley ne s'attendait pas à trouver celles de Hatcher. Il était bien trop malin et rusé pour laisser une trace de son passage.

Au bout du sentier tombait une ravine escarpée. Plusieurs policiers étaient au travail. Celui qui avait accueilli Riley la présenta au shérif, dont le nom était Ben Garland. Il était assez âgé et en surpoids, et il mâchait du tabac.

Il serra la main de Riley.

— Je suis content que vous soyez venue, dit-il. Désolé que ce soit en de telles circonstances.

— Pourquoi avez-vous contacté le FBI ? dit Riley.

Le shérif Garland haussa les épaules.

— Eh bien, je connaissais votre papa. Un petit peu. Il venait traîner avec les vétérans à Milladore, avant de provoquer une bagarre de trop. Je suis un vétéran de Desert Storm. Il nous est arrivé de boire des coups ensemble.

Garland mastiqua son tabac, comme s'il ruminait ses souvenirs.

— Il ne parlait pas beaucoup, votre papa, dit-il. Mais il parlait de vous de temps en temps. Il disait que vous faisiez une bonne carrière au FBI.

Ces mots retinrent l'attention de Riley – *« une bonne carrière »*.

Le père de Riley ne lui avait jamais dit qu'il était fier d'elle, encore moins qu'il l'aimait. Elle l'imagina en train de marmonner que sa fille faisait une bonne carrière, un verre à la main, devant les vétérans. C'était sans doute sa façon de se vanter.

— Mais bon, poursuivit Garland. Je savais que ça lui appartenait et je me suis dit que vous étiez sa plus proche parente. Je ne savais pas comment vous contacter directement, alors j'ai appelé le FBI.

La situation devenait plus claire. Le shérif n'avait pas appelé parce qu'il pensait que c'était une affaire pour le FBI. Il avait juste voulu retrouver Riley – et Jennifer Roston avait intercepté la communication et s'en était servi pour manipuler Riley.

Mais Riley ne savait toujours pas si Garland croyait que Shirley Redding était une victime de meurtre.

— Que pouvez-vous me dire sur ce qui s'est passé ? demanda Riley.

— Qu'est-ce qu'on vous a dit ? demanda Garland.

— Je sais que Shirley Redding est venue montrer le chalet à un acheteur. Quand il est arrivé, il a trouvé le corps dans la ravine.

Garland hocha la tête. Puis il conduisit Riley au bord de la ravine. C'était une chute vertigineuse de vingt pieds jusqu'à un ruisseau en contrebas. Quelques policiers étaient en train d'examiner les rochers en bas. Riley savait qu'à la fonte des glaces, il pouvait y avoir beaucoup plus d'eau. En ce moment, le ruisseau était très tranquille.

Garland guida Riley vers le sentier précaire qui descendait vers le ruisseau. Il dit :

— Je pense qu'elle a voulu descendre par là. Il y a du cresson qui pousse en bas, c'est probablement ce qu'elle voulait. Mais elle n'était pas habituée à marcher dans les montagnes et elle ne portait pas les bonnes chaussures, alors elle est tombée tête la première.

— Quelle est la cause de la mort ? demanda Riley.

— Elle s'est cassé le cou, dit Garland. Elle s'est fait quelques hématomes en tombant. C'est tout ce que nous savons. Le médecin légiste doit encore faire l'autopsie. Mais je crois qu'elle est morte sur le coup.

Riley comprit que le shérif ne suspectait rien. Mais elle ne ressentait aucun soulagement.

Debout, au fond de la ravine, elle imaginait sans peine le corps recroquevillé de Shirley Redding, ses yeux morts grands ouverts sur le ciel.

Riley fut parcourue d'un frisson de culpabilité.

Depuis qu'elle avait parlé à l'agent Roston, elle ne pensait plus qu'à elle-même et à la possibilité que sa relation avec Hatcher soit découverte.

Maintenant, pour la première fois, elle était confrontée à la réalité : quelqu'un était décédé d'une mort violente juste là.

Shirley Redding était pénible – sans gêne, imprévisible et ingérable.

Mais elle ne méritait pas de mourir comme ça.

Et Riley en était un peu responsable.

CHAPITRE VINGT-SEPT

Riley regardait fixement l'endroit où le corps de Shirley Redding avait été découvert. Elle réprima un frisson. Puis elle dit au shérif Garland :

— Merci de m'avoir contactée. Vous avez bien fait. Il fallait que je sache qu'il y a eu un mort sur ma propriété.

— Pas de problème, répondit le shérif en inclinant son chapeau.

Riley remonta le sentier vers le chalet de son père. La dernière fois qu'elle était venue, il y avait de la neige partout. Maintenant, la forêt bourgeonnait de vie. Pourtant, rien n'avait changé. Il y avait toujours le même bois pour le feu entassé près d'une souche.

Elle marcha vers le chalet et constata que la porte d'entrée n'était pas verrouillée. Ce n'était pas une surprise. Shirley avait dû l'ouvrir en arrivant pour pouvoir faire visiter le chalet à son acheteur.

En entrant dans la pièce, Riley fut prise d'un sinistre sentiment de déjà-vu.

Tout était exactement comme la dernière fois – la même chaise en osier, les mêmes médailles accrochées au mur, le même tabouret sur lequel son père écorchait des écureuils.

Riley aurait pu jurer que rien n'avait bougé.

Hatcher avait réussi à passer du temps ici sans rien changer, sans même laisser une trace de sa présence.

Riley frémit en pensant à la dernière fois qu'elle était venue, peu après la mort de son père.

Elle avait trouvé Hatcher debout dans l'entrée – un invité inattendu. Il était entré et il s'était assis juste là, sur le tabouret.

Maintenant, c'était comme si Hatcher n'avait jamais été là. C'était comme si rien ne s'était passé.

Pendant quelques instants, elle essaya de s'en persuader…

Peut-être que ça n'est jamais arrivé. Pas le pire, en tous cas.

Après tout, comment pouvait-elle être sûre que Shirley Redding avait été assassinée ?

Etait-il donc impossible que le shérif Garland ait raison et que cette femme ait glissé en voulant descendre dans la ravine pour ramasser du cresson ?

Riley poussa un soupir désespéré.

Oui, c'était possible. Mais son instinct lui disait que Hatcher avait assassiné Shirley.

Et son instinct se trompait rarement.

Riley sortit du chalet, monta dans sa voiture et rentra chez elle.

*

Riley arriva à la maison juste à temps pour manger le délicieux diner de Gabriela. Mais l'ambiance à table était tendue. Ça ne venait pas de Jilly qui parlait gaiement de son entrainement de volleyball. Gabriela lui posait des questions sur ce sport et sur ses devoirs.

Mais April boudait et ne parlait presque pas. Elle levait à peine les yeux vers Riley.

April était toujours en colère à propos de ce qui s'était passé la veille. Même si Riley avait porté secours à son copain, elle avait refusé que Liam vienne à la maison.

Riley soupira. C'était comme si elle n'en faisait jamais assez et jamais ce qu'il fallait. Elle aborda le sujet maladroitement.

— Tu as parlé à Liam ? demanda-t-elle.

— Ouais, dit April en tripotant la nourriture dans son assiette avec une fourchette.

— Il va bien ? demanda Riley.

— Ouais.

Un silence désagréable passa. Jilly et Gabriela échangèrent des regards inquiets. Riley demanda :

— Il a contacté quelqu'un, comme les services de protection de l'enfance ?

— Non, dit April.

— Pourquoi ?

April poussa un grognement irrité.

— Parce qu'il dit que tout va bien maintenant. Son père dit qu'il est désolé. Il dit qu'il ne boira plus une goutte d'alcool.

Riley ne sut que dire. Bien sûr, elle savait que c'était le schéma habituel des violences domestiques. On ne pouvait pas faire confiance au père de Liam pour tenir sa parole. Mais ce n'était pas le moment que Riley change d'avis. Ce serait compliqué de faire venir Liam et cela pourrait entrainer des problèmes judiciaires.

Après un court silence, April dit :

— J'ai plus envie de manger. Je peux sortir de table ?

— D'accord, dit Riley.

April monta à l'étage s'enfermer dans sa chambre.

Riley, Jilly et Gabriela mangèrent en silence pendant quelques instants. Enfin, Jilly dit :

— Tu as raison, maman. April m'a raconté ce qui s'était passé et tu as pris la bonne décision. Ça servirait à rien que Liam vienne chez nous. Ça ferait qu'empirer les choses. C'est à lui de gérer ses problèmes. April ne comprend pas. Mais moi oui.

La gorge de Riley se serra.

— Merci, Jilly.

Jilly haussa les épaules.

— T'as pris la bonne décision, répéta-t-elle. C'était ce qu'il fallait faire.

Puis Gabriela se tourna vers Jilly.

— Tu devrais peut-être en discuter avec April. Peut-être qu'elle finirait par comprendre.

Jilly hocha la tête.

— Je vais lui parler après le diner, dit-elle.

Le reste du diner passa en silence, mais dans le calme. Le soutien de Jilly et le bon sens de Gabriela avaient réchauffé le cœur de Riley, mais elle ne pouvait s'empêcher de se sentir très mal. Elle ne pouvait plus s'arrêter de culpabiliser en pensant à la mort terrible de Shirley Redding. Et maintenant, elle n'aidait même pas sa propre famille.

Jilly et Gabriela se débrouillent mieux que moi, pensa-t-elle.

Pourquoi se donnait-elle la peine de rentrer à la maison ?

*

Plus tard dans la soirée, quand les filles furent montées se coucher et que Gabriela fut descendue dans son appartement, Riley ouvrit le meuble de la cuisine où elle gardait une bouteille de bourbon. Elle s'en versa un grand verre qu'elle emporta dans le salon avec la bouteille.

Elle s'assit sur le canapé et but une longue gorgée. Quand elle l'avala, la brûlure lui apporta un réconfort immédiat. Mais elle sentait toujours son désespoir familier. Comment faire pour l'endormir ?

De terribles pensées lui défilaient dans la tête.

Elle voyait encore la ravine et le cresson dans le ruisseau. Dans son esprit, du sang rouge se mêlait au vert de la végétation. Puis elle vit le corps de Shirley Redding. Ses yeux morts grands ouverts suivaient Riley partout où elle allait.

Si seulement Riley avait fait les choses différemment.

Si seulement elle avait fait des recherches sur Shirley et compris qu'elle était trop instable pour être embauchée.

Shirley serait encore en vie.

Riley ne cessait de penser à sa conversation avec Jennifer Roston.

Ou plutôt mon interrogatoire, pensa Riley en avalant une gorgée de whiskey.

Roston l'avait traitée comme une vulgaire criminelle.

Et Riley ne pouvait s'empêcher de se demander si c'était bien ce qu'elle était. – une vulgaire criminelle.

Si c'était le cas, il était peut-être temps d'affronter la vérité et les conséquences.

Oserait-elle avouer toute sa relation avec Shane Hatcher – à Roston, ou peut-être à Meredith ?

Ce serait la fin de sa carrière – dans le meilleur des cas.

Et Riley ne serait pas la seule à en subir les conséquences. Elle avait deux filles qui dépendaient d'elle. Elle ne pouvait pas les laisser devenir les victimes collatérales de ses terribles erreurs.

Elle termina son verre de bourbon. Alors qu'elle s'en servait un autre, elle remarqua la chaîne à son poignet.

Pourquoi le portait-elle toujours ?

Pourquoi n'arrivait-elle pas à l'enlever ?

Quel sortilège Hatcher lui avait-il jeté ?

En jouant avec son bracelet, elle tomba une fois encore sur le maillon avec sa petite inscription…

face8ecaf

Elle avait résolu cette énigme il y a longtemps. Cela signifiait « face à face » et cela évoquait un miroir. C'était ce que Hatcher s'imaginait être – une sorte de miroir dans lequel Riley ne pouvait s'empêcher de voir la part la plus sombre de son être.

Mais l'inscription était également autre chose. C'était l'adresse du compte de chat vidéo qu'elle utilisait pour contacter Hatcher.

Devait-elle l'appeler maintenant ? Devait-elle l'affronter une bonne fois pour toutes ?

Elle ne voyait pas ce qu'elle pouvait lui dire pour se libérer de son emprise.

Mais elle devait essayer.

Elle ouvrit son ordinateur portable et lança son logiciel de chat. Puis elle entra les caractères…

face8ecaf

Elle laissa sonner une bonne minute.

Personne ne répondit.

Riley ne savait pas si elle devait être soulagée ou désespérée.

Pour être honnête, elle ne ressentait plus grand-chose. Le bourbon faisait effet. Et bien sûr, c'était exactement ce qu'elle voulait.

Elle se versa un autre verre et l'engloutit rapidement.

Elle était fatiguée et le canapé avait l'air si confortable…

Elle s'allongea et commença à somnoler. Mais alors que sa conscience lui échappait, une pensée lui vint…

Quelque chose va se passer. En ce moment. Quelque chose de terrible.

Elle tomba dans un sommeil agité.

CHAPITRE VINGT-HUIT

Peu avant l'aube, le loup emporta son arme dans les collines, comme d'habitude. Quand il entendit un hélicoptère faire des rondes, il s'enfonça dans les fourrés. Il s'allongea, parfaitement immobile. Malgré le danger imminent, il respirait normalement. Son pouls n'avait pas changé de rythme.

Après tout, c'était un loup. Il maîtrisait ses réactions physiques.

L'hélicoptère alluma une lumière pour fouiller les environs.

La lumière n'inquiéta pas le loup. Mais il savait que ceux qui le cherchaient pouvaient également repérer les corps chauds grâce à des détecteurs thermiques – surtout les corps immobiles. C'était une méthode idéale la nuit, quand la terre était bien fraiche. On détectait facilement un corps humain. Peut-être qu'ils l'avaient repéré et qu'ils vérifiaient sa localisation.

Mais tant qu'il resterait sous cette niche, il serait invisible. La roche au-dessus de lui était suffisamment épaisse pour masquer sa chaleur corporelle.

Il était content que ce soit un hélicoptère. Il savait que les agents de la police militaire utilisaient aussi des drones, plus difficiles à entendre et à éviter. Ils pouvaient chasser au ras du sol. Ils auraient même pu le repérer dans cette niche, car il émettait plus de chaleur que la roche ne l'aurait fait en temps normal, à cette heure-ci.

Mais les drones ne l'avaient encore jamais retrouvé. La nuit, le loup montait dans des collines qu'il avait parcourues pendant la journée. Il en connaissait tous les recoins et toutes les cachettes par cœur. Il pouvait se mettre à l'abri à n'importe quel moment.

En y réfléchissant, il réalisa qu'il n'avait vu aucun drone aujourd'hui. En fait, la pression semblait être redescendue. Il avait entendu une rumeur. On disait que quelqu'un avait été arrêté, mais le loup ne savait pas s'ils pensaient que c'était leur tueur nocturne.

Bien sûr, ce n'était pas le cas.

Bientôt, la lumière s'éteignit et l'hélicoptère s'éloigna.

Le loup sourit. C'était juste une ronde de routine. Si les pilotes avaient repéré sa chaleur corporelle, ils avaient dû penser que c'était un coyote ou un lapin.

Le loup ne quitta pas tout de suite son abri. L'hélicoptère pouvait revenir. Mais le bruit s'éloignait.

Il sortit de son abri dans les rochers et reprit son escalade de la colline. A mesure qu'il progressait, son ascension devenait de plus en plus risquée : il y avait de moins en moins de cachettes.

Enfin, il atteignit le promontoire.

Pendant un instant, il profita de la vue. C'était encore plus loin de la base que les dernières fois qu'il avait tiré. Il était venu dans la journée observer Fort Nash Mowat de cet endroit, mais la base était encore plus impressionnante la nuit. Et il voyait parfaitement ce qu'il avait besoin de voir.

Il s'allongea sur le sol et installa sa visée nocturne sur son fusil de précision. Puis il chercha à travers sa visée l'endroit où il s'attendait à voir apparaître le soldat Kyle Barton.

Il trouva facilement le chemin.

Le chemin n'était pas éclairé et l'image était granuleuse, mais c'était ce qu'il voulait. Quelques nuits plus tôt, le loup qui vivait à l'intérieur de lui l'avait empêché de presser la détente quand Barton se trouvait sur le court de tennis. Les lumières étaient bien trop vives, le coup trop facile.

Mais ce soir, le défi était idéal.

Bientôt, il aperçut Barton en train de faire son jogging – trop loin pour tirer, mais il se rapprochait lentement.

Le loup sentit sa colère monter brusquement à la vue du jeune homme – la même colère qu'il avait éprouvée envers les sergents Rolsky, Fraser et Worthing.

Le loup ne pouvait pas les laisser vivre.

Mais le loup savait que sa colère était son ennemie. Son pouls battit un peu plus vite, sa respiration perdit sa régularité.

Il prit une longue inspiration pour détendre tout son corps. Etait-il prêt ?

Il avait tué les autres d'une balle dans la tête.

Pouvait-il en faire autant ce soir ?

Il n'y avait pas de vent, mais il tirait de plus loin et il était moins calme. Il n'était pas certain de pouvoir lui tirer dans la tête. Il savait qu'il ne devait pas prendre le risque.

Ce soir, il viserait la poitrine du jeune homme.

Il sera mort de toute façon, pensa le loup avec satisfaction en suivant Barton à travers sa visée nocturne.

*

Le soldat de deuxième classe Kyle Barton ralentit, passant d'un jogging à une marche vigoureuse. Ses poumons brûlaient, son cœur battait dans sa poitrine et il se sentait revigoré. Quand il essuya sa sueur, l'air matinal lui rafraichit le visage.

Il aimait courir dans le champ au pied des collines pendant que la base dormait encore. Ça le réveillait pour la journée bien mieux qu'un café.

Son jogging lui donnait aussi le temps de penser à son avenir.

Il avait terminé sa formation initiale. Dans quelques jours, il terminerait aussi sa Formation Individuelle Avancée. Bientôt, quand sa formation serait finie, il deviendrait un vrai soldat d'infanterie de l'armée de terre.

Et ensuite ? se demanda-t-il.

Cette question était devenue un sujet de dispute entre sa femme, Ellen, et lui.

Depuis que Kyle avait commencé l'entrainement, Ellen et leur petite fille, Sian, vivaient chez la mère d'Ellen pas loin de la petite ville d'Alton. Ça n'avait pas arrangé les choses de vivre séparés. Pas plus que l'obsession de Kyle pour sa nouvelle carrière.

Et maintenant, dès qu'il aurait terminé sa FIA, il serait transféré – mais il ne savait pas où. On ne lui donnerait cette information qu'après son entrainement.

Ellen lui en voulait de ne pas savoir de quoi leur avenir serait fait.

Et pour être honnête, Kyle en voulait à Ellen de ne pas comprendre.

Ne pouvait-elle pas admirer le fait qu'il se soit dévoué à l'armée ? Que son dévouement soit devenu une passion ?

Non, évidemment, pensa-t-il en soupirant.

C'était un dilemme bien connu chez les recrues qui avaient une femme et des enfants.

Ellen voulait une maison remplie de gamins. Elle voulait les élever dans un endroit sûr, avec des petits voisins qui ne vivraient jamais bien loin.

Ellen ne savait pas à quoi ressemblait vraiment la vie de Kyle, ni ce qu'il ressentait. Lui-même commençait tout juste à comprendre qu'il appréciait par-dessus tout la compagnie des hommes qu'il respectait.

Malheureusement, le bon air matinal et l'exercice ne lui avaient apporté aucune solution à ses problèmes.

Dans la section de Kyle, d'autres l'avaient prévenu de ne pas sortir quand il faisait encore nuit. Il y avait eu trois meurtres. Mais il était sûr qu'il n'était pas en danger. Les autres meurtres avaient eu lieu plus loin de la base. Et celui qui les avait tués devait avoir une vendetta contre les sergents. Le tireur ne prendrait jamais pour cible un simple soldat comme Kyle.

Mais les meurtres l'avaient profondément troublé. Il connaissait ces hommes. C'était de bons soldats.

Kyle était sur le point de reprendre son jogging quand une force mystérieuse le poussa brutalement vers l'arrière et faillit le renverser.

Puis il sentit une terrible brûlure au milieu de sa poitrine.

Tout devint flou autour de lui.

On m'a tiré dessus, pensa-t-il.

Alors qu'il perdait connaissance, il ne put s'empêcher d'admirer l'adresse du tireur.

Le coup de feu devait venir de très loin – trop loin pour qu'il ait pu l'entendre.

Quel genre d'homme tirait comme ça ?

Avec ses dernières pensées, il entrevit une réponse…

Trop tard pour le sauver.

Il tomba mort sur le sol.

CHAPITRE VINGT-NEUF

Riley se retrouva dans un vaste espace bien éclairé. De tous les côtés, les limites se perdaient dans l'obscurité.

Où suis-je ? *se demanda-t-elle.* Quel est cet endroit ?

Elle baissa les yeux et vit qu'elle se tenait sur un plancher usé fait de larges planches de chêne.

Elle connaissait ce plancher.

Puis elle comprit que c'était celui du chalet de son père.

Mais pourquoi le chalet était-il si grand ?

Elle regarda autour d'elle. Une image familière attira son regard. Maintenant, il y avait un homme assis sur un tabouret. Le dos tourné, il était en train d'écorcher un écureuil, avant de le jeter sur une pile de carcasses.

Elle avait vu son père faire ça souvent.

— Papa ? demanda Riley.

L'homme se tourna vers elle.

Mais ce n'était pas son père.

C'était le visage sombre de Shane Hatcher.

Il lui adressa un sourire narquois et dit…

— Nos esprits sont jumeaux, Riley Paige.

Riley frémit en entendant ces mots familiers.

C'était Hatcher qui lui avait dit ça un jour. Cela ne lui avait pas plu.

Elle sentit que l'espace changeait autour d'elle.

— Regardez derrière vous, dit Hatcher en écorchant un autre écureuil.

Riley se tourna et poussa un hoquet de surprise.

Il y avait un jeune homme pendu par le cou à une branche.

Ça aussi, c'était une image familière.

Le jeune homme était un tueur. Riley l'avait poursuivi. Quand elle l'avait enfin retrouvé, elle ne l'avait pas arrêté. Elle l'avait regardé avec une sinistre curiosité se pendre et s'étrangler jusqu'à la mort.

Tout comme elle le regardait s'étrangler maintenant.

Elle entendit Hatcher demander :

— Vous n'allez pas l'aider ?

Riley avait l'impression d'être paralysée.

Elle n'avait aucune envie d'aider le jeune homme.

Elle trouvait bien trop fascinant de voir son corps se tordre.

L'espace autour d'elle était plus petit maintenant, et plus sombre. Les murs du chalet se refermaient sur eux.

Elle ne pouvait plus voir Hatcher, mais elle l'entendit rire.

— C'est ce que je pensais, dit-il. Vous êtes en train de devenir.

Riley comprit exactement ce qu'il voulait dire.

Il lui avait posé une question un jour…

« Suis-je déjà ou vais-je devenir ? »

Et maintenant, une fois encore, il répondait à la question.

« Vous êtes en train de devenir ce que vous avez toujours été, au fond. Appelez ça un monstre, ou comme vous voulez. Et bientôt, vous serez *cette personne. »*

Riley désirait de tout son cœur que ce ne soit pas vrai.

Elle voulait tourner le dos au monstre qu'elle était en train de devenir.

Mais quand elle s'obligea à détourner les yeux du jeune homme, elle vit le corps désarticulé de Shirley Redding allongé par terre.

Puis l'image disparut et les murs du chalet se rapprochèrent, jusqu'à enfermer Riley dans un espace douloureusement petit.

Il n'y avait aucune échappatoire.

Bientôt, elle ne pourrait plus sortir – et elle serait désespérément liée à Shane Hatcher pour l'éternité.

Comme s'il pouvait lire ses pensées, Hatcher éclata de rire et dit à nouveau :

— Nos esprits sont jumeaux, Riley Paige.

La sonnerie de son téléphone réveilla Riley.

Elle poussa un soupir de gratitude d'être enfin sortie de ce rêve et d'entendre autre chose que la voix de Hatcher.

Elle tendit la main vers la sonnerie et se rendit compte qu'elle touchait la table basse. Elle vit un verre vide et une bouteille de bourbon déjà bien descendue.

Riley essaya de s'éclaircir les idées. Elle était groggy et elle avait des courbatures.

Elle réalisa qu'elle s'était endormie sur le canapé. Elle préféra ne pas penser au nombre de fois où ça lui était arrivé. Toujours dans des moments de profond désespoir.

Le téléphone cessa de sonner juste au moment où Riley le touchait.

Puis il se remit à sonner et Riley décrocha.

C'était Brent Meredith.

— Vos vacances sont finies, agent Paige, dit le chef d'équipe avec son habituelle franchise.

Riley ravala un grognement.

— Qu'est-ce qui se passe ? demanda Riley.

— Il y a eu un autre meurtre à Fort Mowat.

— Comme les autres ?

— Oui, un sniper. Je prépare un avion pour vous et votre équipe. Allez-y dès que possible. Au moins, cette fois, vous arriverez sur une scène de crime encore fraiche.

Riley rassembla ses pensées. Elle dit :

— Dites à Larson et à son équipe de ne toucher à rien – même pas au corps. Et surtout qu'il ne piétine pas la zone.

— Je vais le faire, dit Meredith.

Ils raccrochèrent et Riley se leva sur des jambes flageolantes.

Sa tête lui faisait mal et les images de son rêve la hantaient encore.

Mais ce n'était pas le moment d'y penser. Elle avait une affaire à résoudre. Et peut-être que c'était justement ce qui lui fallait pour chasser ses démons.

*

Le trajet passa comme dans un rêve. Riley, Bill et Lucy montèrent dans un avion, en courant sur le tarmac avec leurs valises. Ils étaient tous un peu désorientés par ces changements matinaux de dernière minute.

Larson ne leur avait envoyé aucune information. Ils n'avaient donc rien à se dire. Le vol parut interminable et Riley eut du mal à garder sous contrôle tout ce qu'elle pensait de la mort de Shirley Redding et de sa sinistre relation avec Shane Hatcher.

Elle fut soulagée quand un véhicule de la police militaire vint les chercher à l'aéroport et les emmena à Fort Mowat, à l'endroit où le soldat avait été tué. C'était un grand terrain vague au pied d'une colline rocheuse.

Le colonel Dana Larson et son équipe les attendaient sous l'abri de toile qui protégeait le corps. La toile blanche battait sous le vent et gardait le corps à l'ombre. Le jeune soldat était sur le côté, vêtu d'un jogging. Ses yeux fixes lui donnaient l'air surpris.

Larson fit un signe de tête à Riley et ses collègues.

— Je suis contente que vous soyez venus, dit-elle.

Elle hésita avant d'ajouter :

— Nous avons besoin de votre aide.

Riley n'était pas étonnée que Larson ait du mal à l'admettre. Après tout, ils ne s'étaient pas quittés en très bons termes. Elle dit :

— La victime est un soldat, Kyle Barton. Il a été tué pendant qu'il faisait son jogging, avant l'aube. Son corps a été retrouvé ici après le lever du soleil.

Riley était surprise.

— Pas de sergent cette fois ? dit-elle.

— Non, mais ce n'est pas une nouvelle recrue, dit Larson. Barton avait bientôt terminé son entrainement individuel.

Larson secoua la tête avec amertume.

— Il avait beaucoup de potentiel, dit-elle. Quel gâchis.

Lucy dit :

— Au moins, on peut éliminer l'hypothèse que le tireur s'en prend à des figures d'autorité.

Riley se pencha sur le corps. La balle était entrée au milieu de sa poitrine.

— Les autres ont été abattus d'une balle dans la tête, dit Riley.

— Vous pensez que ça change quelque chose ? demanda Larson.

Riley ne répondit pas. Elle n'en était pas certaine. Mais son instinct lui disait que c'était le même tueur qui avait abattu les autres.

Riley leva les yeux vers Larson et dit :

— Vous avez toujours Omar Shaheed ?

Larson esquissa une grimace en entendant le nom de Shaheed.

— Bien sûr, dit-elle. Mais un autre membre de sa cellule aurait pu le faire.

Larson la regarda droit dans les yeux et Riley se prépara à quelques tensions. Visiblement Larson n'était pas tout-à-fait prête à abandonner son hypothèse du terrorisme islamiste.

— Vous avez des raisons de penser que c'est vrai ? demanda Riley sans la lâcher du regard.

— Pas encore, dit Larson. Shaheed nous a donné plusieurs membres de sa cellule et nous en avons arrêté quatre. Mais il pourrait y en avoir d'autres dont il ne nous a pas parlé. Ou peut-être qu'il ne les connait pas tous. Et c'est peut-être une vengeance parce que nous avons capturé Shaheed.

Riley fit une grimace sceptique.

— Un seul tir comme celui-là ? Ça ressemble à la vengeance d'un fanatique religieux à votre avis ?

— On doit envisager toutes les possibilités, dit Larson.

Riley dévisagea Larson en silence pendant un moment. Elle sentit que le colonel n'était pas entièrement convaincu par sa propre suggestion. Mais elle n'avait pas envie de l'admettre, peut-être parce qu'elle en voulait encore à Riley ou parce qu'elle n'avait tout simplement pas d'autre hypothèse.

Il faut que je lui fasse abandonner cette idée, pensa Riley.

Tant qu'elle ne l'aurait pas fait, Larson ne leur serait d'aucune aide. Elle demanda :

— D'où venait le tir ?

Larson pointa du doigt les collines.

— Là-haut, dit-elle. Nous n'avons pas trouvé la trajectoire exacte. La balle n'est pas ressortie, comme vous le voyez, et Barton s'est tourné en tombant. Nous avons fait des recherches mais, sans une idée plus précise de sa localisation, nous n'avons rien trouvé.

Riley leva les yeux vers les collines.

— Vous faites des rondes de surveillance la nuit ? demanda-t-elle.

— Des drones, mais c'est difficile de couvrir toute la base. Fort Mowat fait soixante-quinze acres et il y a beaucoup d'espace sauvage. Nous envoyons aussi des hélicoptères équipés de vision nocturne et de détecteur thermique.

— Et vos hélicoptères ont détecté des corps chauds hier soir ? demanda Riley.

Larson secoua la tête.

— Pas celui du tireur, dit-elle. Juste quelques animaux – des coyotes et des lapins, probablement.

Riley y réfléchit pendant un moment.

— Vous avez enregistré les positions ? demanda-t-elle.

Larson se tourna vers le sergent Matthews, le chef de l'équipe de recherche.

— On a cette information ? demanda-t-elle.

— Je crois, dit le sergent. Laissez-moi vérifier.

Il tapota sur sa tablette et fit apparaitre une carte de la base, avec les positions où des traces de chaleur avaient été repérées. Riley compara la carte avec le terrain où ils se trouvaient. Elle vit qu'un des emplacements n'était pas très loin de l'endroit où le tir était parti.

Elle eut l'intuition d'avoir trouvé quelque chose d'important.

Ce serait peut-être suffisant pour obliger Larson à abandonner son hypothèse de fanatique islamiste.

— Venez, dit Riley. Allons voir.

Elle espéra que ce qu'elle allait faire lui permettrait de gagner la confiance de Larson.

CHAPITRE TRENTE

L'impatience de Riley montait à mesure qu'elle escaladait la colline derrière le sergent Matthews. Bill, Lucy et le colonel Larson les suivaient de près. Matthews utilisait son GPS pour retrouver l'emplacement exact où le corps chaud avait été repéré dans la matinée.

Le terrain était difficile et broussailleux. Les collines étaient plus escarpées et plus hautes qu'à l'endroit où le tueur avait abattu le sergent Worthing et il n'y avait pas de sentier.

Alors qu'ils approchaient du sommet, Matthews s'arrêta. Il vérifia sur sa tablette et pointa le sol du doigt.

— C'est ici que se trouvait le corps chaud, dit-il. Ça n'a duré qu'un instant. Sûrement un animal qui s'est enfui quand il a été repéré.

Riley balaya la zone du regard. Il n'y avait rien de particulier à cet endroit, juste quelques buissons. On ne voyait même pas très bien l'endroit où Barton avait été tué.

Pendant un instant, Riley se demanda si son instinct l'avait trompée une fois encore.

Peut-être que c'était vraiment un animal.

Si c'était le cas, il y avait d'innombrables endroits dans ces collines où le tueur aurait pu s'installer pour tirer.

Mais comment avait-il fait pour échapper aux détecteurs de chaleur ?

Riley se rendit compte qu'elle était dans une position inconfortable. Elle avait emmené le colonel Larson là-haut pour lui faire changer d'avis sur Shaheed et sa cellule de fanatiques.

Et s'il n'y avait rien ?

Ce serait un coup d'arrêt pour l'enquête.

Elle devait se glisser dans l'esprit du tueur. Mais pouvait-elle le faire avec le colonel Larson sur le dos ? Et pendant que Matthews la regardait d'un air interrogateur ?

Elle respira plus lentement et se tourna de tous côtés.

Puis quelque chose attira son regard. C'était une niche sous la roche.

Soudain, ce que le tireur avait vécu dans la matinée lui apparut très clairement.

Elle sentit ses pensées et ses mouvements.

Tout ce qui lui restait à faire, c'était marcher dans ses pas en expliquant aux autres sa démarche.

Elle se plaça à l'endroit que Matthews avait localisé.

Puis elle dit au groupe :

— Voilà ce qui s'est passé. Notre tueur marche vers le sommet de la colline. C'est là qu'il veut tirer. Puis l'hélicoptère passe avec sa lumière. Mais le tireur n'a pas peur. Il connait cette région comme sa poche.

Riley s'approcha et passa la main sur la roche.

— Cet abri, par exemple, dit-elle. Il sait déjà que c'est là. Il pourrait le retrouver avec les yeux fermés, s'il le fallait. Il sait que c'est une bonne cachette. En fait, il doit y avoir des niches et des recoins partout dans cette colline vers lesquels il est prêt à bondir à n'importe quelle seconde. Des douzaines, probablement. Il les connait par cœur.

Retraçant les mouvements du tireur, Riley se glissa sous la roche et s'allongea.

Quelque chose attira son regard.

Il y avait une trace sur le sol rocailleux. L'empreinte venait peut-être d'une chaussure ou d'une botte. Le tueur n'avait pas fait l'erreur de laisser une trace complète. Il n'aurait jamais été si imprudent. Néanmoins, il avait laissé une trace de son passage qui n'avait pas l'air naturel. Un signe qu'il était passé par là.

— Regardez, dit Riley à Larson en pointant l'empreinte du doigt.

Larson se pencha pour examiner la trace. Au bout d'une seconde, elle leva un regard abasourdi vers Riley. A partir de cet instant, le chef de la police militaire écouta Riley avec attention.

Riley était allongée sous l'abri de roche. Elle imitait le tueur.

— Il reste là tant que l'hélicoptère circule. Il sait qu'on le recherche. Il pense qu'ils ont repéré sa chaleur corporelle, mais peut-être juste un instant. Il sait aussi qu'il est en sécurité ici, du moins pour le moment. La roche au-dessus de lui est froide. Elle masque sa chaleur corporelle.

Riley ne dit rien pendant un long moment. Elle essayait d'imaginer ce qu'avait ressenti le tueur.

Puis elle rampa hors de son abri. Elle vit que Bill et Lucy souriaient jusqu'aux oreilles. Larson et Matthews étaient très attentifs.

— Enfin, l'hélico s'éloigne et le tireur reprend son chemin vers sa véritable destination. Le seul endroit dans le coin d'où il pourra avoir une bonne vue de l'itinéraire de Barton.

Suivie des autres, Riley escala la colline jusqu'au sommet. Puis elle s'allongea par terre en faisait semblant de tenir une arme.

Elle dit.

— Il voit Barton à travers sa visée nocturne. Il a une bonne vue, mais il est plus loin que d'habitude. Il n'est pas fou. Il sait qu'il doit changer son mode opératoire. Même avec un M110, ce n'est pas un tir facile. Cette fois, il va tirer dans la poitrine, pas dans la tête.

Riley fit mine de presser la détente.

— Et c'est ce qu'il fait.

Riley se releva et épousseta ses mains. Son compte-rendu était terminé.

Bill et Lucy avaient du mal à dissimuler leurs expressions triomphales.

Bill demanda au colonel Larson.

— Ce que vient de dire l'agent Paige a-t-il du sens, selon vous ?

Larson acquiesça, la bouche entrouverte.

Puis Bill demanda :

— Quel profil aurait le tueur ?

Larson hésita. Puis elle dit :

— Il est discipliné. Il est très bien entrainé, mais il est aussi autodidacte. Il a consacré sa vie à son objectif : devenir le parfait soldat.

Elle hésita à nouveau, puis esquissa une grimace et ajouta :

— Ce n'est par un idéologue. Ce n'est pas un fanatique religieux. Il ne fait pas partie de la cellule de Shaheed. Son mobile est personnel. Nous avons vraiment affaire à un loup solitaire.

Riley poussa un soupir de soulagement. Elle savait que le colonel était une excellente enquêtrice et il aurait été dommage qu'elle laisse son amertume à l'égard de Riley aveugler son jugement. Maintenant, Riley pouvait tourner la page.

Mais en redescendant de la colline par le même chemin, Riley pensa à ce qu'avait déduit Larson. Le tireur était un « loup solitaire ».

Ces mots rappelèrent à Riley ce que Pope lui avait dit à propos du sergent Worthing après leur bagarre sur la falaise…

« Il courait avec la meute. »

Un frisson la parcourut.

Son instinct lui souffla une fois encore que ces mots étaient importants.

*

Bientôt, Riley et ses collègues retournèrent à l'endroit où gisait le corps de Barton. Les agents de la police militaire étaient toujours là, en compagnie d'un autre homme qui portait des galons de sergent. Celui-ci fixait le cadavre d'un regard incrédule et horrifié. Le colonel Larson le présenta à Riley et ses collègues.

— C'est Lanford Williams, le sergent instructeur du groupe de Formation Individuelle Avancée dont faisait partie le deuxième classe Barton.

Les yeux de Williams se posèrent brièvement sur les agents de l'UAC, puis à nouveau sur le corps.

La bouche de Williams restait ouverte, mais il semblait avoir du mal à parler.

Puis il dit :

— Je n'arrive pas à croire qu'un truc pareil soit arrivé. Je pensais… J'avais peur…

Il se tut. Mais Riley comprit ce qu'il y avait derrière son silence et son expression.

Williams avait eu peur parce qu'il pensait que sa propre vie était en danger.

Les autres victimes étaient toutes des sergents, après tout – pas des soldats. Il avait tout fait pour rester en sécurité, en évitant de sortir la nuit, par exemple. Il n'aurait jamais imaginé qu'une de ses recrues serait assassinée.

Et Riley savait qu'il devait se sentir coupable.

Riley lui toucha l'épaule et dit d'une voix douce :

— Vous ne pouviez pas savoir qu'il serait pris pour cible, sergent Williams. Personne ne le savait.

Williams frémit.

Riley demanda d'une voix douce :

— Vous savez qui aurait pu faire ça ?

Williams secoua la tête.

Bill demanda :

— Le deuxième classe Barton avait-il des ennemis ?

— Non, dit Williams. Tout le monde l'aimait bien. C'était un homme bien.

Riley réfléchit un instant, puis demanda :

— La phrase « courir avec la meute » signifie-t-elle quelque chose pour vous ?

Le front de Williams se rida.

— Signifier quelque chose ? Pourquoi ?

— Je n'en suis pas sûre, dit Riley. Mais si vous pensez à quoi que ce soit, prévenez-nous.

Williams se secoua, comme pour chasser le cauchemar qu'il pensait vivre. Mais, évidemment, ce n'était pas un cauchemar. C'était bien réel.

Il dit :

— Mon groupe d'entrainement est très affecté. Quelqu'un pourrait leur parler ?

Le colonel Larson acquiesça et dit :

— On va faire ça tout de suite.

Puis Larson se tourna vers Riley et dit :

— Le médecin légiste peut emporter le corps maintenant ?

Riley réfléchit. La journée commençait à se réchauffer. Bientôt la chaleur abimerait le cadavre malgré l'abri de toile. Maintenant que Riley et ses collègues de l'UAC l'avaient vu, le corps ne servait plus à rien à cet endroit-là.

— Oui, ça va, dit Riley. Mais vous devriez envoyer de bons agents de votre Division sur cette colline. Il faudrait qu'ils passent au peigne fin le sol sous cet abri de roche et au sommet de la colline.

Larson envoya le sergent Matthews et son équipe. Puis Larson, le sergent instructeur, Riley et ses collègues se dirigèrent vers les casernes où le deuxième classe Barton s'était entrainé avec son groupe.

En passant, ils croisèrent une foule de journalistes massée derrière une barrière. Riley savait que leurs mouvements sur la base étaient contrôlés et qu'ils n'avaient pas pu s'approcher des scènes de crime. Mais ils étaient là tout le temps et Riley savait qu'ils ne partiraient pas.

Dès que les journalistes aperçurent le groupe, ils repoussèrent la barricade en hurlant des questions.

Larson dit :

— Passons devant sans nous arrêter.

Riley étouffa un soupir. Elle savait qu'ils devaient garder l'histoire sous contrôle. Sinon, les rumeurs les plus folles sortiraient.

— Non, on ferait mieux de leur parler, dit-elle.

CHAPITRE TRENTE ET UN

Riley redoutait le raz-de-marée de questions qu'ils allaient devoir essuyer. Le sergent Williams semblait particulièrement nerveux. Comme la horde s'agitait derrière une barrière, il n'y avait pas de danger qu'ils soient écrasés par la foule comme ils avaient pu l'être quelques jours plus tôt.

En revanche, ils furent assaillis de questions, lancées toutes à la fois.

— Vous avez des pistes ?

— C'est le quatrième meurtre ce mois-ci, ou y en a-t-il d'autres que nous ignorons ?

— Le tueur vit-il sur la base ?

— Qui d'autre aurait pu y avoir accès ?

— Vous avez un mobile ?

Le colonel Larson les fit taire.

— Nous allons répondre à trois questions. Une à la fois.

Riley était soulagée que Larson soit prête à répondre. Le colonel avait accès à de meilleures informations que les agents du FBI.

Larson pointa le doigt sur un journaliste, qui demanda :

— Avez-vous pensé à faire évacuer la base ?

— Bien sûr que non, dit Larson. On commet des crimes sur une base militaire comme dans la vie civile. On n'évacuerait jamais une ville pour trois meurtres, mais on impose des mesures de précaution. C'est ce que nous faisons.

Larson pointa le doigt sur un autre journaliste, qui demanda.

— Avez-vous restreint l'accès à la base ?

Larson répondit :

— Nous avons restreint l'accès des civils, oui. Mais il est inévitable que ça circule. Et n'oublions pas que ces meurtres ont peut-être pour objectif de nous déstabiliser et de nous distraire en prévision d'une autre attaque. Si nous changeons nos habitudes, nous pourrions tomber dans un piège.

Riley était impressionnée par les réponses de Larson. Le colonel faisait du très bon travail.

— Nous allons prendre une dernière question, dit Larson.

Un autre journaliste dit :

— Nous savons que vous avez arrêté un homme. Un islamiste nommé Omar Shaheed.

Larson eut l'air alarmé.

— Où avez-vous eu cette information ? demanda-t-elle.

— Vous niez ? demanda le journaliste.

Larson hésita. Riley comprit qu'elle se demandait si elle pouvait se permettre de ne pas faire de commentaire. Riley espéra qu'elle n'en ferait rien. Toute ambiguïté sur cette affaire pouvait entrainer des contre-vérités et des amalgames.

Au grand soulagement de Riley, Larson dit :

— Je ne le nie pas. Au jour d'aujourd'hui, nous avons arrêté plusieurs suspects appartenant à une cellule terroriste. Ils préparaient une attaque de grande envergure. Nous essayons encore de déterminer la nature de l'attaque et où et quand elle devait avoir lieu. Mais le danger est écarté.

Le journaliste insista :

— La cellule est responsable des trois meurtres ?

Larson hésita. Puis elle se tourna vers Riley pour lui faire signe de parler. Riley dit :

— Nous ne pensons pas que la cellule soit responsable des meurtres. Nous sommes presque sûrs que nous recherchons un tueur solitaire. Bien sûr, un tireur d'élite. Quant à son mobile, nous ne le connaissons pas encore.

Certains journalistes les dévisagèrent avec incrédulité. L'un hurla :

— Alors on aurait préparé une attaque terroriste au même moment ? Ce serait une coïncidence ?

Riley hocha la tête.

— C'est exactement ça. Une coïncidence. Quand on fait notre métier depuis longtemps, on apprend que cela arrive. En fait, tôt ou tard, elles sont inévitables.

La horde éclata dans un nouveau bombardement de questions. Le colonel Larson les fit taire d'une voix forte.

— C'est tout ce que nous avons à dire pour le moment. Nous vous tiendrons informés s'il y a du changement.

Le brouhaha se poursuivit derrière Riley, Bill et Lucy, tandis qu'ils suivaient Larson. Le colonel semblait secoué.

— Comment savaient-ils pour Shaheed et sa cellule ? demanda Larson. Nous avons essayé de rester discret.

Riley réalisa que Larson n'avait pas souvent été exposée à ce genre de folie médiatique.

— Vous ne devriez pas être surprise, dit Riley. C'est presque impossible d'empêcher les fuites et les journalistes sont toujours à l'affût. Il faut savoir gérer ce que les journalistes savent et ne savent pas et répondre à leurs questions de façon honnête, mais discrète.

Larson ne répondit pas. Riley sentit qu'elle avait besoin d'un mot d'encouragement.

— Vous vous êtes bien débrouillée, dit Riley.

— Merci, dit Larson visiblement soulagée.

Alors que le sergent Williams les conduisait dans les casernes. Riley sentit que l'ambiance avait changé depuis la dernière fois qu'elle était venue. Il y avait des gardes supplémentaires et des véhicules garés çà et là. Le ronronnement des hélicoptères se faisaient entendre au-dessus de leurs têtes.

Sans surprise, cela avait un effet immédiat sur le personnel. Il y avait plus de tension dans les corps des soldats qui circulaient. Ils ne cessaient de se jeter des regards suspicieux. Personne ne flânait. Tout le monde se déplaçait rapidement, pressé de s'éloigner des collines.

Alors que Riley et ses collègues passaient, un homme en bouscula un autre. Une bagarre aurait pu éclater si deux gardes ne s'étaient pas interposés.

Riley dit à Larson :

— Les meurtres ont une incidence directe sur la discipline et la morale sur la base.

Larson répondit :

— Ouais, et ça n'aide pas d'avoir une sécurité renforcée. Et puis, le colonel Adams est encore plus dur que d'habitude. Personnellement, je crois que ça n'aide personne. Ça ne fait qu'empirer les choses.

En s'approchant des casernes, Riley ne fut pas ravie de voir le colonel Adams lui-même à la porte. Du bruit se faisait entendre à l'intérieur du bâtiment.

Le sergent Williams s'arrêta et salua. Le colonel se dirigea tout droit vers le commandant de garnison.

— Puis-je vous demander ce qui se passe, colonel ? demanda-t-elle.

— Juste une fouille de routine, dit le colonel Adams. Des hommes vont de caserne en caserne pour trouver des armes.

Larson eut l'air abasourdi.

— Ce n'est pas la routine de chercher des armes, monsieur, dit-elle. Et je doute qu'une recrue cache un fusil de précision M110 dans son casier. Vous êtes sûr que cette recherche sert à quelque chose ?

Le colonel Adams esquissa un rictus.

— C'est ma base, colonel. C'est à moi d'en juger. Je suppose que vous êtes ici pour répondre aux questions des recrues.

— Oui, dit Larson. J'espère juste que vous ne les avez pas trop secoués.

Le colonel Adams poussa un rire sinistre.

— Une recherche comme celle-ci va les endurcir, dit-il. On devrait en faire plus souvent.

Larson ne répondit pas. Elle semblait avoir du mal à maîtriser sa colère.

Les policiers militaires qui fouillaient les casernes à la recherche d'armes en sortirent. Le chef d'équipe informa Adams qu'ils n'avaient rien trouvé de suspect. Adams et les policiers militaires passèrent au bâtiment suivant.

— Rassemblez les recrues, dit Larson au sergent Williams.

Le sergent instructeur entra dans la caserne et appela son groupe dans la zone de formation. La cinquantaine de jeunes hommes et femmes avaient l'air tendu et nerveux. Williams les présenta à Larson et aux agents de l'UAC, puis il les mit à l'aise pour que la discussion ne soit pas trop formelle.

Le colonel Larson dit :

— Tout d'abord, nous vous présentons nos condoléances pour la perte de votre camarade. C'est un moment difficile pour vous. Je suis sûre que vous avez autant de questions que nous. C'est le moment de les poser.

Un jeune homme leva la main et demanda :

— Pourquoi avez-vous organisé une fouille ? On est tous suspects ?

Riley vit passer un éclair d'irritation dans l'expression de Larson. Ce n'était pas difficile de comprendre pourquoi. Larson n'était pas contente d'avoir à justifier une action arbitraire du commandant de garnison. Mais Riley savait aussi que Larson était trop professionnelle pour attaquer l'autorité d'Adams en faisant part de ses critiques.

— C'est une fouille de routine, je vous assure, dit Larson d'une voix tendue. Nous n'avons pas encore de suspect. Nous avons besoin de votre patience et de votre compréhension.

Une jeune femme leva la main.

Elle dit :

— Moi et d'autres, on aimerait lancer notre propre équipe d'investigation. C'est une bonne idée ?

Larson secoua la tête.

— Je crains que non, dit-elle. Cela ne ferait qu'ajouter à la confusion qui règne déjà sur la situation. S'il vous plait, laissez la police militaire et ces personnes de l'UAC travailler. Nous savons ce que nous faisons.

Puis un jeune homme demanda :

— Ce ne serait pas le bon moment d'avoir nos armes personnelles avec nous ?

Larson se tourna vers Riley, comme pour lui laisser la question.

Riley savait que les recrues à Fort Mowat n'avaient pas le droit de porter leurs propres armes. Elle pouvait comprendre que certains d'entre eux aient envie de les avoir, mais elle savait que ce n'était pas une bonne idée.

Riley dit :

— Vous voulez pouvoir vous défendre et je comprends. Mais cela ne vous donnerait qu'une fausse impression de sécurité. Notre tireur est un sniper qui tire de très loin. La meilleure précaution que vous puissiez prendre, c'est de faire attention où vous allez. Ne restez pas debout et immobile où l'on peut vous voir des collines.

Une autre recrue demanda :

— Ça veut dire pendant la journée aussi ?

Riley hocha la tête.

— Oui. Pour le moment, notre tireur ne tire que la nuit. Mais il s'adapte. Il peut changer son mode opératoire. Nous ne pouvons pas exclure la possibilité d'une attaque de jour. On n'est jamais trop prudent.

Larson ajouta :

— Il est surtout important de ne pas laisser un climat de terreur s'installer. Nous savons que vous avez peur, mais ne laissez pas vos émotions se changer en paranoïa. Et n'essayez pas de faire justice vous-mêmes. La situation est suffisamment dangereuse, n'allons pas empirer les choses. Si vous avez des soupçons, c'est à moi qu'il faut en parler.

Après avoir répondu à quelques autres question, Riley dit :

— Nous avons besoin de toutes les informations que vous pourriez nous donner. N'importe quel détail qui pourrait paraitre insignifiant. Venez nous voir immédiatement si vous avez l'intuition que c'est important. Nous avons particulièrement besoin de savoir s'il y avait un lien entre Barton et les trois autres victimes. Et si le soldat Barton avait des problèmes personnels ou des ennemis, nous avons aussi besoin de le savoir.

Riley savait qu'elle ne verrait pas les mains se lever immédiatement pour proposer des hypothèses. Avec un peu de chance, des soldats les approcheraient en privé.

Mais elle avait besoin de leur poser la même question qu'au sergent Williams.

— La phrase « courir avec la meute » vous dit-elle quelque chose ?

Les recrues s'entreregardèrent, certains secouant la tête. Riley observa tous les visages du mieux possible. Détectait-elle le moindre éclair de compréhension ? Elle ne pouvait en être sûre. Il y avait bien trop de tension dans l'air.

Riley se tourna vers le colonel Larson et dit :

— Je n'ai rien de plus à leur demander pour le moment.

Larson dit au sergent Williams que la rencontre était terminée et celui-ci renvoya son groupe. Certaines recrues retournèrent dans les casernes, tandis que d'autres s'attardaient avec un mélange de gêne et de tension. Riley et ses collègues attendirent quelques instants, pour voir si l'un des soldats souhaitaient s'exprimer. Il y en eut un.

Il dit :

— On a un musulman dans notre groupe. Il s'appelle Abdul Sadiq. Vous ne pensez pas qu'on devrait l'interroger ? Je veux dire… C'est peut-être une histoire de terrorisme islamiste, non ?

Riley et ses collègues échangèrent un regard.

On aurait dû s'y attendre, pensa Riley.

Après tout, il y avait trois cent quarante-trois musulmans sur la base. Ils pouvaient attirer les soupçons.

Riley comprit qu'elle devait tuer la polémique dans l'œuf.

— Il y a beaucoup de choses que nous ne savons pas, dit-elle à la recrue. Mais nous sommes presque certains que le tueur n'a aucun lien avec l'islamisme radical. Il agit seul et nous ne connaissons pas ses raisons. Dites-le autour de vous.

Le soldat s'éloigna. Riley dit à Larson :

Serait-il possible de faire un communiqué pour dire au personnel de ne pas s'en prendre aux musulmans ? Ça pourrait dégénérer si on ne fait pas attention.

— Je m'en occupe tout de suite, dit Larson.

A cet instant, le téléphone de Larson sonna et elle répondit. Pendant ce temps, un autre jeune soldat s'approcha du groupe. Il dit :

— Ça n'a peut-être pas d'importance, mais Kyle m'a dit qu'il avait des problèmes à la maison. Il ne voulait pas en discuter, donc je ne connais pas les détails.

Riley doutait que ce soit important. Pour commencer, les problèmes personnels de Kyle Barton ne permettaient pas d'établir un lien avec les trois sergents instructeurs assassinés. Mais elle ne pouvait écarter aucune piste.

— Merci de me l'avoir dit, dit Riley. S'il vous plait, prévenez le colonel Larson si vous avez une autre idée. Tout peut être important.

Pendant que le soldat s'éloignait, Larson raccrocha. Elle dit à Riley et les autres :

— On vient de m'informer de l'arrivée de la veuve de Barton et de sa fille sur la base. On doit aller leur parler.

Le cœur serré, Riley la suivit vers le bâtiment administratif.

Parler aux familles des victimes était certainement ce qui lui était le plus difficile et le plus douloureux dans son travail. Elle redoutait ces moments-là bien plus que ses confrontations avec des tueurs psychopathes.

CHAPITRE TRENTE-DEUX

Quand Riley arriva dans le bâtiment administratif avec Bill, Lucy et le colonel Larson, son malaise ne fit que croître. Qu'allait-elle dire à la veuve du soldat Kyle Barton ? Qu'est-ce qu'on pouvait dire à une jeune mère dont le mari avait été tué si brutalement ? Sa mort semblait inutile. Pourtant, ce n'était pas un accident. C'était un meurtre.

Une civile du personnel de la base les accompagna au salon des visiteurs où la famille les attendait. Elle fit rapidement les présentations, avant de repartir.

La veuve s'appelait Ellen et la fille s'appelait Sian.

Sian devait avoir environ quatorze mois. La petite fille aux cheveux dorés et au corps constellé de taches de son apprenait tout juste à marcher et y prenait un plaisir évident. Elle éclata d'un rire joyeux en courant après une grosse balle en plastique avec des grelots à l'intérieur.

Riley réprima un frisson en entendant le rire et les grelots. Tant de joie innocente semblait incongrue.

Mais que savait la petite Sian de la mort ?

Riley sentit que la mère de Sian, Ellen, était aussi perturbée par la dissonance émotionnelle. Ellen avait les mêmes taches de son et cheveux dorés que sa fille, mais ses yeux étaient rouges et voilés d'avoir pleuré.

Tous les yeux étaient posés sur Sian, comme si personne ne savait quoi dire tant que la petite jouait si bruyamment. Puis Lucy prit la fillette par la main et dit :

— Allons jouer dans une autre pièce. Seulement toi et moi.

La petite fille gloussa. Lucy ramassa la balle et conduisit l'enfant hors de la pièce.

Ellen poussa un soupir épuisé dès que Sian fut partie.

Au grand soulagement de Riley, le colonel Larson parla en premier.

— Toutes nos condoléances, Mme Barton.

Comme toujours, la banalité de la formule frappa Riley – une banalité presque aussi discordante que le rire de la petite.

Mais qu'y a-t-il d'autre à dire ? se demanda-t-elle. Riley aurait prononcé exactement les mêmes mots si personne d'autre ne l'avait fait.

Ellen Barton hocha la tête, comme si elle avait à peine

remarqué qu'on lui parlait.

Puis Bill commença l'interrogatoire.

— Mme Barton, nous aimerions vous poser quelques questions. Nous allons essayer de ne pas vous déranger longtemps.

La femme acquiesça à nouveau.

— D'accord, murmura-t-elle.

Riley était soulagée que ce soit Bill qui parle.

Bill demanda :

— Votre mari avait-il des ennemis ?

Riley fut choquée de voir un rictus involontaire déformer momentanément le visage d'Ellen.

— Des ennemis ? dit-elle. Comment le saurais-je ? Je ne connaissais même pas ses amis.

Riley et Bill échangèrent un regard.

— Pourriez-vous nous expliquer ? demanda Bill.

Ellen poussa un profond soupir de lassitude.

— Depuis que Kyle a commencé sa formation, je sens qu'il m'échappe. C'était dur d'être séparés. Et même quand on se voyait… C'était comme s'il n'était pas vraiment là. L'armée prenait de plus en plus d'importance. Plus d'importance que…

Elle se tut, mais Riley comprit ce qu'elle avait voulu dire.

L'armée avait fini par devenir plus importante aux yeux de Kyle Barton que sa femme et sa fille.

Riley comprit et reconnut une situation familière. Après tout, elle n'était pas en territoire inconnu. Le dévouement de son propre père à sa carrière militaire avait semé le trouble dans sa vie privée – notamment dans sa relation avec Riley.

Bien sûr, la vie privée de Riley souffrait aussi de son dévouement à l'UAC. Ryan n'avait pas été un mari parfait, mais Riley savait qu'elle avait souvent été absente dans leur couple, physiquement ou émotionnellement, parfois les deux. Et elle redoutait encore que son travail n'affecte sa capacité à élever ses filles. Elle se demandait souvent si elle était aussi dévouée à Jilly et April qu'elle ne l'était à son travail.

Elle espérait que c'était le cas, mais la question lui venait souvent.

Elle savait que la vie privée de Bill avait également souffert. Elle se rappelait ce qu'il lui avait dit quand son mariage avec Maggie s'était détérioré…

« Elle pense que je la trompe avec mon boulot. »

Riley ressentit une pointe de tristesse.

L'infidélité peut prendre bien des formes, pensa-t-elle.

Et maintenant, il semblait qu'Ellen Barton avait perdu son mari avant sa mort.

Pendant que Riley suivait le fil de ses réflexions, Bill interrogeait toujours Ellen. Il était fin diplomate et Ellen Barton avait l'air de vouloir les aider, mais la jeune femme ne savait tout simplement rien d'utile. Enfin, Bill se tourna vers Riley, lui demandant en silence si elle voulait demander autre chose.

Riley secoua la tête et dit.

— Nous n'allons pas vous déranger plus longtemps, Mme Barton. Une fois encore, nous vous présentons toutes nos condoléances.

Le colonel Larson donna sa carte de visite à la femme et dit :

— S'il vous plait, prévenez-nous si vous vous souvenez de quelque chose, même si ça n'a pas l'air important. Merci beaucoup d'avoir pris le temps de nous parler.

Riley, Bill et le colonel Larson quittèrent la pièce. Dans le couloir, ils retrouvèrent Lucy et la petite Sian en train de jouer à la balle. Lucy ramena l'enfant à sa mère, puis les trois agents se dirigèrent vers le bâtiment de la police militaire.

Au lieu de penser à ce qu'ils pourraient faire du reste de la journée, Riley pensait à ce qu'avait dit Ellen.

« Je ne connaissais même pas ses amis. »

C'était une pensée bien triste, mais Riley commençait à se demander…

Et s'il y avait plus que ça ?

Tous ceux qui leur avaient parlé de Barton sur la base te tenaient en très haute estime. Mais Barton faisait-il mystère des gens qu'il fréquentait ? La réserve de Kyle Barton dissimulait-elle une énigme – quelque chose qui était lié à son propre meurtre ?

Riley n'en savait rien.

Mais elle fut soudain certaine qu'il y avait quelque chose de louche dans la vie de Barton – et que c'était lié à sa mort.

CHAPITRE TRENTE-TROIS

A la nuit tombante, Riley, Bill et Lucy se retrouvèrent sur la terrasse du petit cottage qu'ils occupaient de nouveau. Ils contemplaient l'océan.

La journée avait été frustrante. Après avoir interrogé Ellen Barton, ils avaient parlé à tous ceux qui connaissaient le soldat Barton. Ils n'avaient rien appris.

Ils avaient également retrouvé et questionné les membres du personnel qui se trouvaient dans les environs au moment du meurtre. Mais tous ces gens avaient des alibis.

Riley et ses collègues mangeaient une pizza qu'ils avaient commandée. Lucy proposa une bière à Riley. Riley hésita pendant une seconde. Elle avait envie de boire, mais elle ne voulait pas répéter ce qui s'était passé la nuit dernière. Finalement, les trois agents se partagèrent un pack de six bières et elle comprit qu'elle avait eu tort de s'inquiéter.

Pendant qu'ils mangeaient et buvaient, Lucy demanda :

— On est sûr que le tueur va frapper à nouveau ? Ça arrive que des tueurs s'arrêtent.

Riley et Bill ne répondirent pas pendant un moment.

C'était une pensée troublante. Ni Riley, ni ses collègues ne voulaient qu'il y ait d'autres meurtres. Mais si le tueur disparaissait, la piste refroidirait.

Le mois dernier, Riley avait élucidé une affaire classée depuis vingt-cinq ans. Bien entendu, certaines affaires n'étaient jamais résolues.

Elle ne voulait pas que ce soit le cas de celle-ci.

Enfin, Bill dit :

— Mon instinct me dit que ce n'est pas terminé.

— Je suis d'accord, dit Riley. La question n'est pas de savoir s'il va tuer à nouveau, mais quand. Et on doit l'arrêter avant.

— On a peut-être du temps devant nous, ajouta Bill. Il ne tue pas à intervalles réguliers et peut-être qu'il ira plus vite la prochaine fois. Mais je n'en suis pas certain. On n'est sûrs de rien.

Riley acquiesça en silence. La sécurité était renforcée sur la base : il y avait plus de surveillance aérienne. On avait également instauré un couvre-feu pour empêcher le personnel de déambuler la nuit. Mais Riley savait que le tueur avait de la ressource. C'était une sorte de dangereux Boy Scout, toujours prêt à tout. Riley était agacée et préoccupée qu'elle et ses collègues n'aient pas fait le moindre progrès.

Quand ils terminèrent de manger, Lucy se leva de table.

— Je crois que je vais aller marcher sur la plage, dit-elle.

Riley sourit et dit :

— Tu ne verras pas grand-chose dans le noir.

— Ce n'est jamais complètement noir près de l'eau, dit Lucy.

Le jaune femme descendit de la terrasse et se dirigea vers la plage.

Riley repensa avec émotion à l'histoire que Lucy leur avait racontée sur sa famille – ses parents avaient vécu à Sacramento, mais ils travaillaient si dur que Lucy n'avait jamais vu l'océan avant d'arriver à l'université.

Riley pensa à ce que Lucy lui avait dit sur le fait de voir l'océan…

« Quand je le vois, ça me rappelle combien j'ai de la chance et je suis fière de vivre dans ce pays et de faire ce métier. »

Riley avait les yeux humides.

Comme s'il lisait dans ses pensées, Bill dit :

—Cette gamine va faire de grandes choses au FBI. Je suis fier de travailler avec elle maintenant et je sais qu'elle ne fait que commencer.

— Moi aussi, dit Riley.

Ils se turent. Riley réalisa qu'elle n'avait contacté personne à Fredericksburg. Il était trop tard pour appeler, mais par pour envoyer des messages. Elle tapa rapidement des textos affectueux à Blaine, Gabriela et les filles. Elle dit à April et Jilly combien elle les aimait et qu'elle avait hâte de rentrer à la maison.

Puis elle se retourna vers l'horizon qu'elle contempla en silence en écoutant le bruit des vagues.

Son anxiété était en train de remonter à la surface. La mort inutile et gratuite de Shirley Redding la hantait toujours. Elle pensa à tout ce qui s'était passé ces derniers mois, énumérant dans sa tête tout ce qu'elle aurait pu faire différemment.

Comment ai-je pu laisser faire ça ? se demanda-t-elle.

Perdue dans ses pensées, elle sursauta en entendant la voix de Bill.

— Tu vas bien ?

Riley le dévisagea avec surprise. C'était une question qui sortait de nulle part.

— Oui, ça va, dit-elle.

Bill secoua la tête.

— Non, ça ne va pas, dit-il. J'ai bien vu qu'il y avait quelque chose qui n'allait pas quand on s'est retrouvés à l'aéroport ce matin.

Riley grinça des dents en pensant à la tête qu'elle devait faire.

— J'ai passé une mauvaise nuit, c'est tout.

Riley savait que Bill ne se contenterait pas de cette réponse. Il la connaissait trop bien. Mais il ne dit rien pendant un long moment. On n'entendait que les vagues sur la plage.

Enfin, Bill dit :

— J'ai entendu dire qu'une femme était morte chez ton père.

Riley frémit. Bien sûr, ce n'était pas une surprise que Bill sache pour Shirley Redding. La nouvelle avait dû circuler dans le FBI.

Puis Bill demanda :

— C'était ton agent immobilier, n'est-ce pas ?

— Ouais, dit Riley.

— Ça ne doit pas être facile à vivre.

Riley hésita. Qu'oserait-elle dire à Bill à propos de toute cette affaire ?

Puis elle dit :

— Je suis montée voir ce qui s'était passé.

Elle hésita.

— La police dit que c'est un accident, dit-elle enfin.

Dès qu'elle prononça ces mots, Riley sut que Bill ne la croirait pas.

Elle n'était pas certaine de savoir pourquoi.

Soufflait-on déjà dans les couloirs du FBI que Jennifer Roston enquêtait sur la relation que Riley entretenait avec Shane Hatcher ?

Ou était-ce simplement Bill qui lisait en elle comme dans un livre ouvert ?

Enfin, Bill dit :

— Riley, tu peux me dire n'importe quoi. J'espère que tu le sais.

Riley tourna la tête et croisa le regard de Bill. Elle comprit qu'il avait deviné une partie de ce qui la préoccupait.

Il sait même sans doute que ça concerne Shane Hatcher, pensa-t-elle.

Bill était son meilleur ami et il l'avait aidée à traverser beaucoup d'épreuves. Il l'avait couverte parfois quand elle avait fait des choses terribles. Il savait parfaitement qu'elle avait laissé ce jeune homme se pendre. Il avait tourné le dos quand elle avait écrasé la main du jeune garçon qui avait drogué April pour vendre son corps.

Il était resté loyal et silencieux.

S'il y avait une personne dans le monde à qui elle pouvait se confier, c'était sûrement lui.

Mais comment lui dire sans l'entrainer dans sa toile de honte et de mensonges ?

D'une voix étranglée, elle dit :

— Bill, je ne peux pas. Je ne peux pas, c'est tout.

Bill acquiesça et ne dit rien.

Au bout de quelques instants, Lucy revint de sa promenade et alla se coucher. Bill fit de même.

Seule sur la terrasse, Riley décida d'aller marcher, elle aussi.

En flânant sur la plage, elle vit que Lucy avait raison : l'eau n'était jamais complètement noire. La lune l'éclairait à travers les nuages. C'était très paisible.

En suivant la rive, Riley vit soudain une autre silhouette en face d'elle – la silhouette d'un homme. Riley ne s'inquiéta pas tout de suite. Il n'y avait aucune raison de s'étonner qu'une autre personne veuille profiter de cette belle nuit.

Mais quand la silhouette fut à une centaine de pieds, une voix l'interpella.

— Agent Paige ?

Riley sentit un pic d'adrénaline. Elle avait son arme et sa main s'en approcha.

— Qui est là ? demanda-t-elle.

La silhouette leva les mains.

— Ne tirez pas. Je ne suis pas armé. Je veux vous aider.

Riley reconnut sa voix.

C'était Stanley Pope, le soldat qui l'avait provoquée au bord de la falaise.

Mais qu'est-ce qu'il veut ? se demanda Riley.

CHAPITRE TRENTE-QUATRE

Riley alluma son téléphone pour mieux voir la silhouette sur la plage.

C'était bien le deuxième classe Pope. Il avait toujours les mains en l'air.

Qu'est-ce qu'il faisait là ?

Quel genre d'aide le soldat qui avait essayé de l'effrayer pouvait-il bien lui offrir ?

Une vengeance serait plus probable, pensa Riley.

Il sentait encore probablement l'humiliation qu'elle lui avait infligée au bord de la falaise il y a quelques jours. Elle savait qu'il était arrogant et rebelle et qu'il n'avait pas aimé se faire battre par une « fille ».

Elle aurait dû s'attendre à des représailles tôt ou tard.

Riley décida de garder ses distances cette fois.

— Je ne suis pas armé, répéta Pope.

Riley le regarda des pieds à la tête. Il semblait qu'il disait la vérité. Mais elle savait qu'il était fort et agile.

Il commença à marcher vers elle. Il bougeait rapidement, même sur le sable.

— Gardez vos distances, dit Riley, une main toujours sur son arme.

— Je ne veux pas vous faire de mal, dit Pope en s'approchant, les bras levés. Ecoutez, vous m'avez donné une bonne leçon, l'autre jour. Je respecte ça. Je vous respecte.

Riley se demanda si elle devait le croire.

Puis elle pensa à ce qu'il lui avait dit sur Worthing, le sergent décédé qui avait été son sergent instructeur et qui lui avait pris ses ailes de moustique...

« Je suis content qu'il m'ait remis sur le droit chemin. »

Riley se demanda s'il ressentait la même gratitude à son égard maintenant.

C'était une possibilité.

— Je veux vraiment vous aider, dit Pope. Il faut que ça cesse.

La voix et l'expression sur le visage de Pope étaient sincères.

Elle décida de prendre le risque de s'approcher – tout en restant sur le qui-vive et prête à tout.

Ils se retrouvèrent face à face dans le faisceau lumineux de la lampe torche de Riley.

— Qu'est-ce que vous voulez me dire ? demanda Riley.

Pope tourna la tête plusieurs fois derrière lui, comme pour s'assurer qu'ils soient seuls.

Riley demanda :

— Vous savez qui est le sniper ?

— Non, dit Pope.

— Alors comment pouvez-vous m'aider ?

Pope regarda Riley droit dans les yeux.

Il dit :

— Je pense que je sais ce que les victimes ont en commun.

La curiosité de Riley monta en flèche. Jusqu'à présent, tout lien entre les soldats assassinés avait échappé à la police militaire et aux agents du FBI. Ça allait peut-être changer.

— Qu'est-ce qu'ils ont en commun ? demanda-t-elle.

Pope parut rassembler son courage avant de répondre.

— C'est le bizutage, dit-il enfin.

Riley entendit presque une sonnette d'alarme retentir sous son crâne. Le bizutage, bien sûr, la première et plus évidente hypothèse qui n'avait pourtant pas été envisagée.

— Qu'est-ce que vous voulez-dire ? demanda-t-elle.

— Il y a eu des incidents assez graves à Fort Mowat à cause du bizutage. Parfois, ça a dégénéré.

Puis Pope se tut. Quoi qu'il ait à dire, Riley sentit qu'il n'avait pas envie de le dire.

Il a peut-être un peu peur, pensa-t-elle.

Elle devait poser les bonnes questions pour le faire sortir de son trou.

— Parlez-moi du bizutage, dit-elle. C'est inhabituel ?

— Pas vraiment, dit Pope. Ça arrive sur toutes les bases militaires. Ça devrait pas arriver à Fort Mowat, mais ça arrive.

Il regardait ses pieds maintenant.

— Ecoutez, c'était une erreur, dit-il. Je n'aurais pas dû venir vous parler.

Il tourna les talons.

— Ne partez pas, dit Riley. Parlez-moi.

Il se retourna à demi et hocha la tête d'un geste nerveux.

— Comment vous savez qu'il y a du bizutage ? demanda Riley.

— J'ai été bizuté. C'était violent. Je peux encaisser. J'ai aussi encaissé ce que vous m'avez fait à l'enterrement du sergent Worthing.

Il se tut. Riley comprit qu'elle devait l'obliger à continuer. Elle demanda :

— Il y a des recrues qui n'encaissent pas ?

— Quelques-unes. Il y en a qui sont partis dans ma section. Il y a eu un suicide dans une autre.

Il haussa les épaules d'un air embarrassé. Il dit :

— Je viens de vous le dire. Parfois, ça dégénère. C'est une chose de se faire taper dessus. On s'endurcit, on se prépare pour le combat. Mais il y a des sergents instructeurs qui sont allés trop souvent au front. Il y en a qui souffrent de SSPT. Ils font des trucs dingues. Une recrue a eu la peau tellement brûlée à l'eau de Javel qu'il a eu besoin d'une greffe.

Riley était choquée.

— Personne ne m'en a parlé, dit-elle.

— C'était il y a quelques années, dit Pope. Ce sont des mecs qui étaient là qui m'en ont parlé. Le sergent instructeur est passé en cour martiale. Tout le monde pensait que le bizutage comme ça, c'était fini. Mais ça continue.

Quoique choquée par ces nouvelles, Riley sentit que Pope restait évasif.

— Vous m'avez dit que vous saviez qu'il y avait un lien entre les quatre victimes, dit-il. C'est quoi ?

Pope détourna les yeux et ne dit rien.

— C'était eux qui bizutaient ? demanda-t-elle.

Pope hocha la tête.

— C'étaient les plus pires, dit-il.

Riley n'arrivait toujours pas à comprendre.

— Ça n'a pas de sens, dit-elle. Kyle Barton était un soldat de deuxième classe, pas un sergent instructeur. Pourquoi bizuterait-il les autres ? Et comment ?

A présent, Pope semblait à la fois effrayé et sur la défensive.

— Ecoutez, il en faisait partie, c'est tout ce que je peux vous dire. Et…

Il se tut. Riley demanda :

— Il y a quelqu'un qui veut se venger ?

— C'est ce que je me suis dit, dit Pope.

Sa voix tremblait.

— Pourquoi avez-vous peur ? demanda Riley.

Pope eut l'air de gamberger. Enfin, il dit :

— Ecoutez, c'est tout ce que je peux vous dire. Il faut que je retourne à la caserne.

Il tourna les talons et s'éloigna.

— Revenez me parler, dit Riley en marchant rapidement pour le rattraper. Si vous avez peur, on peut vous protéger.

Pope secoua la tête et continua de marcher.

— C'est tout ce que j'ai à dire. S'il vous plait, ne dites à personne que je vous ai parlé. Personne ne doit savoir. Il y a des gens qui…

Sans prévenir, il se mit à courir et s'éloigna sur la plage.

Riley se lança à sa poursuite, puis elle comprit que ce n'était pas une bonne idée et s'arrêta.

Elle savait que Pope lui avait dit tout ce qu'il était prêt à lui dire – et probablement plus qu'il n'avait eu l'intention de lui dire.

Mais sa tête résonnait de questions quand elle rentra au cottage.

De quoi Stanley Pope a-t-il peur ? se demanda-telle.

Il fallait qu'elle sache – avant que quelqu'un d'autre ne soit tué.

CHAPITRE TRENTE-CINQ

Quand Riley réveilla Bill et Lucy tôt le lendemain matin pour leur raconter son étrange et perturbante conversation avec le soldat Pope, ses collègues l'écoutèrent avec fascination.

Quand elle eut terminé, Bill dit :

— On doit interroger ce gamin.

Riley secoua la tête.

— Je ne veux pas faire ça, dit-elle. Pas tout de suite.

Bill eut l'air incrédule.

— Pourquoi ? demanda-t-il. Pope agit comme une personne suspecte. Et on dirait qu'il ne t'a pas dit tout ce qu'il savait.

Riley savait que Bill avait raison. Elle ne voulait pas ignorer ses inquiétudes, mais elle avait d'autres raisons de s'inquiéter. Puis elle dit :

— Il avait l'air vraiment terrifié, et sans doute pour une bonne raison. L'interroger pourrait faire de lui une cible.

— une cible pour qui ? demanda Bill. Pour ce qu'on en sait, c'est peut-être lui qu'on recherche.

— Je suis sûre que non, dit Riley.

Bill eut l'air encore plus incrédule.

— Comment tu le sais ? Riley, ce type t'a agressée.

— Il ne m'a pas agressée. Il a juste essayé de me faire peur. Apparemment, il a retenu la leçon. Il a essayé de m'aider.

Bill poussa un grognement de frustration.

— Tu n'en sais rien, Riley.

Plus Riley y réfléchissait, plus elle était certaine qu'elle avait raison. Elle dit :

— Je veux parler au groupe de Barton. Pour le moment, on ne va rien dire à Larson, ou à qui que ce soit, que j'ai vu Pope hier.

Elle vit à l'expression sur le visage de Bill qu'il encaissait et acceptait, quoiqu'avec réticence, sa décision. Enfin, il hocha la tête.

Riley poussa un soupir de soulagement. Elle ne voulait vraiment pas se disputer avec son partenaire. Une fois encore, elle se félicita qu'il soit toujours prêt à suivre l'intuition de Riley, même quand elle avait du mal à l'expliquer.

Elle se tourna vers Lucy qui ne parlait pas. Lucy dit d'une voix douce :

— Alors qu'est-ce qu'on fait maintenant ?

Riley dit :

— On doit parler au groupe de Barton. On doit leur poser d'autres questions, dit-elle.

— On peut leur parler aux funérailles de Barton ? demanda Lucy.

Bill dit :

— Non. On m'a dit que la veuve ne voulait pas d'une cérémonie militaire. Ce sera une sépulture privée avec la famille et quelques amis. Ses camarades resteront là. On devrait faire de même.

Riley tambourina des doigts sur la table.

Elle dit :

— On va leur parler tout de suite. Quelqu'un dans le groupe sait quelque chose qu'il n'a pas dit. J'en suis sûre.

*

Riley appela immédiatement le colonel Larson pour organiser la rencontre. Une demi-heure plus tard, ils rejoignirent Larson et son chef d'équipe, le sergent Matthews, au réfectoire. Le groupe s'était rassemblé autour d'une table. Le sergent Williams expliqua que Riley et ses collègues avaient des questions supplémentaires.

Riley remarqua que leurs jeunes visages étaient plus marqués et plus inquiets que la veille. Elle n'était pas étonnée. Ils avaient eu vingt-quatre heures pour réfléchir à ce qui était arrivé à leur camarade. Le choc initial était passé, laissant place à des émotions plus obscures, comme la paranoïa.

Riley, Bill, Lucy et le colonel Larson étaient debout devant le groupe. Le sergent Matthews s'installa non loin.

Riley décida d'aller droit au but.

— Je veux vous interroger sur le bizutage, dit-elle.

Un frisson palpable parcourut le groupe. Riley détecta de la surprise, de la confusion et de la panique. Un jeune homme dit :

— Je ne comprends pas. Les victimes ont été abattues, pas bizutées.

— Elles ont été bizutées ? demanda une jeune femme.

— Il y a quelque chose que vous ne nous avez pas dit ? demanda un homme.

Un brouhaha suivit, jusqu'à ce que le sergent Williams intime sévèrement au groupe l'ordre de se calmer. Le sergent instructeur semblait lui aussi affecté par ce que Riley venait de dire. C'était tant mieux, aux yeux de Riley. Elle ne voulait pas que les recrues soient à l'aise. Elle était plus susceptible d'obtenir des informations utiles s'ils étaient déstabilisés.

Riley poursuivit :

— Je sais qu'il y a du bizutage. Ça n'a rien d'inhabituel. Mais je veux que vous me parliez de vos expériences personnelles. Ça vous est arrivé ?

Les recrues échangèrent des regards anxieux. Riley savait parfaitement qu'elle venait de leur poser une question difficile. Le sergent Williams prit la parole :

— Avec tout le respect que je vous dois, agent Paige, l'armée interdit ce genre de pratique. C'est écrit dans le manuel de formation. « Le stress généré par les mauvais traitements est contre-productif. »

Riley lui adressa un regard sévère et dit :

— Êtes-vous en train de me dire qu'il n'y a jamais eu des cas de bizutage à Fort Mowat ?

Le sergent Williams ne répondit pas. Il eut l'air boudeur.

Riley demanda :

— Vous bizutez vos recrues, sergent Williams ?

Il la fusilla du regard, visiblement offensé, mais ne répondit pas. Un jeune homme prit la parole :

— Le sergent Williams ne ferait jamais ça, madame. Il s'en tient au règlement. Il nous traite avec respect.

Il y eut un murmure d'assentiment. Riley les crut. Mais elle sentit qu'elle poussait les bons leviers.

La jeune femme qui avait déjà parlé reprit la parole :

— Ecoutez, parfois, les autres sergents instructeurs s'acharnent un peu. Mon sergent instructeur en formation initiale nous faisait faire des exercices supplémentaires. On peut le faire. Ceux qui ne peuvent pas ne devraient pas être ici.

Quelques recrues marmonnèrent leur assentiment. Riley insista :

— Je ne vous parle pas de faire des exercices supplémentaires. Je vous parle de ce qui va trop loin, de ce qui vous pousse dans vos derniers retranchements. Et j'ai besoin que vous m'en parliez, ici et maintenant.

Un silence embarrassé s'installa.

Puis un jeune homme prit la parole avec réticence. Sa voix n'était qu'un murmure.

— Il s'est passé quelque chose dans ma section.

Plusieurs camarades essayèrent de le faire taire. Le colonel

Larson dit :

— Parlez, soldat. L'agent Paige a besoin de savoir. Il n'y aura aucune répercussion, je vous le garantis.

Il y eut des grognements d'incrédulité dans le groupe. Riley comprit pourquoi. Comment le colonel Larson pouvait-il garantir qu'il n'y aurait pas de répercussions ? Riley savait qu'elle leur demandait de se mettre en danger. Cela ne lui plaisait pas, mais elle sentait qu'elle n'avait pas le choix. Des vies dépendaient de ce qu'elle pouvait apprendre aujourd'hui.

Elle encouragea le soldat :

— Allez-y. Dites-moi.

Le jeune homme fit la grimace.

— Mon sergent instructeur a rassemblé notre section et il a tiré un coup de feu en l'air. Puis il a agité son fusil devant nous et nous a dit qu'il allait abattre l'un d'entre nous avec la prochaine balle. Il a pressé la détente, mais son chargeur était vide. Il nous a foutu une de ses trouilles.

Le soldat assis à côté de lui eut l'air furieux.

— Ferme ta gueule, Musser. Ça regarde personne.

— Mais c'est vraiment arrivé ? demanda Riley au soldat en colère.

— Ouais, c'est vrai, siffla le soldat. J'étais dans la même section. Et alors ? On s'est payé une bonne trouille. On en avait besoin. C'est juste un avant-goût de ce qui nous attend au combat. Je suis content que le sergent l'ait fait. Il est allé au combat et il sait ce qui nous attend. On doit devenir des tueurs de sang-froid. Si on nous materne maintenant, on se fera tuer plus tard.

Une femme dit :

— Qu'est-ce que tu peux être con, Parks. On ne s'entraine pas tous à tuer. On a des scientifiques, des ingénieurs, le renseignement, la justice… Moi, je vais devenir mécanicienne.

Un autre soldat aboya :

— Ben, tant mieux pour toi. Il y en a qui vont vraiment aller au combat. On doit se préparer. Moi, je trouve que c'est bien dommage que le bizutage soit contraire au règlement. On ne fait vraiment partie de son unité qu'au moment où on est au fond du trou, psychologiquement et physiquement.

Des voix s'élevaient de tous côtés, certaines pour acquiescer, d'autres pour exprimer sèchement leur désaccord.

Elle remarqua un jeune homme qui n'avait encore pas dit un mot. Sur son uniforme, Riley lut qu'il s'appelait Shealy. Il avait l'air particulièrement anxieux, le dos rigide, les mains serrées. Elle sentit que ce n'était plus qu'une question de minutes avant qu'il ne parle.

Elle demanda :

— Quelles rumeurs avez-vous entendues ? Des rumeurs difficiles à croire ?

Un silence passa. L'air était chargé d'électricité.

Enfin, un soldat à l'air timide prit la parole.

— J'ai entendu des trucs. A propos d'un endroit qu'on appelle la « tanière ». Et des trucs sur des enlèvements.

La tension monta d'un cran. Riley se demanda avec inquiétude si une bagarre pouvait éclater.

Un autre soldat tapa du poing sur la table et pointa du doigt le soldat qui venait de parler.

— C'est qu'un mythe, Daniels, hurla-t-il. Garde ça pour toi.

Quelques voix exprimèrent avec colère leur assentiment. D'autres paraissaient n'avoir jamais entendu parler de ça. D'autres avaient l'air très inquiet maintenant.

Riley entendit un hoquet à côté d'elle. Elle se tourna vers le colonel Larson qui était bouche bée.

Les nerfs de Riley la picotèrent. Elle sentit que Larson avait entendu quelque chose qui avait du sens pour elle.

Riley comprit qu'ils étaient sur le point d'apprendre quelque chose d'essentiel.

Elle comprit aussi que ce ne serait pas joli à voir.

CHAPITRE TRENTE-SIX

Riley resta en retrait pendant que le colonel Larson s'avançait et interrogeait le groupe. Elle semblait très agitée et sa voix tremblait un peu.

— Parlez-moi de ces enlèvements. Je me fiche de savoir si vous y croyez ou non. Si vous savez quelque chose, dites-le. Si quelqu'un cache quelque chose, je vous promets qu'il y aura des conséquences.

Le soldat appelé Daniels prit timidement la parole.

— J'ai entendu dire que des soldats se faisaient enlever la nuit sur la base. Pas par des aliens, mais par des types étranges. Des soldats, je suppose. On leur fait subir des trucs terribles. Quand ils sont bien démolis, les types les laissent partir. Ils ne comprennent jamais ce qui s'est passé.

Le colonel Larson fixa Daniels du regard.

— Vous dites que vous en avez entendu parler, siffla-t-elle. Qui vous en a parlé ?

Daniels baissa la tête, essayant visiblement de ne regarder personne. Mais Riley comprit qu'il y avait un visage qu'il voulait particulièrement éviter. C'était celui du jeune homme silencieux qu'elle avait déjà repéré – le soldat Shealy.

Riley s'adressa à lui.

— Soldat, je crois que vous avez quelque chose à nous dire.

Le soldat Shealy ne dit rien pendant un long moment. Puis il marmonna de façon inaudible. Riley dit :

— Je ne vous entends pas, soldat.

Shealy parla d'une voix plus forte.

— J'ai dit que ça m'était arrivé. J'ai été enlevé. J'en ai parlé à Daniels.

Le colonel Larson croisa les bras. Son expression était de plus en plus troublée.

— Dites-nous, Shealy. Dites-nous tout.

Le soldat Shealy frémit.

— C'était dingue, dit-il. C'était horrible. C'est le pire truc qui me soit jamais arrivé.

Il se tut, comme pour prendre le temps de rassembler son courage.

— J'étais en train de me promener la nuit quand des types sont sortis des buissons, m'ont mis une cagoule sur la tête et m'ont attaché les mains dans le dos. Je ne voyais plus rien. Ils m'ont emmené quelque part en me faisant tourner sur moi-même. Je ne sais pas où on s'est retrouvés, mais…

Il se tut. Le colonel Larson fit un pas vers lui, comme pour aller le secouer. Riley l'arrêta.

— Prenez votre temps, soldat, dit Riley.

— On s'est retrouvés dans un bâtiment. D'abord, ils m'ont mis dans une pièce et ils m'ont attaché à une chaise. J'avais toujours la cagoule, donc je ne voyais rien. Les types autour de moi me poussaient, me frappaient et m'insultaient. Ils m'ont fait boire du vinaigre et manger quelque chose de dur. Du carton, je crois. Ils m'ont forcé à l'avaler. Je n'arrêtais pas de vomir, mais ils continuaient. Il fallait toujours que je mange plus, que je boive plus. Et puis…

De la sueur perlait sur le front de Shealy.

— Ils m'ont mis une autre cagoule. Avec des trous pour les yeux, cette fois. Mais elle n'arrêtait pas de tourner, alors c'était difficile d'y voir clair. Ils m'ont conduit dans une grande pièce avec un balcon. Ils m'ont dit que c'était la tanière. Il devait y avoir des centaines de mecs assis tout autour, avec des masques bizarres : des clowns, des animaux, des monstres, ce genre de chose. Un groupe au balcon avait l'air de présider. Ils portaient des masques, eux aussi. Et il y avait cinq autres personnes comme moi en bas. On portait tous des cagoules avec des trous pour les yeux. Je ne savais pas qui étaient ces types. On avait les mains attachées, mais ils nous ont détachés et…

Le soldat Shealy parut ravaler un grognement d'horreur.

— Ils nous ont forcé à combattre. Ils nous ont obligés à nous taper dessus aussi fort qu'on pouvait. Si on ne le faisait pas, ils nous tabassaient. On n'avait pas le choix. On s'est tapés dessus comme jamais. Et en fait…

Il se tut à nouveau. Riley sentit qu'il avait du mal à expliquer ce qui s'était passé ensuite.

Enfin, il dit :

— J'ai fini par jouer le jeu. La violence, ça rend fou. Je me suis battu aussi fort que possible et je n'avais pas envie de m'arrêter. J'ai eu l'impression qu'on devait se battre jusqu'à ce qu'il n'y en ait plus qu'un qui soit debout. Et je voulais être le dernier. Je voulais… faire partie de ce qui se passait.

— Qu'est-ce qui s'est passé ? demanda Riley.

— On m'a frappé très fort sur la nuque et j'ai perdu

connaissance. Ensuite, je me suis retrouvé allongé devant les casernes. Il faisait noir. Je suis retourné sur mon lit et j'ai écrasé. J'étais…

Le visage de Shealy se déforma de colère et d'horreur.

— Je sais que ça parait dingue, mais j'étais déçu et j'avais honte.

Riley avait la tête pleine de questions. Mais avant qu'elle n'ait eu le temps de parler, une jeune femme prit sèchement la parole. Sur son uniforme, elle portait le nom de Nelson.

— Espèce de connard, Shealy. T'es vraiment qu'une petite merde.

Shealy dévisagea Nelson comme si elle l'avait giflé. Nelson poursuivit :

— Moi aussi, ça m'est arrivé. Mais je ne les ai pas laissés faire, contrairement à toi, Shealy. J'ai refusé de me battre avec les autres. Je les ai laissés me tabasser. Ils ont fini par laisser tomber et ils m'ont ramenée dans les casernes avec une cagoule.

Elle secouait la tête avec fureur maintenant.

— Je n'avais jamais été aussi en colère, dit-elle. Je le suis toujours. Si je trouvais un des mecs qui m'ont fait ça, je te jure, je le tuerais. Je réfléchirais même pas.

Shealy et Nelson se dévisagèrent – Shealy avec horreur, Nelson avec rage.

Bouche bée, Riley ne comprenait plus.

Elle savait qu'elle venait d'apprendre quelque chose de très important.

Mais qu'est-ce que ça voulait dire ?

Le colonel Larson demanda :

— L'un de vous sait-il quoi que ce soit sur l'identité de vos kidnappeurs ? N'importe quoi sur ne serait-ce qu'un seul d'entre eux ?

Nelson secoua la tête. Mais Shealy regarda le colonel Larson et hocha la tête.

— Certaines voix étaient familières, dit-il. Et je suis sûr d'en avoir reconnu une.

— Qui c'était ? demanda Larson.

Shealy avala sa salive et dit :

— C'était le deuxième classe Barton. C'était un des mecs qui me hurlaient dessus dans la pièce et il était aussi dans la foule qui nous ordonnait de combattre. C'est le lendemain que j'ai eu la confirmation. Barton et moi, on était potes avant ça. Mais il ne m'a plus jamais traité de la même façon après. C'était comme si je lui étais inférieur. Il a gardé ses distances. Jusqu'à sa mort.

Les pièces du puzzle trouvaient leur place.

Il devait y avoir une société secrète très puissante à Fort Mowat. Et ses membres faisaient passer des rites initiatiques très violents que peu de jeunes soldats réussissaient – ou choisissaient volontairement de passer. Ceux qui survivaient devenaient membres de cette élite fantomatique.

Ces rites initiatiques avaient lieu dans un endroit qui s'appelait la « tanière ».

Ce nom chatouillait l'esprit de Riley.

La tanière...

Puis elle pensa à ce que le soldat Pope lui avait dit sur le sergent Worthing.

« Il courait avec la meute. »

Avant que Riley n'ait eu le temps d'y réfléchir, le colonel Larson s'adressa au groupe.

— Nous n'avons pas d'autres questions.

Riley sursauta. Pourquoi Larson avait-elle décidé de mettre fin à l'interrogatoire toute seule ? Riley avait d'autres questions à poser.

Puis Larson ajouta :

— Soldats Shealy et Nelson, je veux que vous fassiez un rapport complet sur ce qui s'est passé au sergent Matthews ci-présent. Si quelqu'un d'autre sait quoi que ce soit, faites de même. N'imaginez même pas nous cacher quelque chose. On va découvrir le fin mot de l'histoire.

En se tournant vers son chef d'équipe, elle dit :

— Prenez ces rapports, Matthews. N'oubliez aucun détail ou vous aurez affaire à moi.

Un peu intimidé, le sergent Matthews dit :

— Oui, madame.

Sans ajouter un mot, le colonel sortit du réfectoire.

Riley, Bill et Lucy la suivirent. Riley demanda :

— Colonel, vous voulez bien me dire ce qui se passe ?

Le colonel Larson répondit d'une voix étouffée :

— Je sais qui est le tueur. Venez avec moi.

CHAPITRE TRENTE-SEPT

Le colonel Larson ne prononça pas un mot de plus avant d'arriver au bâtiment de la police militaire. Riley se demanda ce qui était sur le point de se passer. Elle vit que Bill et Lucy échangeaient des regards d'incompréhension.

Riley n'était certaine que d'une chose : ils étaient sur le point d'avancer.

En arrivant dans son bureau, Larson ne prit pas tout de suite la parole. Elle s'assit devant son ordinateur et se mit à chercher frénétiquement dans ses dossiers.

Tout en tapant sur son clavier, elle dit enfin :

— J'ai déjà entendu parler de ces histoires d'enlèvements. Je n'y croyais pas, c'est tout.

— Que voulez-vous dire ? demanda Riley. De vrais enlèvements ?

Larson continuait de taper tout en parlant.

— Il y a quelques mois, nous avons dû démobiliser une recrue qui avait des problèmes psychologiques. Il s'appelait Brandon Graham.

— Exclu pour cause d'indignité ? demanda Bill.

— Non, répondit Larson. Sinon, il serait sûrement en prison. C'était un renvoi pour raisons médicales.

La curiosité de Riley montait.

— Quels problèmes médicaux présentait-il ? demanda-t-il.

— On pensait que c'était un trouble de la personnalité, dit Larson. Il avait des cauchemars, il perdait du poids parce qu'il ne voulait plus manger, il n'arrivait plus à se concentrer. Le sergent instructeur de Graham l'a envoyé faire des examens médicaux parce qu'il n'était plus capable de suivre à l'entrainement. Le psychologue qui l'a examiné est arrivé à la conclusion qu'il souffrait de délire psychiatrique, peut-être de schizophrénie.

— De délire ? demanda Lucy. Comment ça ?

— Il n'arrêtait pas de répéter qu'il avait été enlevé, dit Larson.

Riley commençait à comprendre. Tout devenait plus clair.

Larson tourna l'écran de son ordinateur vers Riley et ses collègues pour qu'ils puissent lire les dossiers qu'elle venait d'ouvrir.

— Voilà le rapport du psychologue. Il y a la transcription de leurs sessions, dit-elle.

Riley et ses collègues commencèrent à lire. Un échange entre Graham et le psychologue attira l'attention de Riley.

Dr Sears : Qui vous a enlevé, Brandon ? Qu'est-ce qu'ils vous ont fait ?

Soldat Graham : Je ne vous dirai rien de plus.

Dr Sears : Pourquoi ?

Soldat Graham : Parce que ça ne vous regarde pas.

Dr Sears : Si vous voulez rester dans l'armée, il va falloir me le dire.

Soldat Graham : Pas question. C'est ma vengeance. Je vais m'en occuper tout seul. Je me fiche de l'armée. Foutez-moi dehors si vous voulez. Ça m'empêchera pas de faire ce que j'ai à faire.

Tout en lisant, Riley pensa à ce qu'avait dit la jeune femme pendant l'interrogatoire au réfectoire.

« Si je trouvais un des mecs qui m'ont fait ça, je te jure, je le tuerais. Je réfléchirais même pas. »

Il semblait que le soldat Graham était aussi en colère que cette jeune femme – et beaucoup moins stable, psychologiquement parlant.

Et il était plus susceptible d'avoir réellement cherché à se venger.

Riley pensa également à ce que lui avait dit Pope sur la plage, la nuit dernière, à propos des quatre soldats tués.

« C'était les plus durs. »

Tout commençait à prendre sens dans la tête de Riley. Le colonel Larson ajouta :

— Bien sûr, le psychologue pensait que Graham délirait ou qu'il avait des hallucinations. Il en parlait comme d'un enlèvement par des aliens. Tout le monde pensait la même chose, moi comme les autres. Mais dès que ces recrues se sont mises à parler d'enlèvements, j'ai fini par comprendre. Ce qui est arrivé à Graham est bien réel.

Lucy ajouta :

— Ça signifie qu'il n'avait pas de trouble de la personnalité, finalement ?

— Oh si, certainement, répondit Larson. Après tout, tout le monde ne réagit pas de la même façon au bizutage. En fait, le psychiatre est arrivé à la conclusion que Graham souffrait déjà de troubles quand il s'était engagé. Mais je comprends mieux pourquoi ça a empiré.

Bill se grata le menton d'un air pensif. Il demanda :

— Graham avait-il des talents militaires particuliers pendant sa formation ?

Larson tapa sur son clavier. Puis elle dit :

— Oui. Il avait beaucoup de potentiel au tir.

Riley s'entendit pousser un hoquet de surprise.

Tout à coup, l'affaire semblait résolue. Elle dit :

— On doit trouver cet homme. Où est-il maintenant ?

Larson tapa sur son clavier.

— Il venait de Caroline du Sud. Mais il n'y est pas retourné après sa démobilisation. On dirait qu'il habite à Limington, une ville côtière pas loin d'ici. J'ai son adresse.

Lucy demanda :

— On peut savoir ce qu'il fait dans la vie ?

Larson dit :

— J'ai son numéro de sécurité sociale. On devrait pouvoir trouver.

Larson tapa de plus belle.

— Il est livreur de pizzas chez Oriana. Je connais l'endroit. Ce n'est pas une chaîne, juste une pizzeria populaire de Limington. Le personnel de la base commande souvent chez eux. Les livreurs vont et viennent à Fort Mowat. Il devait avoir facilement accès.

— Allons le chercher, dit Riley.

*

Quelques minutes plus tard, Riley, Bill et Lucy roulaient vers Limington. Dans une voiture juste derrière eux suivaient trois agents de la Division des affaires criminelles – le sergent Matthews et son équipe, les agents Goodwin et Shores.

Riley n'était pas ravie de trainer les agents de la police militaire. Ils étaient en uniforme, bien sûr, ce qui pouvait attirer l'attention. Par expérience, Riley savait que les uniformes inquiétaient la population civile, ce qui rendait les arrestations plus difficiles. Mais le colonel Larson avait insisté et Riley n'avait pas pu refuser. Après tout, c'était Larson qui leur avait donné les informations qui allaient sans doute leur permettre de procéder à l'arrestation.

Limington était une jolie petite ville côtière touristique et embourgeoisé. Sa rue principale était bordée de palmiers, de cafés et de boutiques de souvenir. Ce n'était pas le genre d'endroit où l'on s'attendait à débusquer un tueur en série, mais Riley et ses collègues savaient que les apparences pouvaient être trompeuses.

Les deux véhicules se garèrent devant la pizzeria. Riley et ses collègues descendirent de la voiture. Riley marcha à la rencontre des agents de la police militaire.

— Je préfère que vous restiez dans la voiture pour le moment, leur dit-elle.

— Pourquoi, madame ? demanda le sergent Matthews.

Riley se hérissa. Elle était certaine que Matthews n'aurait pas discuté un ordre du colonel Larson. Et elle n'avait pas envie de lui expliquer que son équipe pouvait provoquer le désordre en entrant simplement dans le restaurant.

— Faites ce que je vous dis, c'est tout.

Matthews et ses agents retournèrent dans leur voiture. Riley et ses collègues de l'UAC entrèrent dans le restaurant. La décoration imitait l'intérieur d'une vieille trattoria italienne avec des grosses poutres apparentes, des ampoules nues et des tuiles au-dessus du bar, mais tout était un peu trop neuf pour avoir le charme pittoresque de l'ancien.

Riley et ses collègues furent accueillis par une petite dame trapue d'âge moyen qui lui rappela un peu Gabriela.

— Puis-je vous trouver une table ? demanda la femme avec un accent italien.

— On doit parler au manager.

La femme leur adressa un grand sourire.

— C'est moi. Je suis Oriana Bellone.

Riley se demanda si son accent était authentique. Elle et ses collègues montrèrent leurs badges et se présentèrent. Le sourire d'Oriana disparut, laissant place à une expression inquiète.

Riley dit :

— Nous cherchons un de vos employés. Brandon Graham.

— Graham a des ennuis ? demanda Oriana.

Riley crut entendre son accent s'estomper, mais elle n'en fut pas certaine.

— On doit juste lui parler, dit Riley.

Oriana secoua la tête.

— Brandon n'est pas ici, dit-elle. Il travaille surtout la nuit.

— Il fait des livraisons ? demanda Riley.

— C'est bien ça. La plupart des livreurs ne roulent pas la nuit, mais Brandon si. C'est un ancien militaire, alors peut-être qu'il se sent plus en sécurité que les autres.

Bill demanda :

— Il porte une arme ?

— Je ne sais pas s'il a un permis ou pas. Ce n'est pas facile d'en avoir un en Californie.

Riley savait que la législation en Californie n'empêchait pas les plus déterminés d'avoir des armes. Les trafiquants de drogue et les membres de gang n'avaient pas de mal à en trouver.

— Il conduit sa propre voiture ? demanda Riley.

Oriana hocha la tête.

— C'est une voiture d'occasion qu'il a eue pour pas cher. Une Toyota bleue.

— Vous savez où il se trouve en ce moment ? demanda Bill.

La femme haussa les épaules.

— Chez lui probablement. Je vais vous donner l'adresse.

Oriana retourna dans son bureau et revint avec l'adresse de Brandon inscrite sur un morceau de papier. Elle dit :

— Il vit à l'Hôtel Limington. C'est à deux rues d'ici, sur la droite.

Riley et ses collègues la remercièrent et quittèrent le restaurant. En sortant, Riley remarqua les agents de la police militaire restés assis dans leur voiture – et qui devaient s'impatienter.

— On les emmène ? demanda Lucy.

Riley y réfléchit. Ils allaient certainement appréhender un dangereux suspect. Aussi voyants qu'ils soient, ces agents en uniforme pouvaient leur être utiles. Elle demanda au sergent Matthews et à son équipe de les accompagner.

En approchant de l'hôtel, Riley vit qu'il jurait avec les boutiques et les restaurants. C'était un immeuble à deux étages miteux, qui devait être là bien avant que Limington ne devienne une ville touristique.

En fait, Riley devina que c'était maintenant plus un asile de nuit qu'un hôtel. Le bâtiment n'en avait plus pour longtemps dans cet environnement embourgeoisé. La démolition était proche.

Le bâtiment était encore plus sordide à l'intérieur, avec ses tapis râpés et son papier peint sale. Il n'y avait personne au comptoir de l'accueil et un silence de mort régnait dans le bâtiment.

Ils trouvèrent la chambre de Brandon Graham au deuxième étage.

Riley frappa à la porte, mais personne ne répondit.

— Peut-être qu'il dort, dit Lucy.

C'était possible. Quelqu'un qui travaillait de nuit dormait probablement beaucoup dans la journée.

Elle frappa à nouveau et appela :

— Brandon Graham, nous sommes avec le FBI et la police militaire. Nous avons besoin de vous parler.

Encore une fois, pas de réponse.

Riley dit au sergent Matthews de chercher le manager. Elle attendit impatiemment que Matthews revienne avec un vieil homme décrépi qui devait déjà tenir la baraque quand l'hôtel connaissait des jours meilleurs.

Il portait un trousseau de clés et cela ne le dérangeait visiblement pas d'ouvrir la chambre de Graham.

Riley et les autres entrèrent dans la pièce minuscule. Il y avait une toute petite salle de bain, un petit réfrigérateur et une cuisinière. L'endroit était salle, étouffant et ça sentait le mildiou. Riley balaya la pièce du regard. Graham n'avait pas beaucoup d'effets personnels – pas de télé ou de chaîne stéréo, pas plus que des babioles, des photos ou de la déco.

Puis Riley entendit Lucy dire :

— Agents Paige et Jeffreys, vous devriez voir ça.

Riley se tourna et vit que Lucy tenait maladroitement un morceau de papier par le coin. Pour éviter d'effacer d'éventuelles empreintes, Lucy posa le papier sur le lit.

— C'est sous son oreiller, dit Lucy.

Riley et Bill se penchèrent.

Riley frémit.

C'était une liste manuscrite de vingt noms. Quatre de ces noms étaient ceux des victimes assassinées : Rolsky, Fraser, Worthing et Barton.

Les quatre noms avaient été rayés.

CHAPITRE TRENTE-NEUF

Riley battit des paupières, le regard fixé sur la liste. Il semblait n'y avoir plus aucun doute – Brandon Graham était le tueur.

Mais où était-il maintenant ?

En regardant les noms, Lucy dit :

— Nous savons qui sont les personnes dont les noms ont été barrés. Et les autres ?

Riley poussa un hoquet en reconnaissant un autre nom.

— Il y a Stanley Pope, dit-elle.

Lucy dit :

— C'est le type qui t'a attaquée sur la falaise, et qui est venu te parler sur la plage ?

— C'est bien ça, dit Riley. Ce doit être la liste des soldats dont Brandon Graham veut se venger. Des membres de la société secrète dont les recrues nous ont parlé.

— Et Pope en fait partie ? demanda Lucy.

— Il ne me l'a pas dit, dit Riley. Mais je savais qu'il ne me disait pas tout.

— Pour ce qu'on en sait, ajouta Lucy, c'est peut-être la prochaine cible de Graham.

— Pas si on peut l'empêcher, dit Lucy. On doit arrêter ce type avant qu'il ne tue quelqu'un d'autre.

Le sergent Matthews tendit la main.

— Donnez-moi cette liste, dit-il à Lucy ;

Lucy la lui donna. Il passa les noms en revue. Pendant ce temps, son équipe d'agents retournait l'appartement à la recherche de preuves. Riley était presque sûre qu'ils n'allaient rien trouver – pas dans un endroit si petit. Si Graham avait un arsenal, il l'avait caché ailleurs.

Une voix les interpella par la porte ouverte.

— Qu'est-ce qui se passe ici ?

Le groupe se retourna et vit un homme en marcel, pas encore rasé, qui se frottait les yeux. L'homme regardait surtout les agents en uniforme de la police militaire.

— Eh, Graham a des ennuis ? dit-il.

Lucy s'avança et montra son badge. Riley et Bill firent de même.

— Vous connaissez Brandon Graham ? demanda Lucy.

— Pas vraiment, mais j'habite à côté. C'est un type bizarre. Il fait beaucoup de bruit pour un type qui vit tout seul. Il hurle et il renverse des trucs à n'importe quelle heure. Il dort jamais ou quoi ? Je pensais que c'était encore lui qui foutait le bordel.

Riley s'avança vers le voisin.

— Vous savez où il pourrait être maintenant ?

Le voisin se gratta la tête.

— A la jetée des pêcheurs, peut-être. Il ne me parle pas beaucoup. On se croise dans le couloir. Mais quand il me dit quoi que ce soit, c'est souvent qu'il va à la jetée ou qu'il en revient. Et je le vois souvent là-bas quand je vais pêcher.

Les agents prirent l'adresse de la jetée et se précipitèrent vers leurs voitures. Alors qu'elle s'installait au volant et démarrait, Riley n'en croyait pas leur chance. Ils allaient peut-être pouvoir arrêter ces meurtres.

Mais elle ne devait pas être trop sûre d'elle. D'abord, il fallait trouver Brandon Graham et l'appréhender.

Ce ne sera pas facile, se rappela-t-elle.

L'homme leur avait déjà échappé une fois.

*

Pendant le court trajet en voiture jusqu'à la jetée, Bill observa Riley avec attention. Il s'inquiétait pour elle depuis qu'ils avaient parlé de la mort de son agent immobilier dans le chalet. En fait, ils n'en avaient pas tellement parlé. Elle s'était fermée comme une huître en disant qu'elle avait « passé une mauvaise nuit, c'est tout ».

Bill était certain qu'elle avait bu. Il savait que c'était ce qu'elle faisait quand elle était bouleversée.

Riley avait la réputation de contourner les règles et même de désobéir à des ordres directs. Bill l'avait accepté depuis longtemps.

Mais ces derniers mois, ils avaient enchainé les affaires difficiles. Leurs missions les plus récentes avaient particulièrement affecté Riley. Sa famille avait été souvent menacée. Chaque attaque l'avait poussée dans ses retranchements.

Il ne se rappelait que trop bien sa brutalité vengeresse à l'égard du garçon qui avait drogué sa fille et essayé de vendre son corps. Bill était également arrivé juste au moment où elle avait laissé un tueur en série se pendre.

Bill n'avait rien dit à Riley et il n'avait même pas imaginé une seule seconde la dénoncer. Riley était sa partenaire et son amie depuis trop longtemps.

Mais maintenant, il commençait à penser que son travail l'épuisait.

Il était également certain que quelque chose de terrible était en train de lui arriver.

Et il avait l'intuition que cela concernait Shane Hatcher. Mais elle ne lui en parlerait pas.

Bill désespérait de pouvoir l'aider. Mais elle semblait beaucoup trop impliquée pour pouvoir lui parler – trop impliquée dans quelque chose de terrible et de sombre ?

Les pensées de Bill furent interrompues quand la voiture se gara sur le parking, non loin de la jetée. C'était une vieille structure en bois. Comme la marée était basse, les pilotis semblaient soulever la jetée à vingt pieds dans les airs.

Les agents de la police militaire se garèrent à leur tour. Tous descendirent de voiture et balayèrent la jetée du regard. Bill prit une seconde pour inspirer l'air marin. C'était une paisible journée de printemps sur la plage – qui était bondée. Les gens allaient et venaient devant la jetée et sur le sable, y compris de nombreux enfants.

Cela ne plaisait pas à Bill d'arrêter un dangereux criminel devant tous ces enfants.

Il demanda à ses camarades :

— Que font ces gens dehors en semaine ? Les enfants n'ont pas école ?

— On est en Californie, dit Lucy. Les plages sont toujours bondées.

Bill vit que Riley évaluait la situation. Elle dit :

— Sortez vos téléphones. Je vous envoie la photo de Brandon Graham. On va se séparer et fouiller la jetée. Si quelqu'un le voit, il envoie un message aux autres.

Elle dit la même chose aux trois agents en uniforme de la police militaire, en ajoutant :

— Vous trois, faites-vous le plus discret possible. Restez loin de la jetée. Surveillez vos téléphones. Mais si vous recevez un message, n'essayez pas de nous rejoindre. Votre priorité, c'est d'évacuer les civils de la jetée. Quoi qu'il arrive, ne causez pas la panique.

Les trois agents du FBI s'approchèrent de la longue jetée en bois. En plus des nombreux touristes qui flânaient, beaucoup de gens se tenaient à la rambarde avec des cannes à pêche. Malgré la foule, Bill ne pensait pas qu'ils allaient avoir du mal à repérer

Brandon Graham. Un coup d'œil sur son téléphone lui montra que le jeune homme avait un visage bien distinctif, avec un nez busqué et un font fuyant. Ce qu'ils feraient quand ils le trouveraient, c'était une autre histoire.

Bill s'avança à travers la foule, devant Riley et Lucy. La jetée faisait environ deux cents pieds de long et ils devaient dévisager tous les hommes adultes qu'ils croisaient. Dans quelques minutes, Bill aurait atteint le bout de la jetée sans repérer une seule personne répondant au profil et il ferait demi-tour. Puis il remarqua quelqu'un qui était assis tout au bout, face à l'océan.

Alors que Bill s'approchait, il n'eut pas besoin de voir le visage du jeune homme pour le reconnaitre. Même de côté, Bill reconnut le front fuyant bien distinctif. Mais il avait l'air beaucoup plus imposant et fort que sur ses photos de l'armée.

Il envoya un message aux autres…

Il est au bout de la jetée.

Puis Bill se contenta de l'observer un moment.

L'homme fixait les vagues, mais il n'avait pas l'air détendu. Ses mains ne cessaient de se tordre et se frotter l'une sur l'autre. Il était également étrange que, par une journée de printemps comme celle-là, il porte une grosse veste.

Il a un flingue, comprit Bill.

Bill savait qu'ils devaient approcher cet homme avec une extrême prudence. Il jeta un coup d'œil par-dessus son épaule et vit Riley le rejoindre d'un pas vif, pendant que Lucy parlait aux autres personnes, en leur montrant son badge et en leur faisant signe de partir.

Il fit signe en silence à Riley de ralentir et de garder ses distances.

Puis Bill tira son arme et s'approcha de la rambarde à côté du jeune homme qui regardait fixement l'océan, indifférent à tout ce qui l'entourait.

Bill demanda :

— Vous êtes Brandon Graham ?

Sans lever la tête, Graham acquiesça.

— Vous êtes flic, c'est ça ? demanda Graham.

— FBI, dit Bill.

Graham laissa échapper ce qui ressemblait à un gémissement de désespoir.

— Je me demandais quand vous me retrouveriez, dit-il.

Puis Graham plongea la main dans sa veste.

— Ne faites pas ça, dit Bill en reculant d'un pas et en levant son Glock.

Vif comme l'éclair, Graham se retourna, un pistolet semiautomatique au poing. Il était toujours assis sur la rambarde et son arme était pointée sur Bill.

— Pourquoi ? demanda Graham d'une voix plate et sans émotion. Qu'est-ce que j'ai à perdre ?

Le regard de Bill croisa celui de Graham. Leurs armes étaient pointées chacune sur la tête de l'autre.

CHAPITRE TRENTE-NEUF

Le bras de Bill ne tremblait pas tandis qu'il fixait du regard les yeux fous de Graham par-dessus le canon de son arme. Il évalua la situation. Elle semblait désespérée, mais Bill savait qu'il ne devait pas paniquer.

Il était debout sur la jetée. Graham était toujours perché sur la rambarde, les jambes dans le vide au-dessus de l'eau, le corps de travers pour pouvoir pointer son arme sur Bill.

Graham était dans une position difficile. Il risquait de ne pas pouvoir viser.

Ce serait facile de le battre.

Trop facile, décida Bill.

Bill pouvait entendre les cris paniqués et les bruits de pas derrière lui des autres personnes sur la jetée. Plusieurs pêcheurs lâchèrent leurs cannes à pêche pour s'enfuir.

Du coin de l'œil, Bill vit que Riley et Lucy avaient toutes les deux leurs armes au poing et pointées sur Graham. Il voulait savoir s'ils pouvaient arrêter Brandon Graham vivant.

Il savait que ce ne serait pas facile.

Il était certain que Graham caressait l'envie de mourir.

Bill avait besoin de le faire parler.

— Dites-moi tout, dit-il.

— Qu'est-ce que vous voulez savoir ? demanda Graham.

Les yeux de Graham étaient voilés à présent, comme s'il avait du mal à comprendre ce qui se passait. Bill pensa à ce que Larson leur avait dit sur son profil psychologique – qu'il souffrait de délire et peut-être de schizophrénie. Bill devina qu'il ne serait pas difficile de le distraire.

— Je veux savoir comment vous en êtes arrivé là, dit Bill. Vous avez été démobilisé. Qu'est-ce que vous faites encore en Californie ? Pourquoi n'êtes-vous pas retourné en Caroline du Sud ?

— Je ne pouvais pas payer le billet, dit Graham. Ils m'ont foutu dehors et j'ai dû trouver un job. J'ai dépensé toutes mes économies pour acheter une voiture d'occasion.

— Parlez-moi de la liste, dit Bill.

Un éclair de surprise passa sur le visage de Graham. Son corps chancela sur la rambarde. Le canon de l'arme se décala.

— Quelle liste ? demanda-t-il.

— Vous savez de quelle liste je parle.

Graham esquissa un sourire. Le canon de son arme piqua du nez. Bill vit que son bras fatiguait.

— Alors vous avez fouillé mon appartement ? Dans ce cas, je suis sûr que vous savez déjà tout. Vous savez qui sont les noms barrés. Les connards qui sont morts.

Bill fut parcouru d'un frémissement étonné.

C'était presque un aveu.

On tient notre homme, pensa-t-il.

Il était content que Riley et Lucy soient à portée de voix.

— Qu'est-ce qu'ils vous ont fait ? demanda Bill. Parlez-moi de l'enlèvement.

L'expression de Graham s'assombrit. Il leva son arme pour la pointer à nouveau sur le visage de Bill.

— C'était un genre d'épreuve.

Il se raidit et, pendant une seconde, Bill crut qu'il allait tirer. Mais il baissa à nouveau son arme. Elle resta pointée en direction de Bill, mais sans viser quoi que ce soit précisément.

Graham poursuivit :

— Ils ne m'ont jamais dit ce que c'était. Mais dès que j'ai compris, j'ai voulu réussir. Je voulais faire partie de leur bande. Je voulais devenir l'un d'entre eux. Je pensais que j'en étais capable. D'abord, ils m'ont frappé et m'ont insulté. Ils m'ont fait faire des trucs, comme manger du carton et boire du vinaigre. Ça me dérangeait pas. J'ai vu qu'ils étaient impressionnés.

Les yeux de Graham se perdaient de tous côtés à mesure que ses souvenirs remontaient.

— Ils m'ont mis dans une pièce avec d'autres types et ils nous ont obligés à combattre. Et je me suis juré que je serais le dernier homme debout. Je pensais que j'avais gagné. Je pensais que je les avais eus et qu'ils allaient m'accepter et que je serais l'un d'entre eux. Mais…

Il se tut. Il avait l'air blessé.

— Mais quoi ? demanda Bill.

— Ils m'ont emmené ailleurs, dans les collines autour de Fort Mowat. Ils m'ont pendu par les pieds dans le vide, au-dessus d'une falaise qu'on appelle le Saut de Larry. Et je…

Il ravala un sanglot. Il ne pouvait plus continuer.

Mais Bill comprit sans qu'on lui dise. Pendu par les pieds, Graham avait enfin craqué. Il avait probablement pleuré comme un bébé. Peut-être qu'il s'était pissé dessus. Son humiliation avait été totale et terrible.

— Où avez-vous eu cette liste ? demanda Bill.

— Je l'ai fait toute seule, dit Graham.

Il parut réfléchir, comme pour se rappeler.

— Je suis pianiste. Je chante. J'ai l'oreille absolue. Je me rappelle de tous les sons que j'entends. Ces types portaient des masques, mais j'entendais leurs voix. Je n'en ai pas oublié une seule. Les jours d'après, j'ai trainé l'oreille partout où j'allais : sur les chemins, dans le réfectoire, en salle de gym. Je les ai reconnus, du moins certains d'entre eux. J'ai écrit les noms.

Bill n'en croyait pas ses oreilles.

Si ce type était vraiment schizophrène, sa liste pouvait-elle être exacte ?

Mais certains noms l'étaient. Ceux des soldats assassinés étaient sur la liste. Pope les avait désignés comme étant les plus violents.

Bill sentit que l'attention de Graham baissait et qu'il perdait sa détermination. Son arme bringuebalait au bout de son bras.

Il dit :

— Posez votre arme, Brandon. Venez avec moi. On va discuter.

Graham battit des paupières, visiblement étonné. Pendant une seconde, Bill crut qu'il allait obéir.

Mais soudain, sans lâcher son arme, Graham se laissa glisser de la rambarde et sauta dans l'eau.

— Putain de merde ! hurla Bill en retirant ses chaussures.

Riley et Lucy se précipitèrent vers lui.

— Mais qu'est-ce que tu fais ? demanda Riley.

— Je vais le chercher, dit Bill.

Riley et Lucy commençaient à enlever leurs propres chaussures. Bill ne voulait pas qu'ils se retrouvent tous à l'eau avec un ancien soldat.

— N'y pensez même pas, siffla-t-il. Retrouvez-moi sur la plage et aidez-moi à le sortir de l'eau.

Bill sauta par-dessus la rambarde, les pieds d'abord. La chute parut plus longue qu'il ne l'aurait cru et l'eau était étonnamment froide.

Il se débattit pour remonter à la surface, cracha de l'eau salée et reprit son souffle.

En nageant sur place avec frénésie, emporté par le poids de ses vêtements mouillés, il chercha Graham.

Une vague passa et un coin du blouson de Graham remonta à la surface. Bill comprit que Graham essayait de couler. Bill ne lui avait pas tiré dessus. Il avait donc décidé de se noyer.

Bill était en colère maintenant. Il ne le laisserait pas faire.

Il nagea vers Graham, plongea la main dans l'eau et l'empoigna par ses vêtements. Graham se débattit et essaya de le repousser. Une autre vague les souleva. Bill parvint à lui remonter la tête au-dessus de la surface.

Puis il le frappa aussi fort que possible.

Etourdi par le coup, Graham commença à couler. Bill l'attrapa par les cheveux et le retourna. Il passa son bras droit par-dessus son épaule pour le remorquer et commença à nager à reculons.

D'une nage indienne maladroite, Bill traina l'homme maintenant silencieux le long de la jetée. Mais les vagues et le courant de retour ne cessaient de le balloter.

Graham gémissait à présent.

— Laissez-moi, laissez-moi.

Au grand soulagement de Bill, Lucy et Riley avançaient dans l'eau vers lui.

Et Riley avait préparé ses menottes.

— On prend le relai, dit-elle à Bill.

Bill abandonna son fardeau à Riley et Lucy.

— Où sont les types de la police militaire ? hoqueta Bill.

Lucy dit :

— Sur la promenade. Ils évacuent les civils.

Bill poussa un reniflement désapprobateur et incrédule.

— Mais ce n'est plus la peine ! dit-il. Je vais leur dire d'arrêter.

Bill tituba sur la plage. Plus épuisé qu'il ne l'avait cru, il tomba à genoux, essoufflé.

Avec une profonde satisfaction, il entendit Riley lire à Graham ses droits.

CHAPITRE QUARANTE

Quand l'équipe de la police militaire descendit de la jetée, les agents de l'UAC lui livrèrent Brandon Graham, trempé et menotté. Riley regarda avec satisfaction le sergent Matthews et ses agents trainer le prisonnier en direction de leur voiture.

Graham délirait :

— Laissez-moi ! Il y a d'autres mecs sur la liste ! Ce sont des délinquants, pas des soldats ! Vous ne pouvez pas les arrêter, alors c'est à moi de le faire.

Riley l'écoutait avec curiosité. Le suspect s'enfonçait un peu plus à chaque mot.

Ils avaient sûrement attrapé leur tueur.

Mais elle sentit qu'il lui restait un doute sur lequel elle n'arrivait pas à mettre des mots.

On a terminé, essaya-t-elle de se convaincre. *Je ne réalise pas encore, c'est tout.*

Puis elle entendit Bill éclater de rire.

— Regardez-nous, dit son partenaire. La fine fleur du FBI.

Riley se tourna vers ses collègues et éclata de rire à son tour.

Ils étaient trempés, les cheveux en bataille, les habits de travers et dégoulinants d'eau salée. Plutôt que des profileurs talentueux de l'UAC, on aurait dit les survivants d'un naufrage.

— Rentrons et allons nous changer avant de faire peur aux gens, gloussa Lucy.

Mais alors que Riley et ses collègues humides remontaient maladroitement la plage en direction de leur véhicule, son doute étrange persista.

*

Pendant que les agents de la police militaire conduisaient leur prisonnier en détention, Riley et ses collègues de l'UAC rentrèrent dans leur cottage, se douchèrent et enfilèrent des vêtements secs. Quand ils arrivèrent au bâtiment de la Division des affaires criminelles, Larson les attendait.

— Félicitations ! dit-elle. Excellent travail !

— Graham a avoué ? demanda Riley.

Larson éclata de rire.

— Plusieurs fois. On le tient. Il est encore à l'interrogatoire.

Venez. Allons voir comment ça se passe.

Larson conduisit Riley et ses collègues devant la pièce où on interrogeait le suspect. Ils s'arrêtèrent devant le miroir sans tain. Le sergent Matthews se chargeait de l'interrogatoire. Graham était enroulé dans une couverture, mouillé et frissonnant.

Riley ne trouvait pas Graham beaucoup plus cohérent que sur la plage.

— Vous devez me laisser sortir, dit-il vivement. C'est ma responsabilité. C'est ma vengeance. Vous n'avez pas le droit de me prendre ça.

Riley avait du mal à croire que ce type ait fait des aveux en pleine possession de ses moyens. Elle ne pensait pas non plus que ce soit une bonne tactique de le laisser dans ses vêtements mouillés. L'homme semblait ne même pas savoir où il était.

Pendant que Riley s'étonnait, le sergent Matthews fixait Graham d'un regard froid et sifflait des questions.

— Dites-nous où vous cachez votre arme, dit Matthews.

Graham roula des yeux fous.

— Laissez-moi. Je suis bon nageur, dit-il en essayant de tirer sur ses menottes attachées à la table. Vous n'avez pas le droit.

Il se tut.

— C'est ma vengeance. La mienne. Pas la vôtre.

Le colonel Larson ne semblait pas partager le malaise de Riley. Elle dit :

— Ça peut prendre du temps, mais il va cracher le morceau. Il va nous dire où se trouve son arme. Il va tout nous dire. Comment il allait et venait sur la base, comment il traquait ses victimes, tout son plan. Ça va être une belle histoire.

Le colonel Larson se tourna vers Riley et ses collègues en souriant, puis elle secoua la tête avec admiration.

— J'admets que je vous ai sous-estimés. Je ne ferai pas cette erreur deux fois.

Larson tourna les talons et se dirigea vers son bureau.

Pendant que Riley assistait à l'interrogatoire, elle commença à comprendre ce qui la dérangeait. A l'endroit où le tueur s'était posté pour tirer, elle l'avait senti très froid, calme, calculateur et sans pitié.

Etait-ce vraiment le même homme ?

Elle essaya de s'en convaincre. Elle savait que même les tueurs les plus forts finissaient par craquer.

Ce fut alors que Bill tapa dans le dos de Riley et Lucy. Il dit :

— Que diriez-vous de partir d'ici ? Moi, je ne serais pas fâché de m'en aller. Retournons faire nos valises et rentrons à Quantico.

Riley ne dit rien. Elle suivit ses collègues dehors. Quand ils arrivèrent près de la voiture, elle dit :

— Je vais conduire.

En route vers le cottage, Bill appela le pilote de l'UAC et lui dit de préparer son avion.

Mais quand Riley se gara devant le cottage, elle n'eut pas envie de faire sa valise. Elle resta derrière le volant pendant que le moteur tournait encore.

— Allez-y, dit-elle à Bill et Lucy. Je dois faire une dernière chose.

Bill eut l'air étonné.

— Riley, qu'est-ce qui se passe ? demanda-t-il.

— Pas grand-chose, dit Riley en essayant de prendre l'air nonchalant. Juste une petite chose que je dois vérifier.

Bill demanda :

— Tu veux que je vienne avec toi ?

Elle secoua la tête.

— Ce n'est pas très important, dit-elle.

— Eh bien, fais vite, dit-il. Notre avion part dans une heure.

Bill et Lucy descendirent de voiture et rentrèrent dans le cottage. Riley fit demi-tour et retourna circuler dans la base militaire, sans savoir exactement ce qu'elle voulait faire.

Elle pensa à ce qui s'était passé quand Bill et Graham avaient leurs armes pointées l'un sur l'autre. Graham avait dit quelque chose qui lui revint en mémoire…

« Ils m'ont pendu par les pieds dans le vide, au-dessus d'une falaise qu'on appelle le Saut de Larry. »

La terreur qu'il avait ressentie avait brisé Graham.

Il n'avait jamais réussi à tourner la page et on l'avait démobilisé.

Riley s'approcha d'un trottoir, ouvrit sa fenêtre et interpella un passant.

— Vous pouvez me dire comment aller à un endroit qu'on appelle le Saut de Larry ?

Le soldat lui indiqua le chemin.

— Prenez la prochaine à gauche et suivez la route dans les collines. Vous ne pouvez pas le rater. Croyez-moi.

Riley suivit les instructions du soldat. Très vite, une falaise apparut. Riley s'engagea sur la route étroite qui conduisait au sommet.

Elle se gara, descendit et marcha vers le précipice. D'ici, on avait une vue imprenable sur la base militaire.

C'était aussi vertigineusement haut – aussi haut que la falaise surplombant l'océan où elle s'était battue avec Pope.

Riley ravala son vertige.

Elle imagina l'endroit la nuit, avec la base militaire tout éclairée en contrebas.

Puis elle essaya d'imaginer ce que cela faisait d'être suspendu par les pieds au-dessus de ce précipice.

Elle frémit. C'était une pensée terrifiante. Pas étonnant que Brandon Graham ait craqué.

Et pourtant…

Elle pensa aux deux autres endroits où elle s'était glissée dans la tête du tueur – la froideur avec laquelle il avait tenu en joue le sergent Worthing à travers la visée nocturne de son M110, la ruse qui lui avait permis de ne pas être repéré par les détecteurs thermiques de l'hélicoptère juste avant d'abattre le soldat Barton.

S'il avait passé ce test de courage et de volonté, se serait-il laissé impressionner ?

Riley essaya d'imaginer ce qu'un tel homme aurait pu ressentir.

C'était la nuit et il avait été enlevé.

On l'avait déjà passé à tabac, forcé à manger du carton et à boire du vinaigre et il s'était battu avec les autres dans un combat brutal.

Et maintenant, il était suspendu par les chevilles au-dessus de Fort Mowat.

Mais il n'avait pas peur. Il était agacé et offensé. En fait, il était même très en colère.

Ces types avaient le culot de lui faire passer un test.

Ou de le faire passer à d'autres.

Il interpellait ses tourmenteurs…

« Merci, les gars ! Très belle vue ! »

Sa voix était moqueuse.

Après tout, il savait parfaitement que c'était l'épreuve finale.

Il allait être accepté au sein de leur élite. Il allait « courir avec la meute ».

Il allait rejoindre leur société secrète.

Mais il allait aussi la réinventer. Ce comportement, ce qui lui avait été infligé, à lui et à d'autres, était inacceptable. Il y avait un cancer dans cette belle organisation – une culture du bizutage, vulgaire, gratuite et désorganisée.

C'était à lui d'anéantir ce cancer.

Maintenant, il avait une mission. Il allait se débarrasser des types les plus violents.

L'honneur l'exigeait.

Son devoir l'exigeait.

Quand les plus violents seraient partis, cette organisation pourrait devenir une élite honorable.

Riley ouvrit les yeux, sonnée.

Tout son corps trembla sous l'effet de la révélation.

On se trompait depuis le début, comprit-elle. *Ce n'était pas un acte de vengeance d'un homme qui a été bizuté.*

C'était un acte de moralité punitive. Un homme qui ne tolérait pas les actes déshonorants. Un homme qui vivait pour l'armée. Qui voulait qu'elle soit parfaite. Qui exigeait qu'elle soit parfaite.

Et quand il avait compris qu'on bizutait les autres, il s'était senti bafoué dans son honneur.

On n'a pas le bon suspect, comprit-elle.

Personne n'allait aimer cette idée, mais elle savait qu'elle avait raison.

Elle se précipita vers sa voiture et démarra.

CHAPITRE QUARANTE ET UN

Alors qu'elle redescendait de la falaise au volant de sa voiture, Riley avait retrouvé le sentiment de certitude qui lui échappait depuis l'arrestation de Brandon Graham. Cette certitude s'accompagnait d'un profond soulagement à l'idée d'enfin savoir ce qui la préoccupait.

Elle téléphona au colonel Larson. La voix de la patronne de la police militaire lui répondit d'abord d'un ton plaisant.

— Agent Paige, c'est une surprise. Où êtes-vous ? Dans l'avion ?

— Pas exactement, dit Riley.

— Où êtes-vous dans ce cas ?

Riley avala sa salive avant de poursuivre.

— Colonel Larson, je ne sais pas comment vous le dire autrement, mais Brandon Graham n'est pas notre tueur.

Un silence passa.

— De quoi parlez-vous, agent Paige ? demanda enfin Larson.

Riley hésita.

Comment allait-elle pouvoir expliquer sa révélation à Larson ?

— Ecoutez, je le sais, c'est tout. Il va falloir me faire confiance.

Larson eut l'air en colère.

— Agent Paige, c'est ridicule. Graham a avoué. Et même s'il ne l'avait pas fait, nous avons toutes les preuves pour l'inculper. Il avait une liste de ses cibles et il avait barré les noms de ceux qu'il avait déjà tués. Qu'aurait-il fait d'autre avec une liste comme celle-ci ?

C'était une bonne question, et Riley en était consciente. Mais elle n'avait pas le temps de discuter avec Larson.

— Colonel Larson, je vais chercher mon équipe et on va se retrouver au bâtiment de la police militaire.

Larson parut incrédule.

— Se retrouver ? Pas question, agent Paige. C'est terminé. Rentrez chez vous. J'ai l'impression que vous en avez besoin. Je ne laisserai pas vos doutes irrationnels gâcher cette enquête. A partir de maintenant, vous et vos agents, restez en dehors de tout ça. C'est clair ?

Riley ne répondit pas pendant un long moment. Elle pensa à ce que Larson venait juste de leur dire…

« J'admets que je vous ai sous-estimés. Je ne ferai pas cette

erreur deux fois. »

Riley ravala un grognement de désespoir.

Larson ne tenait pas sa promesse.

— Colonel Larson, je suis très sérieuse, dit-elle.

— Moi aussi. J'attends de vous que vous preniez l'avion et que vous rentriez à Quantico. Vous allez me désobéir ?

Riley avala sa salive.

— J'en ai bien peur, colonel, dit-elle.

La voix de Larson était glaciale.

— Alors vous allez le regretter.

Le colonel raccrocha sans ajouter un mot.

Quelques minutes plus tard, Riley se gara devant le cottage et se précipita à l'intérieur. Elle trouva Bill en train de faire les cent pas en parlant au téléphone, pendant que Lucy le suivait d'un regard étonné.

Bill disait au téléphone :

— Je ne comprends pas, monsieur. Croyez-moi, je n'en savais rien.

Puis Bill tourna la tête et vit Riley.

— Elle vient de rentrer, monsieur. Je vais lui parler. On va régler ça.

Bill raccrocha et fixa Riley du regard.

— Riley, tu veux bien m'expliquer ce qui se passe ?

— A qui tu parlais ? demanda Riley.

Bill était rouge d'exaspération.

— C'était l'agent spécial chargé d'enquête Carl Walder. Notre patron, tu te rappelles ? Il dit qu'il vient de recevoir un coup de fil du colonel Larson.

— Elle a fait vite, murmura Riley entre ses dents.

Bill poursuivit :

— Le colonel Larson lui a dit que tu lui avais dit que Graham n'était pas notre tueur.

— Ce n'est pas notre tueur, dit Riley.

Bill et Lucy la dévisagèrent avec incrédulité. Riley dit :

— Ecoutez, je reviens juste du Saut de Larry, l'endroit dont nous a parlé Brandon Graham. Croyez-moi, notre tueur ne se serait pas laissé impressionner comme ça. C'était quelqu'un d'autre, pas Graham. Je le sais, c'est tout. J'ai l'habitude de me tromper ?

Bill et Lucy ne répondirent pendant un long moment. Enfin, Lucy dit :

— Et les aveux de Graham ?

Bill ajouta :

— Et que faisait-il avec cette liste ?

Riley prit le temps de réfléchir. Le colonel Larson lui avait posé la même question. Maintenant qu'elle faisait courir tous les éléments dans sa tête, tout commençait à prendre sens.

— Graham voulait être le tueur, dit-elle. Il en voulait à ces types. Il avait honte d'avoir craqué. Et il ne supportait pas que quelqu'un d'autre ait osé tuer ces hommes à sa place. Il voulait absolument prendre sa place.

Lucy demanda :

— Alors tu penses qu'il faisait *semblant* d'être le tueur ?

Riley réfléchit pendant un long moment. L'homme dans la salle d'interrogatoire semblait parfaitement sincère.

— Non, c'est plus que ça, dit Riley. Rappelez-vous qu'il souffre de délire psychiatrique, peut-être même de schizophrénie. Il a peut-être fini par s'en convaincre. Il croit peut-être sincèrement qu'il est le tueur.

Elle esquissa un sourire sinistre en pensant à ce qui se passait dans la salle d'interrogatoire.

— Ce type va occuper la police militaire pendant un long moment.

Riley vit que l'expression sur les visages de Bill et de Lucy changeait. Elle commençait à les convaincre. Elle dit :

— Bill, quand tu lui as parlé sur la jetée, tu étais sûr qu'il voulait mourir, qu'il voulait nous forcer à l'abattre. Mais il ne l'a pas fait. Il a sauté. Tu penses vraiment qu'il aurait été capable de te tirer dans la tête pour que tes partenaires l'abattent ?

Bill secoua lentement la tête.

— Non, ce n'est pas ce que je pensais. Si j'avais cru qu'il allait tirer, j'aurais tiré le premier.

Riley dit :

— Pensez à ce pauvre type. Vous pensez vraiment Brandon Graham capable de suivre ses proies sans être vu ? De tuer de sang-froid ?

Bill et Riley se dévisagèrent. Lucy dit :

— Non. Il pourrait tuer quelqu'un sur un coup de tête. Mais ce n'est pas un tueur de sang-froid.

Bill se contenta de répondre :

— Non.

Riley poussa un soupir de soulagement.

— Bon, dans ce cas, dit-elle. On doit se remettre au travail, sans l'aide de la police militaire. On ne sait pas si la liste est fiable, mais il doit y avoir des noms de personnes qui appartiennent vraiment à l'organisation. Ce qui signifie que ce sont des cibles. On doit tout arrêter avant qu'il y ait un autre meurtre.

— Plus facile à dire qu'à faire, dit Bill. Nous n'avons plus la liste. On l'a donnée aux agents de la police militaire dès que nous l'avons trouvée dans la chambre de Graham.

Lucy se racla la gorge.

— Heu… Ce n'est pas forcément un problème, dit-elle.

Avec un sourire timide, elle sortit son téléphone et montra à Riley et Bill une photo de la liste. Tous les noms étaient parfaitement visibles.

— J'ai pris la photo dès que je l'ai trouvée, dit Lucy.

Riley éclata de rire.

— Bon travail, agent Vargas, dit-elle. Maintenant, on doit retrouver ces types aussi vite que possible.

— Ça ne devrait pas être difficile, dit Lucy.

Elle ouvrit son ordinateur et commença à pianoter.

— Fort Mowat tient la liste de ses recrues en état de service sur son site Internet. Je peux retrouver les sections et les groupes.

Riley regarda Lucy chercher les informations.

Elle s'améliore de jour en jour, pensa Riley.

Lucy tourna son écran pour que Riley et Bill puissent voir la même chose qu'elle. Elle dit :

— On les a. Ça fait six unités au total.

Riley examina les informations.

— Bon, dans ce cas, dit Riley, on va se séparer et rendre visite à chacune de ces unités pour parler aux soldats. Peut-être qu'on trouvera quelque chose. Au moins, on peut les avertir. Mais rappelez-vous, on ne se contente pas de prévenir des victimes potentielles. On cherche aussi notre tueur. Il pourrait très bien faire partie de la meute. Tous ceux à qui nous parlerons peuvent être le tireur. Et nous savons qu'il est dangereux. Alors, prudence.

Bill secoua la tête.

— Le colonel Larson ne nous laissera jamais faire, dit-il.

— Je m'en occupe, dit Riley.

— Comment ? demanda Bill.

Riley ne répondit pas. Elle était sur le point de faire quelque chose d'inacceptable et il valait mieux que ni Lucy, ni Bill ne sache exactement quoi.

Elle sortit son téléphone et tapa un message au colonel Larson :

Toutes mes excuses. Bien sûr que nous avons notre homme. Mon équipe et moi partons pour Quantico ASAP. C'était un plaisir de travailler avec vous.

Riley leva les yeux et vit que Bill la fixait du regard. Il savait visiblement ce qu'elle venait de faire. Mais il ne posa pas de question. Puis il dit :

— Je vais appeler le pilote et lui dire qu'on annule.

— Super, dit Riley. Mais fais-le dans la voiture. On n'a pas de temps à perdre.

Ils se précipitèrent dehors, puis montèrent dans leur véhicule.

Si tout se passait bien, ils allaient empêcher un autre meurtre.

CHAPITRE QUARANTE-DEUX

Quelques minutes plus tard, Riley se gara près des casernes. Elle, Bill et Lucy se séparèrent pour rencontrer tous les individus sur la liste de Graham.

L'anxiété de Riley ne faisait plus que monter.

On doit se dépêcher, pensa-t-elle.

Le colonel Larson pouvait apprendre d'un instant à l'autre que les agents du FBI étaient toujours sur la base et qu'ils posaient des questions. Si cela arrivait, ils allaient devoir payer.

Riley cherchait deux soldats de deuxième classe – Damien Temple et Otto Corbin. Elle entra dans leur caserne et demanda à leur sergent instructeur où ils se trouvaient. Le sergent dirigea Riley vers un champ de tir au pigeon.

En arrivant au champ de tir, Riley tomba sur deux jeunes hommes en train de tirer au fusil sur des cibles volantes. C'était un exercice difficile et ils touchaient toutes leurs cibles.

— Vous êtes les soldats Temple et Corbin ? les interpella-t-elle en s'approchant.

— Oui, c'est pour quoi ? demanda l'un d'eux.

Riley sortit son badge et se présenta.

Ni l'un, ni l'autre n'eut l'air particulièrement impressionné.

— Je peux faire un essai ? demanda-t-elle.

Le soldat qui portait le nom de Temple sur son uniforme adressa un geste interrogateur à son camarade. Corbin se contenta de hocher la tête.

— Ouais, bien sûr, dit Temple.

Avec un sourire suffisant, il lui tendit son fusil de chasse à double canon.

— Il est chargé et prêt à tirer.

Riley souleva l'arme et dit :

— Pull !

Deux cibles d'argile s'envolèrent dans des directions opposées. Riley tira avec un canon sur la première, puis tira une fraction de seconde plus tard du deuxième canon, touchant l'autre cible sans effort.

Les deux hommes eurent l'air impressionné quand Riley rendit son fusil à Temple.

— Qu'est-ce qu'on peut faire pour vous ? demanda Temple.

Riley savait qu'elle s'aventurait sur un terrain inconnu. Elle ne savait pas du tout si Brandon Graham savait ce qu'il faisait quand il avait noté les noms de ces deux garçons sur sa liste. Graham avait des tendances psychotiques, après tout. Il avait peut-être simplement imaginé qu'il avait reconnu leurs voix pendant son bizutage. Faisaient-ils vraiment partie de la société secrète ?

Et comment Riley allait-elle faire pour les pousser à parler ?

Elle allait devoir bluffer.

Elle pouvait leur dire des choses qui étaient vraies, mais elle allait faire semblant d'en savoir plus qu'elle n'en disait.

— Je suis là pour vous parler de la meute, dit-elle.

Temple et Corbin échangèrent un regard.

— On ne sait pas de quoi vous parlez, dit Corbin.

— Oh, je crois bien que si, dit Riley.

Et c'était vrai. L'expression sur leurs deux visages les trahit aussitôt. Ils étaient au courant.

Temple dit :

— Même si on sait, pourquoi on vous en parlerait ?

— Parce que l'un d'entre vous pourrait mourir si vous ne le faites pas, dit Riley.

Les deux hommes restèrent bouche bée. Riley dit :

— Je suis sûre que vous avez entendu parler des meurtres qui ont eu lieu sur la base.

Corbin haussa les épaules d'un air gêné et dit :

— Ouais, mais vous n'avez pas arrêté un type ?

— Ce n'est pas le bon, dit Riley.

Corbin se balança sur ses jambes et Temple regarda de tous côtés.

Ils commencent à être nerveux, pensa Riley. *C'est bien.*

Riley dit :

— Arrêtons de jouer. Vous faites partie de la meute. Et le tireur s'en prend à des membres de la meute. Vous êtes sur sa liste.

Elle les vit échanger des regards sceptiques et ajouta :

— La liste existe. Je l'ai vue. C'est pour ça que je suis là. Tôt ou tard, le tueur s'en prendra à vous.

Riley savait qu'elle jouait une sorte de poker menteur. Elle devait bluffer de façon stratégique. Pour qu'ils parlent de la meute, elle devait faire semblant d'être une experte. Cela demandait spéculation et conjecture.

Elle dit :

— Ecoutez, cette histoire de meute, ce n'est pas un secret. Vous ne le savez peut-être pas, mais vous êtes célèbres. La police militaire sait depuis longtemps. La hiérarchie aussi, y compris le colonel Adams. Ils n'en parlent pas par respect pour ce que vous représentez. Ce n'est pas comme si c'était illégal. Bien sûr, vous poussez un peu avez les enlèvements, mais on ne fait pas des omelettes sans casser des œufs, non ?

Les deux types fixaient Riley d'un regard fasciné.

— Je viens d'une famille militaire, dit Riley, et je respecte ce que vous faites. L'armée, ce n'est plus ce que c'était, hein ? Ce ne sont plus les mêmes entrainements. Les guerres sont plus dangereuses que jamais, mais comment on peut s'y préparer maintenant ? Tout est devenu trop lisse, trop politiquement correct et toutes ces conneries.

— Vous avez raison, marmonna Corbin.

— C'est pour ça qu'il y a la meute, dit Temple.

Riley savait que sa tactique fonctionnait. Elle devait juste garder le cap. Elle dit :

— Mais tout le monde n'est pas fait pour devenir un loup.

— Ça, c'est sûr, dit Corbin en secouant la tête. Mais on cherche les mecs qui ont du potentiel, même s'ils ne savent pas forcément ce qu'ils ont dans le bide.

Temple ajouta :

— Et quand ils ont passé les épreuves… S'ils les passent… Ils sont prêts à rejoindre la meute, l'élite de l'élite.

Corbin était de plus en plus mal à l'aise. Il dit à Temple :

— On ne devrait pas parler de ça. Même si elle sait déjà tout. On a prêté serment. On ne parle pas de la meute. Jamais.

— Je respecte ça, dit vivement Riley. Je ne vous demande pas de divulguer vos secrets. J'ai juste besoin que vous m'aidiez à retrouver le tueur. Après tout, il s'en prend à des membres de la meute.

Corbin fronça les sourcils d'un air inquisiteur.

— Mais pourquoi ? Pourquoi on est des cibles ?

— C'est à cause du bizutage, dit-elle. Quelqu'un pense que vous allez trop loin.

— Quelqu'un qu'on a bizuté ? demanda Temple.

— C'est ça, dit Riley. Mais pas quelqu'un qui a craqué sous la pression. Il pense que le bizutage n'est pas à la hauteur de l'élite militaire. Il s'en prend aux membres les plus violents parce qu'il se sent personnellement offensé.

Corbin et Temple échangèrent un regard.

Tous deux frémirent.

J'ai trouvé deux pommes pourries, pensa Riley.

Temple dit :

— Alors le tueur est un loup ? Un membre de la meute ?

— C'est mon hypothèse, dit Riley. Ecoutez, je ne vous demande pas de trahir toute la meute. Mais vous connaissez des loups qui n'étaient pas satisfaits ? Qui avaient l'air de vous en vouloir, à vous et à des mecs comme vous ?

Riley vit que Corbin et Temple y réfléchissaient sérieusement.

Enfin, ils secouèrent la tête.

— Je ne vois pas, dit Corbin.

— On est très liés, dit Temple. C'est difficile de croire qu'il a un traitre. Je ne vois pas qui ça pourrait être.

Riley sentit qu'ils ne lui cachaient rien.

— Il ne se voit pas comme un traitre, corrigea Riley. C'est vous qu'il considère comme des traitres. En fait, il a l'impression d'être le meilleur d'entre vous.

Ils la fixèrent en silence, en se dandinant, visiblement embarrassés. Elle dit :

— Le tueur utilise un fusil de précision M110.

Les soldats écarquillèrent les yeux.

— Ça c'est de la puissance de feu, dit Temple.

Riley demanda :

— Vous connaissez des loups qui pourraient avoir accès à une arme comme ça ?

Les soldats secouèrent la tête. Riley dit :

— Un loup en a une. Et peu importe qui c'est, il doit la cacher quelque part. Vous savez où ?

Corbin et Temple réfléchirent.

Puis Corbin fit un geste vague dans une direction.

— Sans doute dans le bâtiment où on se retrouve, dit-il. Il y a de la place pour cacher des trucs là-bas.

Riley faillit leur poser des questions sur le bâtiment.

Etait-ce la tanière dont les victimes de bizutage lui avaient parlé ?

Puis elle se rappela qu'elle bluffait et qu'elle faisait semblant de tout savoir.

Ne dévoile pas ton jeu, pensa-t-elle.

Elle s'éloigna du champ de tir, en regardant dans la direction indiquée par Corbin. D'après ce que lui avaient dit les victimes de bizutage, elle savait que c'était un grand bâtiment, sans doute abandonné.

Ça ne doit pas être difficile à trouver, pensa-t-elle.

*

Le corps tout entier du soldat Stanley Pope sursauta sous l'effet du choc. L'agent spécial Riley Paige se dirigeait vers lui et il ne voulait pas être vu. Il suivait l'agent Paige depuis qu'elle était sortie de sa voiture. Il se demandait ce qu'elle et ses agents de l'UAC mijotaient.

Il avait entendu dire qu'ils avaient arrêté un homme. Pourquoi le FBI continuait-il de fouiner ?

Pope se cachait à l'intérieur d'un petit bâtiment avec des tables et des chaises, de l'eau et une salle de bain pour ceux qui voulaient faire une pause entre deux tirs. Il n'aurait pas pu s'approcher sans risquer de se faire repérer et il n'avait pas entendu ce qui s'était dit.

Qu'est-ce qu'ils lui ont dit, ces cons ? se demanda-t-il.

La nuit dernière, quand il était allé la voir sur la plage, il avait fait bien attention à ce qu'il lui avait dit.

Il n'avait jamais oublié son serment.

Il n'avait pas dit un mot sur la meute.

Mais Pope savait d'expérience que Paige était aussi intelligente que dure à cuire.

Elle avait pu manipuler Corbin et Temple pour qu'ils lui disent plus qu'ils n'auraient dû.

C'était une mauvaise nouvelle. Une très mauvaise nouvelle.

Maintenant, l'agent Paige s'éloignait du champ de tir et marchait dans sa direction. Il vit qu'elle avait sorti son téléphone.

Pope s'écarta de la fenêtre, en se demandant ce qu'il allait bien pouvoir lui dire si elle rentrait et le trouvait là. Mais l'agent Paige passa sans s'arrêter en parlant au téléphone, sans relever la tête.

— Comment ça va de ton côté, Bill ? demanda-t-elle.

Elle s'arrêta net, écouta la réponse, puis reprit la parole. Pope resta aux aguets.

— Dommage, dit-elle. Mais j'ai peut-être eu de la chance. Tu peux venir avec moi vérifier quelque chose ? Je crois savoir où se trouve la tanière. C'est un bâtiment abandonné.

Au bout d'un court silence, elle dit :

— Super. C'est au sud-ouest de Fort Mowat. Tu dois être plus près que moi. Je te retrouve là-bas.

Elle raccrocha et s'éloigna d'un pas vif.

Les cheveux de Pope se dressèrent sur sa nuque.

Elle sait pour la tanière ! pensa-t-il. *Et maintenant, elle sait où c'est !*

Que se passerait-il si elle y allait avec son partenaire ? Sur qui tomberaient-ils ?

Il ne le savait pas, mais ce n'était pas une bonne nouvelle.

Heureusement, il connaissait un raccourci et il pouvait arriver avant eux.

Pope sortit du bâtiment et se mit à courir.

CHAPITRE QUARANTE-TROIS

Lucy Vargas hésita à l'entrée du bâtiment abandonné. On lui avait dit qu'elle y trouverait sûrement un des soldats sur sa liste – le deuxième classe Titus Mulligan. Son sergent instructeur lui avait dit que Mulligan s'était porté volontaire pour nettoyer le vieux bâtiment.

La bâtisse à deux étages toisait la base militaire comme un fantôme géant. On ne devait plus l'utiliser depuis longtemps. Elle se demanda pourquoi elle n'avait pas encore été démolie.

Puis elle pensa à ce que le soldat Shealy avait dit sur le bizutage brutal qu'elle avait subi…

« On s'est retrouvés dans un bâtiment. »

Elle se demanda si c'était ici.

Il n'y avait aucun moyen de le savoir. Lucy devait retrouver le soldat Mulligan pour le prévenir qu'il était peut-être devenu une cible.

Ou alors, comme l'avait dit l'agent Paige, c'était peut-être le tueur.

Lucy posa la main sur son arme. Si c'était le cas, cette fois, elle n'hésiterait pas à tirer.

*

Le loup monta les escaliers montant au balcon qui surplombait les gradins. Le bâtiment abandonné était mal éclairé. La seule lumière venait de l'entrée et des hautes fenêtres qu'on avait presque entièrement recouvertes de peinture.

Comme un loup, il huma l'air poussiéreux. Même maintenant, en l'absence de tous les autres, il devinait la délicieuse odeur de fumée des chandelles de la cérémonie qui avait eu lieu récemment.

Il aimait trainer dans la tanière. Il s'était attribué la mission de nettoyer et ranger le bâtiment autant qu'il soit possible. Après tout, ce refuge secret de la meute ne serait pas toujours là. Des loups fortunés et influents au fil des années avaient fait en sorte qu'il ne soit pas détruit. Mais tôt ou tard, ce beau et noble bâtiment était destiné à mourir.

Comme toute chose noble et belle. Rien de bon ne durait jamais.

En attendant que le bâtiment soit détruit, le loup avait décidé de lui rendre sa dignité.

Mais le bâtiment n'était pas la seule chose qui devait être nettoyée. La meute avait elle aussi besoin d'un coup de balai. Certains membres ne respectaient plus les valeurs de l'armée.

Ces bizutages à la con, pensa-t-il.

Ce comportement vulgaire n'avait pas sa place au sein de l'élite. Ces bizutages était la seule verrue qui poussait sur cette glorieuse et pure société.

Il n'arrivait pas à croire que les autres loups ne le voient pas. Debout sur le balcon, il se rappela ce qui l'avait poussé à agir – le bizutage du soldat Brandon Graham. En contrebas du balcon où se tenait le loup, Graham avait subi une épreuve terrible.

Il avait admiré l'esprit combatif de Graham et la manière avec laquelle il s'était battu. Son admiration n'avait fait que croître quand Graham était resté le dernier homme debout. Cela aurait dû s'arrêter là. En fait, un homme comme Graham aurait dû être admis au sein de la meute sans initiation. Il était évident que Graham avait sa place parmi les loups. Son dossier de service était là pour le prouver.

Tout s'était terminé avec ce rituel ridicule au Saut de Larry, une épreuve absurde qui n'avait rien prouvé du tout sur la valeur de Graham en tant qu'homme et en tant que soldat.

Quand Graham avait enfin craqué, le loup avait compris que la meute avait besoin d'être purifiée. C'était au loup – et à lui seul – de se débarrasser des membres les plus violents pour venger l'injustice faite au soldat Graham.

Debout sur le balcon, le loup sentit la colère pulser dans ses veines. De la colère contre la stupidité et la corruption.

Ses souvenirs furent interrompus par la bruit de la porte en train de s'ouvrir.

Personne n'aurait dû entrer à ce moment de la journée.

Une ligne du serment qu'il avait prêté lui traversa l'esprit…

Je protègerai la meute des étrangers par tous les moyens nécessaires.

Quand il entendit une voix appeler, il s'éloigna du balcon et alla chercher son arme.

*

Lucy s'annonça en franchissant la porte.

— Je suis l'agent spécial Lucy Vargas, FBI. Je cherche le deuxième classe Titus Mulligan. Vous êtes là ?

Sa voix résonna dans le vieux bâtiment désaffecté et mal éclairé.

Personne ne répondit.

Elle resta dans le couloir, en se demandant si elle avait compris de travers.

Puis elle entendit du bruit à l'intérieur.

Elle s'avança, en suivant le bruit, et se retrouva dans un grand amphithéâtre lugubre avec un balcon.

— Titus Mulligan ? appela-t-elle à nouveau.

— Qui le demande ? répondit une voix d'homme.

La voix semblait venir du balcon.

— L'agent spécial Lucy Vargas, FBI, répéta-t-elle. Si vous êtes Titus Mulligan, vous êtes peut-être en danger. Je veux vous parler.

— Quel genre de danger ?

Maintenant, Lucy pouvait apercevoir une silhouette qui se déplaçait entre les chaises, sur le balcon.

Sa main se rapprocha instinctivement de son arme.

Mais elle se détendit aussitôt. Après tout, elle n'avait aucune raison de penser qu'elle était en danger. Au contraire, elle était là pour prévenir quelqu'un qu'*il* était en danger.

Elle l'interpella :

— Je suis sûre que vous avez entendu parler des meurtres qui ont eu lieu sur la base récemment.

— Ouais, répondit l'homme.

— Nous avons de bonnes raisons de penser que vous pourriez être une cible.

Il ne répondit pas.

Puis Lucy ajouta avec prudence.

— Si vous êtes Titus Mulligan, bien sûr.

La silhouette étouffa un rire. Ça semblait un rire amical. Lucy dit :

— Descendez pour qu'on discute.

— Je ne crois pas, dit la silhouette.

Il s'approcha de la rambarde et un rayon de lumière d'une fenêtre qu'on avait oublié de peindre tomba sur lui.

Lucy pensa d'abord qu'il avait un problème au visage.

Puis elle comprit que ce n'était pas du tout son visage.

C'était un masque.

Un masque de loup montrant les dents.

Dans le rayon du soleil, elle vit aussi un éclat de métal – le canon d'un fusil pointé sur elle.

Lucy tira son arme.

Puis, au même instant, elle entendit du bruit derrière elle.

Elle comprit que quelqu'un d'autre entrait dans la pièce.

Il y eut un flash sur le balcon, un craquement, une violente poussée et une douleur aigue.

Lucy tomba à la renverse et s'écrasa sur le sol.

Elle eut besoin de quelques secondes pour comprendre qu'une balle lui avait traversé le corps.

*

Bill venait juste d'atteindre le bâtiment quand il vit une silhouette se précipiter à l'intérieur.

Puis il entendit un coup de feu à l'intérieur.

Bill se précipita à l'intérieur et courut dans le couloir. Il surgit dans une sale immense et vit un homme s'approcher d'une femme allongée par terre.

La femme, c'était Lucy – et elle saignait à la poitrine.

Instinctivement, Bill leva son arme et tira sur l'homme, qui se retourna sous l'effet du choc et tomba à la renverse.

Ce fut alors que Bill vit que l'homme avait les mains vides.

Il ne portait pas d'arme.

Mais Lucy se redressa sur un coude. Elle leva son Glock et tira six balles en direction du balcon.

Bill leva la tête juste à temps pour voir un autre homme dégringoler du balcon et s'écraser en contrebas.

*

Riley était devant le bâtiment quand elle entendit une série de coups de feu.

Elle se précipita à l'intérieur en ravalant sa panique.

Qu'est-ce qui se passe ?

Elle se retrouva dans une grande salle mal éclairée avec un balcon.

Lucy était allongée par terre et saignait de la poitrine. Bill la tenait dans ses bras.

Le regard de Bill était voilé et il était visiblement en état de choc.

Quelques pas plus loin, un homme à terre se tordait de douleur. Et au-delà, un autre homme était allongé, percé de plusieurs balles. Celui-ci portait un masque de loup et un fusil de précision M110 gisait à côté de lui.

Quelqu'un avait abattu le tueur et deux autres personnes étaient blessées. Bill essayait d'arrêter l'hémorragie de Lucy. Riley s'obligea à examiner l'homme qui gémissait. Elle vit que c'était le soldat Stanley Pope et qu'il avait reçu une balle dans l'épaule.

— Qu'est-ce qui s'est passé ? demanda-t-elle.

Le visage tordu de douleur, Pope pointa Lucy du doigt.

— Je voulais juste aider, hoqueta-t-il. Mais après…

Il avait trop mal pour terminer sa phrase.

Le soldat était blessé, mais il allait s'en remettre.

— Ça va aller, dit Riley. Tenez bon.

Riley se tourna vers Bill et Lucy.

Bill fixait du regard la femme dans ses bras, avec une expression d'horreur pétrifiée.

— Je… J'ai tiré sur un homme désarmé, bafouilla-t-il. Et Lucy…

Riley secoua Bill par l'épaule.

— Reprends-toi. Appelle une ambulance. Tout de suite !

Bill rallongea Lucy doucement sur le sol et sortit son téléphone.

Riley souleva la tête de Lucy avec un bras. Son cœur se serra quand elle vit la mare de sang sur le sol. Elle comprima la blessure, mais elle sut que c'était trop tard.

Lucy ouvrit les yeux.

— Agent Paige…

— Je suis là, dit Riley.

Lucy esquissa un faible sourire qui trahit sa douleur.

— Je l'ai fait, cette fois, hein ? Je me suis pas dégonflée… Pas comme la dernière fois. J'ai pas tout foiré. J'ai tué ce connard.

Riley s'agenouilla à côté d'elle.

— Tu as fait ce qu'il fallait, dit-elle. Tu t'améliores de jour en jour.

— Alors tu es fière de moi ? demanda Lucy.

Riley sentit l'émotion lui serrer la gorge.

— Si fière de toi. Tu as tué le sniper. Tu as une grande carrière qui t'attend. Maintenant, reste avec nous, Lucy. Reste avec nous.

Mais les yeux de Lucy se fermaient et elle perdait

connaissance.

Des larmes coulaient sur les joues de Riley. Une terrible agonie était en train de grossir en elle. Puis elle entendit les sirènes approcher. Bill avait appelé les secours, mais elle savait que c'était trop tard pour Lucy.

Riley reposa doucement la tête de la jeune femme décédée.

En se relevant et en balayant la scène du regard, elle comprit en partie ce qui s'était passé. Bill avait vu Lucy de loin et il avait tiré sur ce qu'il pensait être son assaillant. Dans la panique, il avait tiré sur Pope. Mais Lucy avait tué le sniper.

Puis elle entendit un bruit étranglé et se retourna. Le tueur masqué n'était pas encore mort. Riley essuya ses larmes et s'approcha de l'homme à terre.

Il tendit la main vers son fusil. Quand il l'eut presque attrapé, Riley donna un coup de pied dans l'arme.

Elle tira la sienne. Des yeux fous la fixèrent à travers les fentes du masque de loup.

D'une voix étranglée, il dit :

— Je dois protéger la meute… des étrangers… par tous les moyens nécessaires.

— Plus maintenant, grogna Riley.

Elle tira à bout portant dans le front de l'homme. Du sang gicla sous le masque.

— C'était pour Lucy, dit Riley au cadavre.

Sur son uniforme était écrit le nom de Mulligan.

Riley souleva le masque et vit son visage.

Elle ne le reconnut pas.

Mais son visage était tellement ordinaire qu'elle ne l'aurait sûrement pas reconnu même si elle l'avait déjà croisé.

Il avait les cheveux blonds et les yeux bleus de tous les Eagle Scouts américains.

CHAPITRE QUARANTE-QUATRE

Riley retenait à grand peine ses larmes pendant que le directeur du FBI Gavin Milner donnait son discours à l'assemblée des collègues, amis et membres de la famille de Lucy. Elle avait beaucoup pleuré ces derniers jours et la boule dans sa poitrine ne se résorbait toujours pas. Elle espérait que cette cérémonie lui permettrait de commencer à faire son deuil.

Comme toujours, le petit homme élégant parlait de sa voix ronronnante bien reconnaissable.

— Pourquoi la bravoure des jeunes agents comme Lucy Vargas est-elle remarquable ? C'est parce qu'ils connaissent les dangers. Ils passent des heures en formation à apprendre que leur métier sera risqué. Et ils choisissent de continuer en toute connaissance de cause. Ils prêtent serment et font leur devoir malgré les risques, parfois jusqu'au sacrifice ultime.

Riley n'arrivait pas à croire que c'était le même homme qu'elle avait écouté parler dans l'auditorium de Quantico il y a moins de deux semaines. A ce moment-là, il parlait de Riley…

« Elle mérite toute notre gratitude pour ses années de service et pour l'exemple qu'elle représente. »

Riley n'avait pas l'impression d'être un exemple.

Et elle n'avait pas l'impression d'arriver à la cheville de Lucy. Pendant sa courte carrière, Lucy avait fait bien plus et bien mieux que de nombreux agents en toute une vie. Quelques jours plus tôt, Riley et Bill avait assisté à la sépulture de Lucy à Sacramento. Cela avait été une journée de deuil et de douleur, à la fois réprimée et librement exprimée – mais aussi une célébration de sa réussite et de son courage. Riley avait été surprise par le nombre de personnes. Presque tout le monde parlait espagnol et Riley s'était félicitée de parler la langue assez bien pour communiquer, au moins un petit peu.

L'assemblée était moins nombreuse à Quantico et la cérémonie plus formelle. Mais les parents et les frères de Lucy étaient venus. Riley et Bill avait insisté auprès de Meredith pour que le FBI paye leurs billets.

Cela réchauffait le cœur de Lucy de lire tant de fierté sur les visages des frères de Lucy. Même ses parents avaient l'air fier malgré leur douleur. Elle sentit qu'ils trouvaient enfin un peu de paix après leur terrible perte.

Riley était bouleversée par l'expression dévastée sur le visage de Sam Flores. Elle avait le cœur brisé de penser à l'histoire d'amour qui venait juste de naitre entre Sam et Lucy.

Maintenant, c'était fini.

Riley était assise à côté de Bill. Elle glissa son bras sous le sien et sentit qu'il tremblait. Elle savait qu'il avait du mal à gérer ce qui s'était passé. Il s'en voulait pour la mort de Lucy. Il s'en voulait d'être arrivé une seconde après le coup de feu fatal et d'avoir tiré par erreur sur un homme qui essayait juste de l'aider. Au moins, Stanley Pope n'allait pas garder de séquelles de sa blessure.

Personne ne reprochait à Bill son erreur – encore moins Riley.

Mais elle savait que Bill s'en voudrait pendant longtemps. Il avait vu l'avenir en Lucy.

Et maintenant, cet avenir n'existait plus.

CHAPITRE QUARANTE-CINQ

En rentrant chez elle, Riley espérait avoir un après-midi tranquille. A sa grande surprise, Liam était assis dans le salon avec April et Jilly. Tous avaient l'air déprimé.

— Qu'est-ce qui se passe ici ? demanda Riley.

April dit :

— le père de Liam l'a foutu dehors. Il n'a nulle part où aller.

April et Jilly supplièrent Riley du regard.

Riley comprit ce que ses filles lui demandaient. Elles voulaient savoir si Liam pouvait rester à la maison, au moins pour le moment.

Riley résista au réflexe de refuser tout de suite. Elle s'assit avec ses filles et le garçon à l'air déprimé.

— On va en discuter, dit-elle. C'est très compliqué.

— Tu aimes bien Liam, non ? demanda Jilly.

Riley acquiesça. Elle ne connaissait pas Liam depuis très longtemps, mais elle l'aimait déjà beaucoup. Il avait une bonne influence sur April. Ses notes étaient meilleures depuis qu'elle le connaissait. Liam avait réussi à intéresser April aux échecs, jusqu'à peut-être la convaincre d'en faire de façon intensive pendant l'été. Il était aussi bon en langues. C'était un garçon brillant.

Mais il n'avait pas eu de chance dans la vie, entre un père violent et une mère qui avait disparu il y a longtemps.

Il mérite un peu de répit, pensa Riley.

Mais était-elle en position de lui accorder ce répit ?

Elle avait déjà tellement de choses à gérer dans la vie – une vie professionnelle qui lui prenait tout son temps et qui invitait le danger dans sa propre maison, ainsi qu'une famille qui grandissait beaucoup plus vite qu'elle ne l'avait imaginé.

Riley ne savait pas quoi dire. Elle ne savait pas quoi faire.

Gabriela entra dans le salon avec un plateau de rafraichissements et d'en-cas, puis s'assit avec les autres. Riley comprit que Gabriela savait déjà de quoi ils étaient en train de parler.

Jilly avait du mal à contrôler son émotion.

— S'il te plait, quoi que tu décides, ne l'envoie pas en famille d'accueil. Je sais ce que c'est. C'est juste horrible.

Riley sentit sa gorge se serrer. Jilly aussi avait traversé l'enfer.

Riley ne voulait pas qu'un autre jeune subisse la même chose.

— Je sais, Jilly, dit Riley. Mais…

— Mais quoi ? demanda April.

Riley ne savait pas ce qu'elle voulait dire. April dit :

— Liam n'a pas d'ami qui puisse l'héberger. On est sa seule chance.

Riley se rappela sa première rencontre avec Jilly. La gamine avait été prête à vendre son jeune corps pour survivre. Riley n'avait pas pu lui tourner le dos. Comment pouvait-elle tourner le dos à un autre gamin qui avait besoin d'aide ? Comment pouvait-elle l'abandonner sans lui donner la moindre chance dans la vie ?

Ce n'était pas dans la nature de Riley.

Riley se tourna vers Gabriela et demanda :

— Qu'en pensez-vous ?

Gabriela lui adressa son sourire chaleureux.

— Je crois que vous savez ce que j'en pense, señora Riley.

Riley lui rendit son sourire. En ce qui la concernait, l'approbation de Gabriela réglait le problème. Elle dit à Gabriela :

— Il va falloir vous occuper d'une personne de plus quand je serai partie.

Gabriela éclata de rire.

— J'avais six petits frères et petites sœurs. Et tellement de cousins que je ne les compte plus. Ce n'est rien du tout.

Puis Gabriela se pencha vers les adolescents d'un air sévère.

— Mais il y aura des règles. Les filles, vous gardez vos chambres. On va aménager le bout de cette pièce pour Liam et il dormira sur le canapé. Ça suffira. Je vais ranger les étagères pour lui faire de la place. Il peut utiliser la salle de bain du rez-de-chaussée.

Liam resta bouche bée.

— Alors c'est vrai ? demanda-t-il.

Riley laissa échapper un rire indulgent.

— Oui, c'est vrai, Liam, dit-elle.

Gabriela agita son doigt sous le nez de Liam et d'April.

— Autre chose. Dans cette maison, vous deux, vous êtes frère et sœur. *Hermanos solamente. ¿Comprenden?*

April et Liam sourirent et acquiescèrent.

— *Sí, comprendemos*, dit April.

— *Perfectamente*, ajouta Liam.

Pendant que Gabriela édictait ses règles, Riley sentit une chaleur dans sa poitrine qu'elle n'avait pas sentie depuis longtemps.

Je crois que ça va marcher, pensa-t-elle.

*

Plus tard dans la soirée, Blaine Hildreth passa leur rendre une visite impromptue avec sa fille. Crystal portait un bouquet de fleurs magnifiques.

A l'entrée, Blaine dit :

— Crystal m'a dit ce qui s'était passé. C'est April qui lui a dit. Je suis vraiment désolé pour ton amie.

Il fit signe à Crystal qui tendit les fleurs à Riley.

— Merci, dit Riley sincèrement touchée. Vous voulez rentrer une minute ?

Crystal se dirigea immédiatement vers le salon pour rejoindre April, Jilly et Liam.

— Tu veux un verre ? demanda Riley à Blaine.

— Avec plaisir, merci, dit Blaine.

Riley alla dans la cuisine leur servir deux verres. Ils s'assirent ensemble dans le salon. Blaine dit :

— Crystal m'a dit aussi que vous aviez un nouveau membre dans la famille.

Riley secoua la tête en souriant.

— Ouais, je n'arrive pas à m'en empêcher. J'espère que je vais pouvoir gérer la situation.

Blaine tapota la main de Riley.

— Tu peux la gérer. Tu es quelqu'un de généreux et d'extraordinaire.

Riley sentit une pointe d'émotion. Mais elle avait bien l'intention de ne pas pleurer. Elle avait tellement pleuré ces derniers jours qu'elle était soulagée qu'on lui donne l'occasion de ressentir autre chose que du chagrin.

— Merci, Blaine, dit-elle.

Ils restèrent assis en silence pendant quelques minutes. Puis Blaine dit :

— Ecoute, à propos de ce qui s'est passé la dernière fois… Je suis désolé.

— Moi aussi, je suis désolée, dit Riley avec sincérité.

— Il n'y a vraiment rien entre moi et Laura. Elle me rendait seulement visite et on est juste amis. Mais je sais ce que tu as vu et…

Il secoua la tête avec embarras.

— Je crois que j'essayais de te rendre jalouse, dit-il.

— Ça a marché, répondit Riley avec un faible rire.

Blaine haussa les épaules et parut chercher ses mots.

— Ecoute, je me fiche de pouvoir sortir avec d'autres femmes. Et toi ?

— Pour être honnête, je n'y pensais même pas, dit Riley.

Blaine prit Riley par la main.

— Alors, c'est réglé ? Seulement toi et moi ?

Riley lui serra la main.

— Ça me ferait plaisir, dit-elle.

Ils restèrent assis, main dans la main, à se regarder dans un silence agréable.

Finalement, ce n'est pas une si mauvaise journée, pensa Riley.

CHAPITRE QUARANTE-SIX

Tôt le lendemain matin, Riley fut réveillée par un appel téléphonique de Brent Meredith.

— Agent Paige, où vous trouvez-vous en ce moment ? demanda le chef d'équipe avec son habituel ton bourru.

Riley se redressa et se frotta les yeux, en essayant de comprendre la question.

— Je suis au lit, dit-elle. Je viens de me réveiller.

— Chez vous ? demanda Meredith.

— Oui.

— Surtout n'allez pas au chalet de votre père.

Riley se raidit, soudain beaucoup plus réveillée.

— Qu'est-ce qui se passe ? demanda-t-elle.

— Nous avons coincé Shane Hatcher. Il est là-bas.

Le cœur de Riley bondit dans sa poitrine.

— Comment ça ?

— Après la mort de votre agent immobilier, nous avons demandé au shérif de Milladore de garder un œil sur votre propriété et surtout de surveiller Hatcher. Le shérif Garland faisait une ronde à pied quand il a vu que la porte du chalet était grande ouverte. Il y avait un afro-américain à l'intérieur.

Riley se retint de pousser un hoquet.

— Hatcher ? demanda-t-elle.

— D'après la description de Garland, ça ne fait aucun doute.

Riley se mit à faire les cent pas.

— Hatcher a vu le shérif ? demanda-t-elle.

— Il pense que non, dit Meredith.

Riley se demanda si c'était vrai. Quelqu'un pouvait-il vraiment s'approcher de Hatcher sans qu'il ne le sache ?

Meredith poursuivit :

— J'ai envoyé une équipe SWAT. Les gardes forestiers sont aussi mobilisés. On attend juste qu'un hélicoptère arrive sur les lieux pour le suivre à la trace en cas de fuite. Il est cerné de tous les côtés. Il ne peut pas s'échapper. Pas cette fois. L'équipe va l'arrêter ou le tuer. Mais je leur ai dit d'être extrêmement prudents. Vous et moi, nous savons combien cet homme est dangereux.

Riley fut incapable de parler pendant un moment.

— Agent Paige, vous êtes toujours là ?

Riley dit :

— Merci de m'avoir prévenue, monsieur. S'il vous plait, tenez-moi au courant.

Riley raccrocha et se mit à faire les cent pas. Elle se représenta sa propriété dans sa tête. Les trente acres de terrain étaient densément boisées et le chalet était le seul bâtiment. La propriété bordait le parc national. Un homme expérimenté n'aurait pas de mal à se cacher.

Mais Hatcher ?

Riley pensa à ce qu'il lui avait dit la dernière fois qu'ils s'étaient parlé au téléphone.

« Je ne me cache plus dans les bois. Je suis un gars de la ville. »

Même Shane Hatcher était vulnérable dans les bois – du moins si l'équipe le prenait par surprise.

Mais il aurait peut-être une chance s'il était prévenu.

Riley se demanda si elle devait le prévenir. Après tout, elle savait qu'il était sur le point d'être tué ou capturé. Si elle ne le prévenait pas, elle serait complice de la mort ou de l'arrestation de l'homme qui avait sauvé sa famille plus d'une fois.

L'homme qui l'avait aidée à retrouver l'assassin de sa mère.

Elle tournait en rond dans sa chambre. Elle ne pouvait pas laisser faire ça. S'il était arrêté, tant pis. Mais elle ne serait pas complice.

Je dois le contacter, pensa-t-elle.

Elle avait deux manières de le faire – par chat vidéo ou par sms.

Elle s'assit devant son ordinateur qu'elle alluma, puis elle ouvrit son logiciel de chat.

Elle resta assise, les mains tremblantes, et ne fit rien.

Pour une raison qu'elle ne s'expliquait pas, elle était incapable de taper l'adresse.

Elle pensa à la femme qui était morte aux mains de Shane Hatcher.

Shirley Redding n'était coupable de rien, sinon d'être sotte et imprévisible. Elle ne méritait pas de mourir.

Pouvait-elle fermer les yeux encore longtemps ? Pouvait-elle rester complice de la liberté de Shane ? L'agent Roston était sur le point de coincer Riley. Ce serait la fin de sa carrière, de sa réputation et sans doute un ticket pour la prison.

Quand la spirale infernale s'arrêterait-elle ?

Peut-être qu'il ne mérite pas mon aide, pensa Riley. *Plus maintenant.*

Elle pensa à ce que lui avait dit Hatcher…

« Nos esprits sont jumeaux, Riley Paige. »

Une bouffée de colère monta dans la poitrine de Riley.

Il est temps que ça cesse, pensa-t-elle.

Elle fixa du regard l'écran noir.

Puis, enfin, elle éteignit son ordinateur.

Sans une seconde d'hésitation, elle retira la chaîne dorée qu'elle portait au poignet.

Elle l'avait depuis des mois, mais c'était fini. Elle la jeta dans la poubelle.

Dans quelques minutes, on l'aurait arrêté ou tué. Il allait peut-être l'incriminer. Elle irait peut-être en prison.

Mais au moins, cette histoire était terminée.

C'était enfin terminé.

Les jambes flageolantes, Riley descendit avec son téléphone dans la cuisine. Gabriela n'était pas encore levée et elle prépara elle-même son café et son petit déjeuner. Elle resta assise, plus nerveuse que jamais auparavant, consciente que son avenir était en train de se jouer ailleurs.

Bientôt, elle reçut un autre appel de Brent Meredith.

Sa voix était pesante et découragée.

— Il s'est enfui. Parti avant même qu'on arrive. Les gardes forestiers ont trouvé des traces du passage d'une moto sur un chemin du parc national. Hatcher l'avait cachée là pour pouvoir s'en servir à tout moment. Il est en fuite et il est dangereux. Je vous conseille d'être prudente, agent Paige.

Riley le remercia et raccrocha.

Presque aussitôt, son téléphone vibra à nouveau.

Elle baissa les yeux et son corps manqua un battement.

C'était un sms de Hatcher :

Vous le saviez. Vous auriez pu me prévenir. Mais vous n'avez rien fait.

Riley frémit de terreur. Devait-elle répondre ? Avant qu'elle n'ait eu le temps de se décider, il lui envoya un deuxième message :

Vous le regretterez. Mais votre famille ne sera peut-être plus là pour en parler.

Riley tapa nerveusement :

Il faut qu'on parle.

Mais quand elle essaya d'envoyer le sms, elle reçut une notification : « envoi impossible ».

Hatcher avait rompu toute communication entre eux, une bonne fois pour toutes.

Riley tremblait de tout son corps et ne respirait plus que par hoquets.

Elle s'était fait un nouvel ennemi – un ennemi bien plus dangereux que tous les criminels qu'elle avait jamais affrontés.

Qu'est-ce que ça signifiait ?

Qu'est-ce qui allait arriver à la famille de Riley qui ne cessait de grandir ?

Elle ne savait pas à quoi s'attendre.

Elle savait seulement qu'elle devait s'attendre au pire.

A TOUT JAMAIS
(Une enquête de Riley Paige — Tome 10)

« Un chef-d'œuvre de suspense et de mystère. Pierce développe à merveille la psychologie de ses personnages. On a l'impression d'être dans leur tête, de connaître leurs peurs et de fêter leurs victoires. L'intrigue est intelligente et vous tiendra en haleine tout au long du roman. Difficile de lâcher ce livre plein de rebondissements. »
– Books and Movie Reviews, Roberto Mattos (à propos de SANS LAISSER DE TRACES)

A TOUT JAMAIS est le 10ème tome de la populaire série de thrillers RILEY PAIGE, qui commence avec SANS LAISSER DE TRACES – un roman plébiscité par les lecteurs !

Encore très affectée par la mort de son ancienne partenaire, Lucy, et par le fait que Bill souffre maintenant de SSPT, l'agent spécial Riley Paige fait de son mieux pour garder la tête hors de l'eau et pour reprendre une vie normale. Elle doit prendre une décision concernant le petit ami d'April, qui vient de fuit un père violent, et bien sûr concernant Blaine, qui est prêt à faire avancer leur relation.

Mais avant d'avoir eu le temps de prendre la moindre décision, Riley est appelée sur une nouvelle affaire. Dans une banlieue idyllique du Midwest, des adolescentes disparaissent – et un corps a déjà été retrouvé. La police est dans l'impasse. On appelle Riley pour arrêter le tueur avant qu'une autre fille ne disparaisse.

Riley va devoir travailler avec une partenaire dont elle ne veut pas – sa némésis, l'agent spécial Roston – qui l'interroge sur Shane Hatcher.

Ce n'est pas tout : Shane est en cavale. Il veut se venger et la famille de Riley est dans sa ligne de mire.

Sombre thriller psychologique au suspense insoutenable, A TOUT JAMAIS est le 10ème tome de la série. Vous vous attacherez au personnage principal et l'intrigue vous poussera à lire jusqu'à tard dans la nuit.

Le tome 11 sera bientôt disponible.

Blake Pierce

Blake Pierce est l'auteur de la populaire série de thrillers RILEY PAIGE. Il y a déjà neuf tomes, et ce n'est pas fini ! Blake Pierce écrit également les séries de thrillers MACKENZIE WHITE (six tomes, série en cours), AVERY BLACK (cinq tomes, série en cours) et depuis peu KERI LOCKE (quatre tomes, série en cours).

Fan depuis toujours de polars et de thrillers, Blake adore recevoir de vos nouvelles. N'hésitez pas à visiter son site web www.blakepierceauthor.com pour en savoir plus et rester en contact !

www.ingramcontent.com/pod-product-compliance
Lightning Source LLC
LaVergne TN
LVHW021947220826
846091LV00015B/4113